Et la muse créa la flamme

W0280452

Éditions Eyrolles
61, bd Saint-Germain
75240 Paris Cedex 05
www.editions-eyrolles.com

Collection « Pop'Littérature »

Éditrice externe : Nolwenn Tréhondart

Depuis 1925, les éditions Eyrolles s'engagent en proposant des livres pour comprendre le monde, transmettre les savoirs et cultiver ses passions !
Pour continuer à accompagner toutes les générations à venir, nous travaillons de manière responsable, dans le respect de l'environnement. Nos imprimeurs sont ainsi choisis avec la plus grande attention, afin que nos ouvrages soient imprimés sur du papier issu de forêts gérées durablement. Nous veillons également à limiter le transport en privilégiant des imprimeurs locaux. Ainsi, 89 % de nos impressions se font en Europe, dont plus de la moitié en France.

En application de la loi du 11 mars 1957, il est interdit de reproduire intégralement ou partiellement le présent ouvrage, sur quelque support que ce soit, sans autorisation de l'éditeur ou du Centre français d'exploitation du droit de copie, 20, rue des Grands-Augustins, 75006 Paris.

© Éditions Eyrolles, 2023
ISBN : 978-2-416-01105-4
Composé par Soft Office

Karen Merran

Et la muse créa la flamme

Roman
EYROLLES

Chapitre 1

HARRY

— C'EST la version humaine d'un bouton de moustique... Il nous pourrit la vie!

Harry Boulgourian savait très bien qu'on parlait de lui. En passant devant la machine à café, il avait entendu un salarié qui racontait ses derniers agissements en réunion. Son nom devait être associé à toutes sortes d'insultes, surtout en ce moment, car il était particulièrement irritable, voire odieux. Mais c'était lui le patron et il avait le droit d'être de mauvaise humeur. Nommé président-directeur général par les fondateurs des Yaourts Poitier dix ans plus tôt, il permettait à cette société d'enregistrer chaque année une croissance à deux chiffres.

Si vous étiez employé dans cette société et que vous aviez envie de garder votre place, vous tiendriez forcément compte du fait que Harry Boulgourian était imprévisible. Il pouvait supprimer votre prime de fin d'année ou vous en concéder une sans raison ; il était préférable de ne pas discuter ses demandes même si elles étaient parfois difficiles à comprendre, et enfin il ne servait à rien de tenter un quelconque rapprochement à caractère non professionnel. Malgré tout, vous auriez probablement envie de rester dans cette entreprise pour deux raisons.

La première liée à vos revenus : les bonnes performances de la société Poitier assuraient des salaires en moyenne 30 % plus élevés que le marché. La seconde, pourtant difficile à admettre, Harry Boulgourian était un homme brillant, charismatique, visionnaire, qui réfléchissait vite et bien et qui avait presque toujours raison. Il analysait, synthétisait, innovait et décidait en quelques fractions de seconde, quels que soient les sujets. Comme les trois cent quatre-vingt-douze salariés qui travaillaient pour lui, vous auriez sûrement été partagés entre le mépris et l'admiration.

La directrice des Ressources humaines, Margaux Dilac, s'aventurait parfois à lui rappeler le risque de potentiel « burn-out » ou de fuite des talents. Elle l'encourageait à faire plus attention à ses collaborateurs. Pourtant, même si certains l'appelaient le « bourreau de bureau » après certaines réunions chaotiques, Harry Boulgourian prêtait une attention toute particulière à ses salariés. Malgré les apparences, il ne s'agissait pas d'un sadique qui les maltraitait ou les humiliait juste pour le plaisir ou pour se rassurer sur sa toute-puissance. Ce n'était pas non plus un lunatique qui avait des sautes d'humeur. Non, Harry Boulgourian s'intéressait de près à chacun des salariés de sa société. Et il avait une bonne raison pour cela.

Derrière sa façade parfois tyrannique, il cachait un talent inattendu. Aucun des trois cent quatre-vingt-douze employés de la société n'aurait pu deviner à quoi il occupait son temps libre. Si on avait réalisé un sondage auprès de quelques salariés tirés au hasard et qu'on leur avait demandé : « À votre avis, quel est le talent caché de votre directeur général ? » Pierre Bosseli, à la logistique, aurait répondu : champion de mots mêlés ou de Sudoku ? Zachari Bape à la comptabilité aurait tenté sans trop y croire : le chant lyrique ? Régine Dufour, aux services généraux, aurait dit : « Il gère une association humanitaire de soutien psychologique aux SDF », puis elle aurait ri de sa propre plaisanterie, en ajoutant « Je crois qu'il chasse, juste pour le plaisir de tuer. » Juliette Mouchet, son assistante, aurait préféré garder le silence de peur qu'une mauvaise réplique ne lui coûte sa place. À coup sûr, cent pour cent des réponses n'auraient pas été justes, car Harry Boulgourian s'était arrangé pour que son secret reste bien gardé, à l'abri de tout soupçon.

Dans son autre vie secrète, il lui arrivait de tuer, de blesser, de voler, de sauver et d'aimer parfois aussi. Harry Boulgourian devenait Marguerite Abel, l'écrivaine la plus appréciée des Français (d'après un sondage réalisé sur les lecteurs de plus de vingt-cinq ans). Les lancements de ses romans étaient attendus comme les numéros gagnants du loto. Ses fans se comptaient par centaines de milliers. Lire un roman de Marguerite Abel, c'était une expérience sans commune mesure : une histoire addictive dès les premières pages, originale, intense, des personnages complexes, justes, marquants, fascinants, et un dénouement toujours inattendu. Il mettait les lecteurs face à des dilemmes moraux qui leur permettaient de découvrir ce qu'ils pensaient vraiment. À chaque nouveau roman, les éloges pleuvaient sur les réseaux sociaux.

Pourtant, Harry Boulgourian avait choisi de garder l'anonymat. Marguerite Abel était « aussi mystérieuse que talentueuse » selon *Version Femina*. Quant à Gérard Collard, il parlait d'elle comme « La maîtresse cachée des profondeurs de l'âme humaine » ! Marguerite Abel ne répondait jamais aux demandes d'interview et ne s'était jamais montrée en public. Elle avait écrit un communiqué selon lequel il n'y avait rien de plus à ajouter. Tout ce qu'il fallait savoir se trouvait dans ses romans. Connaître l'auteur d'un roman, c'était prendre un risque. Si le lecteur trouvait quelque chose à reprocher à l'auteur, pourrait-il apprécier le roman, même si celui-ci était bon ? Marguerite Abel n'avait jamais livré la moindre information à la presse. Rien. Pas de date de naissance, pas de parcours biographique, pas de photo, pas de centre d'intérêt. Une histoire, tous les ans, et rien d'autre. Cependant, comme la nature a horreur du vide, les rumeurs allaient bon train. La dernière en date lui avait bien plu : Marguerite Abel n'était pas un être humain mais une intelligence artificielle mise au point par la maison d'édition qui savait détecter les besoins inconscients des lecteurs. À la manière d'un joueur d'échecs qui aurait gagné une partie contre un ordinateur, Harry Boulgourian s'était réjoui de cette théorie. Ses romans étaient tellement bien ficelés qu'ils pouvaient être l'œuvre d'un algorithme ! Une telle hypothèse venait nourrir son impression de supériorité sur le monde.

Même son éditrice ne l'avait jamais vu. C'est en lisant un article sur l'artiste Banksy que Harry Boulgourian avait eu l'idée de devenir un écrivain anonyme. En cachant son identité, Banksy s'était transformé en mythe. Le concept lui avait plu. Ne pas attirer l'attention sur sa véritable identité permettrait de garder une certaine liberté pour écrire ce qu'il voulait sur ce qu'il voulait.

C'est ainsi qu'il avait envoyé son premier roman à plusieurs maisons d'édition, en indiquant une adresse mail bidon. Florence Lachaise, réputée pour son flair dans le milieu, s'était empressée de lui proposer un contrat et avait insisté pour obtenir un rendez-vous, ou même un appel téléphonique. Mais Marguerite Abel (alias Harry Boulgourian) avait refusé. « Elle » avait demandé à ajouter à son contrat un avenant obligeant son éditeur à ne jamais dévoiler sa réelle identité. Avec les millions d'exemplaires vendus chaque année, la maison d'édition avait tout intérêt à respecter cet anonymat et à garder cet auteur dans son catalogue. Florence Lachaise redoublait d'efforts pour freiner les recherches de journalistes trop curieux ou de fans insistants. Certaines chaînes de télévision étaient prêtes à payer cher pour découvrir le secret et le révéler au journal de vingt heures.

Redoutable directeur général la semaine, écrivain talentueux de best-sellers le soir, le week-end et les vacances… les deux vies de Harry Boulgourian étaient parfaitement réglées. En huit ans, il avait publié sept romans et était devenu la vache à lait de sa maison d'édition. Il faut dire qu'il avait une recette infaillible pour écrire des romans à succès : ses salariés lui offraient une formidable source d'inspiration pour construire ses personnages. Pour Harry, le monde de l'entreprise révélait ce que l'humain avait de plus mauvais en lui. C'était une scène bien réelle où s'exprimaient de sombres sentiments tels que la jalousie, le mensonge, la peur, la trahison, la cruauté, la manipulation et tant d'autres. Ses trois cent quatre-vingt-douze employés lui donnaient accès au pire de l'homme et de la femme. Il lui suffisait de se servir ou de créer des situations incongrues en fonction des besoins de son histoire. Car, de temps en temps, il stimulait la réalité pour nourrir la fiction. Il s'arrangeait pour créer des tensions, des conflits, des obstacles, des frustrations, essentiels à toute bonne histoire : il déstabilisait un employé en lui coupant la parole, demandait des corrections sans fin sur une présentation pour tester la résistance, créait des situations de compétition entre ses managers en promettant des primes exceptionnelles ou flattait l'ego d'un salarié en le prenant en exemple devant les autres. À chaque fois, il décryptait les réactions : le langage des corps, les gestes, les traits des visages, les mots, les émotions et il consignait tout dans son petit carnet. Bien entendu, ses romans ne parlaient pas de yaourts ni de bureau d'ailleurs. Aucun des employés de la société Poitier n'aurait pu se douter en lisant ses romans qu'il avait inspiré ses personnages. Personne n'avait connaissance de cette méthode de travail peu ordinaire. Et Harry mettait tout en œuvre pour n'éveiller aucun soupçon.

Chapitre 2

HARRY

HARRY relut le message de Florence Lachaise encore une fois :

> Chère Marguerite,
>
> Dans le contrat que nous avons signé ensemble, vous étiez censés nous envoyer votre roman le mois dernier. Pourtant, je suis sans nouvelle de vous. C'est la première fois que cela arrive depuis le début de notre collaboration. Vous ne donnez plus signe de vie depuis quelque temps. Que se passe-t-il ? Souffrez-vous d'infertilité littéraire ? Si c'est le cas, parlons-en ! Vous n'êtes pas la première à qui cela arrive. Nous avons des solutions à vous proposer. Les lecteurs sont impatients de découvrir la nouvelle enquête de Prisca Krik.

Infertilité littéraire ! La formulation l'avait mis en rage. Et qu'entendait son éditrice par « Nous avons des solutions à vous proposer » ? Allait-elle lui proposer un bain de gong ou une séance de coaching pour trouver l'inspiration ? Ou pire : elle suggérait peut-être de demander à quelqu'un d'autre d'écrire en son nom ? Harry n'accepterait jamais une chose pareille !

Cela faisait déjà plusieurs e-mails de ce type que Harry recevait de son éditrice. Depuis quatorze semaines et trois jours, il était sec. Il n'avait pas écrit une ligne, comme si plus rien ne l'inspirait. Lui qui d'habitude analysait et décodait si finement la complexité humaine ne comprenait pas ce qui lui arrivait. Florence Lachaise lui envoyait des e-mails toujours plus pressants pour savoir quand elle pourrait lire des extraits de son prochain manuscrit. Jusqu'ici, il ne lui avait pas répondu. Il ne pouvait pas car il ne savait pas combien de temps cette période d'infertilité, comme elle disait, allait durer. Il commençait des histoires mais, très vite, réalisait qu'elles ne valaient pas la peine d'être racontées.

Bien sûr, Harry n'avait pas encore de quoi paniquer : ses romans caracolaient toujours en tête des ventes. Les lecteurs adoraient suivre les enquêtes de son héroïne : la détective Prisca Krik. Dans son dernier livre, elle enquêtait sur le Dr Michowsky, un psychiatre aux méthodes discutables, qui utilisait l'hypnose pour explorer les consciences de ses patients et déterminer leur potentiel à trahir, à torturer, à violer, à tuer. Il les transposait dans une époque différente, construisait un autre contexte, leur proposait des choix moraux et observait leur réaction. Il pouvait ainsi identifier un « collabo » qui s'ignore, capable de dénoncer un voisin par jalousie en période de guerre, un violeur ou un pédophile en dormance, ou encore un tortionnaire qui prendrait plaisir à faire souffrir, une fois doté du pouvoir de vie ou de mort sur quelqu'un. Le Dr Michowsky s'arrangeait pour mettre ces patients hors d'état de nuire. En accédant à leur inconscient, il orientait leurs actions, les poussait à s'isoler, à se blesser, ou même à se suicider. Le lecteur, à travers le regard de Prisca Krik, était partagé : ce médecin était-il un héros qui permettrait de neutraliser les criminels avant qu'ils ne passent à l'action ou était-il lui-même un criminel qui avait créé un système de justice immoral ? Qui n'a jamais rêvé de pouvoir identifier les violeurs, les tueurs ou les pédophiles avant qu'ils agissent ? Le

Dr Michowsky détruisait une vie pour en sauver d'autres. Il avait construit un personnage de bon père de famille qui rêvait d'une société meilleure pour sa descendance. Prisca Krik avait du mal à condamner ce médecin. Elle avait été confrontée à tant de déviances humaines qu'il valait mieux prévenir que guérir.

Pour le rôle du « collabo » qui s'ignore, Harry Boulgourian s'était inspiré de Maxence Duron : un jeune chef de projet aux achats, tout juste diplômé, qui était encore en CDD et qui avait très envie d'être embauché. Il l'avait convoqué pour lui poser des questions sur un autre chef de projet, Victor Pilet, en poste depuis plus de trois ans, qui entretenait des relations conflictuelles avec son entourage. Il avait mis Maxence à l'aise, en valorisant son travail et en dévalorisant celui de Victor. Puis il lui avait annoncé son intention de restructurer le service. Le jeune chef de projet s'était immédiatement positionné. Harry l'avait examiné de près : sa colonne vertébrale s'était d'abord immobilisée et ses yeux s'étaient abaissés, laissant entrevoir un débat moral intérieur. Puis, d'un timide mouvement de tête, il avait confirmé les reproches à l'encontre de Victor. Et pour finir de convaincre Harry, il avait enfoncé Victor. Cette progression vers la trahison lui avait servi de canevas pour construire son personnage.

L'écriture de ce roman l'avait passionné. Pendant presque cinq mois, il avait voyagé dans les ténèbres inconscientes de l'être humain et il y avait pris beaucoup de plaisir. Les ventes avaient suivi ainsi que les avis cinq étoiles sur différentes plateformes. Cependant, une libraire avait émis quelques réserves. Certes, sa librairie à Brest enregistrait des sorties record sur toutes les références des livres de Marguerite Abel et ce dernier ouvrage ne faisait pas exception. Mais elle avait écrit un commentaire sur une plateforme, dans lequel elle se permettait de critiquer Prisca Krik :

> Prisca Krik est trop froide, détachée, de plus en plus désincarnée. Elle n'a aucun point commun avec les femmes d'aujourd'hui, qui jonglent sur tous les fronts. Elle m'apparaît comme déconnectée de la vie : c'est un robot, qui résout brillamment des énigmes en apparence insolubles, mais est-elle une femme accomplie ? Elle est complètement déconnectée des problématiques des femmes modernes. Certes, elle m'intriguait au début, mais à force, elle devient lassante. Elle finit par ressembler aux enquêteurs des thrillers à succès qui sont tous construits à partir de la même recette. Elle mérite mieux !

La première réaction de Harry avait été de lever les yeux au ciel : encore un libraire qui se prend pour un éditeur ! s'était-il dit. Le « On ne peut pas plaire à tout le monde » restait vrai en toute circonstance, même pour Marguerite Abel. Il était vite passé à autre chose. Mais les mots de la libraire étaient revenus le hanter dans la nuit. Et si elle avait raison ? Et si Prisca Krik était devenue un personnage banal et ennuyeux ?

Jusqu'ici, pour façonner son enquêtrice, il avait principalement puisé son inspiration chez Damien Busot, l'agent de sécurité de son bureau : c'était un homme très maigre, au regard bleu perçant, qui parlait peu mais qui observait beaucoup. Il avait attiré l'attention de Harry pour plusieurs raisons. Posté à l'entrée du bâtiment, il scannait les allées et venues comme s'il recherchait les membres d'une organisation terroriste et il se mettait parfois à fouiller l'un des salariés sans raison apparente. Briefé sur les risques d'espionnage industriel, il prenait son rôle très au sérieux. Mais il n'y avait pas que ça. Harry Boulgourian avait décelé en lui une forme légère de paranoïa : les salariés lui cachaient des choses. C'était une vision du monde très intéressante pour nourrir le personnage de Prisca Krik. En discutant avec lui, il s'était rendu compte que l'homme était également doté d'une mémoire hors du commun. Son hypermnésie lui permettait de se rappeler de la couleur de la veste que vous portiez trois mois plus tôt : une qualité essentielle pour sa détective. Harry Boulgourian le croisait tous les matins et tous les soirs et s'arrangeait pour échanger quelques mots avec lui au moins une fois par semaine. C'était un peu comme s'il voyait Prisca Krik quotidiennement. Flatté que le directeur général s'intéresse à lui, l'homme, qui ne nouait pas de lien sur son lieu professionnel, se livrait de plus en plus facilement, toujours avec très peu de mots. Il lui avait confié qu'il aurait pu réussir le concours de la police s'il n'avait pas eu une crise de panique le jour de l'examen. De Damien Busot était née une Prisca Krik, à l'œil aiguisé, à la mémoire vive et au cerveau alerte, mais aussi angoissée et sombre.

Le commentaire de la libraire tournait en boucle dans sa tête. Que signifiait « déconnectée de la vie » ? Même s'il ne comprenait pas cette critique, elle avait fini par l'atteindre. Des nœuds s'étaient formés dans son cerveau et l'empêchaient d'écrire. La célèbre enquêtrice attendait désespérément de savoir ce que Harry Boulgourian déciderait pour elle.

Chapitre 3

HARRY

Depuis que Harry Boulgourian avait pris la tête de l'entreprise dix ans plus tôt, les Yaourts Poitier avaient élu domicile dans le réfrigérateur des Français. Fruits de saison, nature, allégés, à boire ou brassés, la recette de base était la même depuis la création de la marque au début des années 1970, mais les nouvelles textures, les saveurs et les formats n'avaient cessé de se renouveler. Le premier coup de génie de Harry Boulgourian avait été de réduire le coût de revient de chaque yaourt en retravaillant l'emballage : une seule forme de pot blanc décliné avec un logo. La société affichait chaque année une rentabilité record. Son deuxième coup de génie, la distribution sur mesure. Il avait adopté une politique tarifaire culottée en positionnant ses produits comme « la crème de la crème » des yaourts, au prix le plus élevé du marché, garantissant une marge conséquente même aux hypermarchés. Les consommateurs cherchaient ce qu'il y avait de meilleur et avec les Yaourts Poitier, ils l'avaient trouvé. Enfin, son troisième coup de génie avait été de mettre en place une communication « authentique ». Chaque consommateur pouvait se connecter au site internet Yaourtspoitier.com et se promener virtuellement dans les champs pour assister en direct au repas d'une vache qui broute ou visiter l'usine pour découvrir la fabrication et la mise en pot. L'entreprise n'avait rien à cacher. À l'heure où le consommateur se méfiait de tout et avait besoin de transparence, il pouvait avoir une totale confiance quand il achetait un Yaourt Poitier.

En temps normal, le cerveau de Harry ne cessait de faire des allers-retours entre ses histoires qu'il échafaudait en secret et les plans de lancements du rayon produits laitiers des enseignes Carrefour, Auchan, Monoprix ou Leclerc. Ce va-et-vient entre la fiction et la réalité le stimulait, l'une se nourrissant de l'autre. Mais, depuis qu'il avait lu cette critique, sa vie au bureau lui semblait beaucoup moins stimulante. Il n'avait presque plus envie de se livrer à ses expériences habituelles auprès de ses salariés. Il saluait à peine Damien Busot en arrivant le matin. Paranoïaque, l'agent de sécurité avait cru que son patron avait quelque chose à redire sur son travail. Si peu loquace habituellement, il l'avait arrêté un matin devant l'ascenseur.

— J'ai commis une erreur ? avait-il demandé.

Harry avait décelé l'angoisse sur le visage de l'agent de sécurité, une émotion qu'il connaissait bien.

— Quelle erreur ? avait-il répliqué.

— Je ne sais pas… On dirait qu'il y a un problème.

— Rien qui ne vous concerne, avait-il répondu en appuyant sur le bouton de son étage.

Si Damien Busot s'était fait une raison, Harry enchaînait les réunions sans y trouver d'intérêt. Les journées étaient sans fin et sans saveur, ce qui lui faisait perdre patience.

Ce jour-là, il décida de tenter à nouveau une expérience avec un salarié choisi au hasard. Il parcourut son agenda du jour puis demanda à Juliette Mouchet, son assistante, de supprimer une réunion avec les juristes et de la remplacer par un point avec Judith Garcin, la directrice de la Communication.

Judith Garcin travaillait dans l'entreprise depuis plus de cinq ans. C'était un très bon élément, fiable et pro-actif qui avait réussi à développer la notoriété des Yaourts Poitier avec des campagnes et des évènements impactants. Mais elle avait une faiblesse : c'était une obsédée du rétroplanning. Harry espérait que jouer sur ses failles déclencherait en lui une idée d'intrigue, ou au moins une petite étincelle ou lueur d'espoir pour faire évoluer son personnage Prisca Krik vers une personnalité moins « robotique », comme l'avait écrit cette libraire.

— Bonjour Harry !

Il remarqua une once de contrariété dans sa voix. Ce point improvisé devait chambouler son agenda minuté de la journée.

— Bonjour Judith ! Asseyez-vous ! Je voulais que nous fassions un point sur la *Yogurt Week*.

La *Yogurt Week* était le grand événement annuel qui faisait beaucoup parler des Yaourts Poitier : pendant les cinq soirs de la deuxième semaine de juin, cinq figures montantes de la gastronomie française étaient invitées dans un hôtel particulier parisien pour créer des plats en utilisant comme ingrédient de base une référence des Yaourts Poitier. Les retombées dans la presse et sur les réseaux sociaux étaient nombreuses, ce qui nourrissait chaque année l'image de marque de l'entreprise. Judith resta debout :

— Maintenant ? s'inquiéta-t-elle.

— Oui, maintenant, répondit-il sans émotion apparente.

Toujours debout, il observa ses pieds. Contrairement au visage qui se plie aux conventions sociales, les pieds ne mentaient pas. Celui de gauche s'orientait légèrement vers le côté, ce qui dénotait clairement son envie de faire demi-tour pour retourner travailler.

— Notre point sur la *Yogurt Week* est prévu jeudi prochain de 14 heures à 15 h 30, expliqua-t-elle.

— Ah ! Juliette ne me l'a pas dit… Vous étiez occupée ?

— Oui ! J'étais au milieu d'une discussion avec un des grands chefs étoilés qui sera justement présent à la *Yogurt Week*. Nous étions en train de négocier sa prestation.

— Vous avez dû interrompre votre réunion quand Juliette vous a demandé de venir ?

— Oui.

— L'incompétence de cette assistance nous fait perdre beaucoup de temps ! se lamenta-t-il.

Pensant que le malentendu était réglé, son visage se détendit et elle s'apprêtait à retourner à sa négociation. Mais Harry Boulgourian enchaîna :

— Ne restez pas debout, Judith. Venez vous asseoir quelques instants.

La directrice s'exécuta.

— Que me conseillez-vous de faire ? lui demanda-t-il.

— Comment ça ?

— Juliette Mouchet nuit à l'efficacité de cette entreprise. Ce n'est pas la première fois qu'elle désorganise les agendas. Je ne vois qu'une solution possible : la remplacer par une personne plus capable.

Le directeur général sortit un CV et le lui tendit.

— Que pensez-vous de cette candidature ?

Judith Garcin était déstabilisée. Ses yeux émettaient des signaux d'inquiétude. Elle se sentit obligée de parcourir le CV, ce qui lui laissa un court temps de réflexion. Puis elle le déposa sur le bureau.

— Avant de la remplacer, remarqua-t-elle, il faut peut-être expliquer à Juliette ce qui ne fonctionne pas ? Lui donner des clés pour progresser ?

— Vous croyez vraiment qu'on peut s'améliorer quand on n'est pas organisé ?

Il perçut son malaise qui grandissait à vue d'œil à travers sa posture crispée. Allait-elle mentir pour ne pas contribuer au licenciement de Juliette Mouchet ? Qu'en penserait sa conscience ?

— Tout le monde peut progresser, rétorqua-t-elle, en frottant sa main sur sa cuisse.

Elle tomba dans le piège que Harry Boulgourian lui avait tendu :

— Dans ce cas, j'aimerais que nous échangions d'assistante.

Un vent de panique fit écarquiller les yeux de la directrice de la Communication qui ne clignaient presque plus. Son front se plissa. Elle remit nerveusement une mèche de cheveux derrière son oreille pour la cinquième fois.

— Vous voulez que Béatrice, mon assistante, prenne la place de Juliette et que moi, je récupère Juliette ?

— Oui ! Béatrice fait du très bon travail et il paraît que c'est la meilleure pour gérer les agendas et organiser les réunions. J'ai lu ses évaluations, il semblerait que ce soit une perle rare.

Des plaques rouges apparurent dans le cou de la directrice de la Communication. Elle avait chaud. Son brushing ne tarderait pas à frisotter sur le front. Elle ne savait pas comment se sortir de cette situation.

— Je ne suis pas certaine qu'elles seront d'accord.

— Nous ne leur laisserons pas le choix ! C'est simple : soit Juliette Mouchet quitte la société et est remplacée par un nouveau candidat, soit elle reste dans l'entreprise et nous échangeons d'assistante. À vos côtés, elle saura comment progresser, j'en ai la certitude.

Son corps se rigidifia davantage. Une ride de colère se creusa sur son front. Elle lui en voulait de lui imposer ce choix. Se séparer de son assistante signifiait mettre ses projets et sa propre performance en danger, augmenter sa charge de travail et son stress. Elle devait imaginer les mois à venir et se dire qu'elle n'y arriverait pas. S'il n'avait pas été son supérieur hiérarchique, elle aurait explosé, elle l'aurait même peut-être insulté mais elle était obligée de contenir toute sa colère derrière cette petite ride sur son front.

— Former une assistante qui n'a jamais géré d'événement à cinq mois de la *Yogurt Week* est très risqué, tenta-t-elle. Elle mettra au moins deux mois avant d'être opérationnelle.

— Gérer une entreprise de trois cent quatre-vingt-douze salariés, en pleine croissance, avec une assistante incompétente, est également très risqué, pas seulement pour un événement d'une semaine.

Il laissa passer un silence, puis reformula le choix moral que Judith Garcin devait faire :

— Alors Judith ? Nous licencions Juliette, ou bien nous échangeons d'assistante ?

Elle remit une nouvelle fois sa mèche derrière son oreille. Puis elle répondit avec une intonation grave qui exprimait le poids de cette décision :

— Je garde mon assistante.

— Bien !

Elle était sortie du bureau et avait baissé les yeux lorsqu'elle était passée devant le bureau de Juliette Mouchet.

Harry Boulgourian n'avait pas l'intention de licencier son assistante qui était, certes, un peu réservée et facilement intimidée, mais loin d'être incompétente. Judith Garcin ne pouvait pas le savoir. Il inventerait une excuse pour justifier qu'il avait changé d'avis.

Il s'était imprégné de cette scène, de l'embarras de sa directrice, de l'expression de sa culpabilité, de la nervosité de son corps, de l'intonation de sa voix empreinte d'une rage maîtrisée. Il avait une fois encore confirmé l'une de ses plus fortes convictions : il ne faut pas grand-chose pour réveiller les travers de la nature humaine.

Il sortit son petit carnet et nota les réflexions que cet échange lui inspirait. Pour grandir et évoluer, Prisca Krik devait ressentir des émotions fortes, en lien avec la vie moderne. Est-ce que la peur, le stress et la colère contenue de Judith Garcin seraient suffisants pour nourrir son personnage ? Il avait déjà vu maintes fois ce genre d'émotions chez l'agent de sécurité, et cela ne lui évoquait rien de bien nouveau. Mais son cerveau avait besoin de temps pour digérer ces informations.

Chapitre 4

HARRY

Toujours rien. Il était chez lui devant son ordinateur depuis plus de deux heures, cherchant une connexion entre Judith Garcin et Prisca Krik qui pourrait l'emmener dans une nouvelle histoire, mais il n'était toujours pas inspiré. Son enquêtrice errait dans son esprit comme un fantôme qui espère un jour revenir à la vie. Il repensa à ce chef de projet achat en CDD, Maxence Duron, qui lui avait inspiré le personnage du « collabo » en dormance pour son dernier roman. Il n'avait eu aucun effort à fournir : juste après leur échange, son cerveau avait bâti une structure de personnage solide avec une facilité déconcertante. Le Dr Michowsky avait mis son patient sous hypnose, l'avait projeté dans un contexte de guerre et lui avait proposé un choix moral : dénoncer ou ne pas dénoncer pour sauver son intérêt. Il en était de même pour toutes les expériences qu'il avait menées jusqu'ici sur ses salariés. Les idées d'histoire suivaient, naturellement. Mais la session avec Judith Garcin ne l'avait pas spécialement stimulé. La voir réagir comme les autres, tomber dans ses ruses les plus grossières et adopter les travers de l'être humain, sans même s'en rendre compte, n'était plus aussi satisfaisant qu'avant. La libraire brestoise avait peut-être raison : il avait besoin de sang neuf pour que Prisca ressuscite, il devait trouver une personne habitée par la vie, réagissant différemment à ses provocations. Et ce n'était pas Judith Garcin avec son tempérament psychorigide qui allait l'y aider.

Tracassé par ce blocage, il réchauffa le repas que Miguela, son aide-ménagère, lui avait préparé, et se versa un verre de vin rouge. Puis, avant de passer à table, il donna une feuille de salade à sa tortue. Cet animal sans expression qu'il avait prénommé « Tortue » car il ne voyait pas l'intérêt d'un autre nom, était sa colocataire depuis douze ans. L'observer grignoter sa feuille de salade le calmait. Pas ce soir. Il désespérait. Il n'avait jamais été confronté à une panne depuis que l'écriture était entrée dans sa vie.

Lorsqu'il était enfant, Harry trouvait le temps long. Il avait sauté une classe en primaire et aurait pu facilement en sauter une autre. Il réfléchissait vite, bien plus vite que les autres enfants. Il avait beaucoup de mal à se faire des amis car il trouvait ses camarades trop lents et pouvait se montrer méprisant envers eux. Il s'ennuyait à l'école et il s'ennuyait avec sa famille. Enfant d'un second mariage que ses parents avaient eu tardivement, Harry était né quand Oliver, son demi-frère, avait quitté la maison pour ses études de médecine.

Douglas Boulgourian, son père, était un Anglais expatrié en France depuis plus de quinze ans quand il avait rencontré sa mère, Laura Cardon, une Française vivant à Paris. Pourtant, ce dernier avait gardé tous les attributs du Londonien typique : toujours dans la retenue, pince-sans-rire, à cheval sur les principes, élégant en toute circonstance. Il avait des origines arméniennes qui n'étaient visibles que dans son nom de famille et dans ses cheveux bruns et frisés dont Harry avait hérité. Selon la légende familiale, son grand-père, Abel Boulgourian, avait immigré en Angleterre au début du XXe siècle. Assoiffé d'aventures, il avait quitté son village près de Cazaca à l'âge de seize ans, avait passé plus de deux ans sur les routes et mers, et avait fini par s'installer à Brighton après être tombé amoureux d'une Anglaise. Ils avaient donné naissance à trois fils qui avaient eux-mêmes donné naissance à deux fils. Son père n'était pas venu vivre en France par goût de l'aventure, mais parce qu'on lui avait offert l'opportunité de diriger une prestigieuse société financière anglaise à Paris. Petit, Harry Boulgourian avait cherché à en savoir plus sur cet arrière-grand-père qui avait parcouru le monde, mais cette histoire s'était transmise de génération en génération à l'oral. Selon Douglas Boulgourian, il n'existait aucun document – un journal intime ou des photos – qui puisse donner plus de détails ou même confirmer l'existence de cet incroyable voyage depuis l'Arménie. En plus d'une grande ressemblance physique avec son père, Harry avait hérité du goût pour l'aventure de son arrière-grand-père. Mais plutôt que de les vivre, il préférait les imaginer et les écrire. Il avait choisi le nom de famille de Marguerite Abel en hommage à cet ancêtre.

Sa mère, Laura Cardon, était chef du service de Rhumatologie à l'hôpital Henri-Mondor de Créteil. Experte du fonctionnement du corps humain, elle portait une attention particulière au langage corporel. La posture était clé. Harry Boulgourian devait se tenir droit et éviter de croiser les jambes. Sa mère lui avait appris à observer la forme de la colonne vertébrale des gens et à en déduire les maux associés. En plus de ses nombreuses heures de service, et autres urgences médicales, elle donnait des cours à la faculté de médecine. Passionnée par son métier, elle passait beaucoup plus de temps auprès de ses patients ou de ses étudiants qu'auprès de sa famille. Mais les moments partagés avec Harry étaient toujours de qualité. Quand elle était là, elle ne jouait pas avec lui, mais lui expliquait tout ce qu'il voulait savoir, quel que soit le sujet, ne laissait aucune de ses questions sans réponse et lui parlait comme à un adulte.

Son père et sa mère étaient tous les deux très occupés par leur carrière. La naissance de Harry était désirée mais les dîners, soirées, week-ends en famille étaient très rares. Les baby-sitters défilaient plusieurs fois par semaine jusqu'à ce qu'il soit enfin en âge de rester seul. Ses parents l'aimaient mais de loin. Surtout son père qui l'aimait de très loin. Il ne se souvenait pas avoir passé un après-midi seul avec lui. Il faisait attention à son fils par personne interposée, lui payant les meilleurs professeurs particuliers de tennis ou d'échecs. C'était des activités que son père appréciait mais Harry n'y avait jamais joué avec lui. Est-ce qu'il avait souffert de ce manque de lien et de présence familiale ? Sûrement. Il n'aurait pas su dire si son père lui avait un jour manqué. Il représentait un concept abstrait qui remplissait la plupart des fonctions qu'on lui attribuait en subvenant à ses besoins primaires : abris, sécurité, nourriture, argent de poche et autorité.

Harry Boulgourian était donc souvent seul. Bien que très doué dans de nombreux domaines, son intelligence relationnelle était quasi inexistante. Il avait compris très vite que cela pourrait devenir un problème. Il fallait qu'il s'adapte. C'est en cherchant des clés pour appréhender ses camarades de classe qu'il s'était découvert une passion pour les romans et les films. Vers l'âge de quatorze ans, il dévorait presque tous les genres de fictions : polar, historique, drame, science-fiction, érotique. Il avait également un abonnement illimité au vidéoclub en bas de chez lui où il louait aussi bien des vieux films comme ceux d'Alfred Hitchcock, Otto Preminger que des films plus récents français, américains ou espagnols : Martin Scorsese, Brian de Palma, Luc Besson, Georges Lautner, Claude Chabrol, Pedro Almodovar. Il s'imprégnait de chaque personnage, prenait des notes sur leur réaction et leur comportement dans des situations données et s'en inspirait pour sa propre vie sociale. Ces interactions lui donnaient des modèles inspirants pour nouer plus facilement des liens avec les autres. Le temps qu'il trouvait si long auparavant était devenu précieux. Comme il considérait qu'il n'y avait pas assez d'une vie pour regarder toutes les propositions d'un vidéoclub, il pouvait arrêter un film au bout de vingt minutes s'il n'était pas accroché par les protagonistes. *Idem* pour les romans. Ces histoires avaient marqué un tournant dans sa vie.

Grâce aux notes qu'il avait prises, il avait réussi à s'entourer de quelques amis, qu'il fréquentait parfois en dehors des cours. Sortir avec des filles était devenu plus facile pour lui : les exemples de conquête amoureuse ne manquaient pas dans les films et les romans. De plus, malgré l'acné qui s'était installée sur son visage au début de la puberté, il avait déjà une assurance et une part de mystère qui plaisaient aux jeunes adolescentes. Si séduire n'était pas compliqué, entretenir une relation amoureuse à long terme n'était pas encore à sa portée. Dans le but de développer son intelligence amoureuse et relationnelle, il avait commencé alors à consigner dans un petit carnet qu'il ne lâchait jamais, les réactions des gens autour de lui. Lui qui était plutôt du genre à dire ce qu'il pensait sans détour avait beaucoup à apprendre pour faire vivre une relation amoureuse. Il observait et essayait de décoder les réelles intentions derrière les mots choisis par ses petites amies, ou d'autres interlocuteurs.

Après avoir décroché son bac avec mention très bien, Harry avait intégré la faculté de Dauphine. Il n'avait pas encore une idée précise du métier qu'il voulait exercer plus tard mais tout comme son père, il était attiré par la finance, la rigueur, la logique, et les statistiques. À l'inverse des relations humaines qui représentaient pour lui l'inconstance, le monde des chiffres était sans surprise, prédictible, rassurant. Si le monde de la fiction le passionnait car il y trouvait des réponses à ses questions existentielles, il avait aussi besoin de gagner sa vie.

Pendant les soirées étudiantes, à la cafétéria ou en cours, il décryptait les comportements, les réactions, et les émotions exprimées ou retenues qu'il percevait. Il s'intéressait encore plus aux non-dits. Il prêtait une attention particulière aux relations de séduction fréquente à l'université : un ou une étudiante amoureux n'allait pas directement déclarer sa flamme mais chercherait d'abord des signes d'attirance réciproque chez l'autre, en utilisant toutes sortes de tactiques. Il s'amusait à repérer ces signes avant les principaux concernés. Il avait acquis un certain don pour cela.

Puis, entraîné par l'un de ses amis, il s'était inscrit sur une liste BDE (bureau des élèves), comme trésorier. L'association fonctionnait comme une entreprise et il s'était dit que cela pourrait le préparer au monde professionnel. Dès les premières assemblées, il avait, comme un limier, dressé dans son carnet un profil de chacun des membres : l'hypersensible-susceptible, le sauveteur de l'humanité qui en a ras le bol des injustices, le fêtard déjà presque alcoolique, le séducteur qui veut conquérir toutes les filles des environs, le menteur qui s'invente une vie incroyable, le cartésien psychorigide qui déteste le changement. Sa segmentation était caricaturale mais elle lui permettait de savoir comment se comporter avec chacun d'entre eux. Sa méthode semblait fonctionner et il avait voulu la mettre à l'épreuve : c'est là qu'il avait tenté sa première expérience dans le but de confirmer les profils qu'il avait attribués à chacun.

Il avait organisé une réunion extraordinaire et annoncé qu'une partie de l'argent collecté lors de la dernière soirée avait disparu de la caisse. Puis, il s'était mis en retrait. Les étudiants s'étaient mutuellement soupçonnés. L'hypersensible-susceptible s'était sentie tout de suite accusée et s'était mise à pleurer, le psychorigide avait mis ça sur le compte du manque de rigueur de l'association, le fêtard avait lancé une blague qui n'avait fait rire personne, le menteur avait inventé un mensonge pour convaincre tout le monde qu'il n'était pas coupable. Les vieilles frustrations étaient remontées à la surface. Des camps s'étaient formés. Le sauveteur de l'humanité était intervenu pour s'indigner de ce vol et avait proposé à tout le monde de se calmer pour mieux réfléchir. Harry s'était régalé en noircissant son petit carnet de toutes ces réactions. Mais, de peur que ce vol ne prenne de trop grandes proportions et entraîne la dissolution de l'association, il avait proposé une solution : le lendemain, chaque membre défilerait seul, chacun son tour dans le local du BDE, ce qui permettrait à l'éventuel coupable de remettre l'argent sans avoir à se dénoncer. Tous avaient accepté. Il avait alors pu annoncer que la somme manquante avait été remboursée et personne n'avait jamais su qu'il les avait manipulés.

Cette petite expérience lui avait beaucoup apporté. Elle avait fait ressortir les faiblesses psychologiques de chacun. C'était encore plus fort en vrai que dans les films et les romans qu'il lisait.

À la suite de ça, une histoire avait germé dans son esprit. Pour déterminer à qui léguer son entreprise, un père met ses enfants à l'épreuve. Il les réunit et leur annonce que l'un d'entre eux a volé de l'argent dans son coffre. Ils sont les seuls à avoir le code. Il découvre alors le vrai visage de sa progéniture. Il s'était servi des différents profils des membres du BDE pour nourrir ses personnages, leurs émotions, leur langage corporel et son intrigue. Cette histoire n'était jamais sortie de son ordinateur, mais il avait alors pris goût à l'écriture. Puis d'autres histoires s'étaient formées dans sa tête, et d'autres encore. Personne ne savait rien de sa passion. Ses parents ne cherchaient même pas à savoir à quoi il occupait ses soirées ou ses week-ends. Tant qu'il avait des bons résultats scolaires, qu'il ne se droguait pas et qu'il se tenait droit, il était libre et n'avait pas de comptes à rendre.

Il avait compris tout seul et très tôt qu'un bon récit se composait de conflits et de sources de danger. Le lecteur ne prêtait pas attention à un personnage qui s'entendait bien avec tout le monde et à qui il n'arrivait rien. Il serait accroché par ses peurs, ses frustrations, ses rivalités et par les épreuves qu'il aurait à surmonter. C'était grâce à elles qu'on découvrait réellement qui on était et de quoi on était capable. Peu à peu, l'idée grandissait en lui de devenir écrivain, mais il avait besoin des autres pour cela, il ne savait pas écrire seul et s'inventer un monde imaginaire. Harry dépendait de la réalité pour écrire.

En sortant de la faculté, il avait été embauché en tant que consultant dans une prestigieuse société d'audit. Il s'était très vite lassé des missions où il se retrouvait isolé chez le client : il avait besoin d'interaction pour écrire, de lien social, même s'il était mal à l'aise avec les relations humaines. Il avait ensuite intégré un groupe textile spécialisé dans le linge de maison en tant que contrôleur de gestion, et gravi rapidement les échelons pour se retrouver directeur financier de la société. Le monde de l'entreprise était devenu sa principale source d'inspiration car elle faisait ressortir le pire de la nature humaine. Tous les bons ingrédients pour construire un roman policier étaient réunis dans l'entreprise, avait-il vite constaté. Les salariés couraient après le pouvoir, un statut social et toujours plus d'argent.

De temps en temps, il s'aventurait à créer quelques tensions pour faire ressortir les vraies personnalités des personnes avec lesquelles il travaillait. Mais les Ressources humaines l'avaient dans le collimateur en raison de son comportement singulier avec les gens.

Un jour, un chasseur de têtes l'avait contacté pour lui proposer une position de directeur général adjoint, et il avait sauté sur l'opportunité. Le fondateur des Yaourts Poitier allait bientôt prendre sa retraite et cette offre déboucherait sur un poste de directeur général pour lui succéder. C'était exactement ce qu'il fallait à son cerveau pour le stimuler : diversifier ses compétences au-delà de la finance, découvrir tous les services de la société, élaborer une stratégie pour développer l'entreprise et diriger une équipe conséquente de trois cent onze personnes à l'époque. Il pourrait réaliser ses expériences et accomplir ses rituels d'écriture sans avoir à rendre de comptes.

Les yaourts n'étaient certes pas une vocation mais la direction générale d'une entreprise, si. Ce métier était fait pour lui. Logique, chiffres, statistiques, décisions à prendre allaient de pair avec la rigueur nécessaire à l'exercice d'écriture et la diversité des profils qu'il pouvait observer et recruter tous les jours. Harry était comme un poisson dans l'eau : sa vie, entre fiction et réalité, constituait une source d'excitation incomparable.

Les textes courts, puis de plus en plus longs, avaient commencé à s'entasser sur son ordinateur jusqu'à prendre la taille d'un roman. Au début, Harry Boulgourian n'était pas prêt à affronter le regard des gens. Si les lecteurs n'aimaient pas ses histoires, son ego serait blessé et il perdrait peut-être l'envie d'écrire. Pourtant ce même ego avait eu besoin au fil du temps de savoir si ses histoires intéresseraient les gens. L'anonymat lui était alors apparu comme la solution idéale : si son premier roman faisait un bide, il lui serait facile de disparaître. Mais l'inverse s'était produit : le succès avait été immédiatement au rendez-vous. Son personnage de Prisca avait séduit le monde entier, sans que le gardien de l'immeuble ne se doute un seul instant qu'il avait pu l'inspirer. Les lecteurs en voulaient toujours plus et il s'en réjouissait. Il ne pouvait plus se passer de ces personnages qu'il modelait à l'image de ses salariés : ces derniers le surprenaient tous les jours, et les petits rebondissements, souvent mesquins, du monde du travail devenaient, par la grâce de sa plume, des intrigues policières effrayantes, qui avaient conquis des milliers de lecteurs.

Toutes ces années d'abondance à écrire avec une facilité déconcertante et puis plus rien. Harry Boulgourian ne pouvait pas renoncer à cette richesse perdue.

Chapitre 5

GLORIA

Gloria Comelli approcha le yaourt myrtille cassis de ses narines et sentit que son petit déjeuner prenait le chemin du retour. Elle se précipita aux toilettes les plus proches de son bureau. Ses nausées étaient de plus en plus fréquentes et elle aurait du mal à dissimuler sa grossesse à ses collègues jusqu'à la première échographie. Après avoir vomi, elle se passa un peu d'eau dans le cou, et toucha son ventre. Malgré cette sensation très désagréable de dégoût permanent, elle était si heureuse d'être enfin enceinte. Cela faisait plus de six ans qu'elle attendait ce moment. À trente-huit ans, elle avait bien cru que devenir mère était un rêve impossible à réaliser. Mais non. La vie se développait dans son utérus depuis dix merveilleuses semaines, bientôt onze.

À l'heure du déjeuner, elle rejoignit ses deux collègues et amies qui s'étaient déjà installées dans la petite brasserie du coin de la rue. Elles s'y retrouvaient tous les jeudis midi. C'était les seules personnes du bureau à savoir qu'elle était enceinte.

— Regarde-moi ces nichons ! s'écria Tara Berthier, la directrice commerciale des Yaourts Poitier. La nature fait des miracles !

— Je ne sais plus quoi en faire ! plaisanta Gloria. Je ne pensais même pas que c'était possible, moi qui ai toujours été si plate. Avec les traitements hormonaux et la grossesse, j'ai déjà pris trois tailles !

— Ils sont énormes ! renchérit Judith Garcin, la directrice de la Communication.

— Mais le pire, ce sont les nausées, je ne vais pas vous l'apprendre, poursuivit Gloria en s'installant à la table. Je dois valider les nouvelles saveurs de yaourt du plan de lancement et elles me donnent toutes envie de vomir !

— Eh ben ! Ça promet pour le chiffre d'affaires de l'année prochaine ! ironisa Tara.

— Pour tes nausées, tu devrais essayer le gingembre cru, conseilla Judith. Le matin à jeun avec du citron et du romarin, c'est très efficace.

— Même sans hormone de grossesse, ça me donne envie de vomir ton truc ! s'exclama Tara. Tu dois juste attendre que ça passe. Après le premier trimestre, tu seras en pleine forme !

Tara, Judith et Gloria étaient devenues amies lors d'une formation de management qu'elles avaient suivie ensemble trois ans plus tôt. Elles avaient eu un cas pratique à résoudre en groupe et elles avaient tellement ri qu'elles ne s'étaient plus quittées.

Les trois femmes avaient choisi ce restaurant pour pouvoir parler tranquillement car la cantine ne manquait pas d'oreilles indiscrètes. De plus, les plats étaient fabriqués avec des ingrédients de saison et Josiane, la patronne, était débordée mais très sympathique.

— Qu'est-ce qu'elles mangent aujourd'hui les reines du yaourt ?

— Josiane, tu nous as anoblies depuis la semaine dernière ! plaisanta Tara.

— Je vous mets les menus du jour, comme d'habitude ?

— Non, pas de menu pour moi, coupa Gloria, je vais seulement prendre la soupe de légumes avec un supplément cornichon.

Alors qu'elle s'apprêtait à écrire la commande sur son petit calepin, la gérante releva la tête :

— Félicitations, ma grande !

Gloria rougit. Elle avait eu tant de mal à tomber enceinte, elle préférait passer la première échographie avant de l'annoncer.

— C'est encore secret, Josiane ! chuchota Judith.

— Ah pardon ! Tu as vu sa tête ? Ça se voit tout de suite ! On dirait qu'elle a le mal de mer !

— Merci Josiane ! ironisa Gloria. Toi aussi, tu es rayonnante !

— Tu nous apportes tout en même temps ? demanda Judith.

— Ça marche, ma grande !

La gérante du restaurant cria la commande en cuisine.

— J'ai si mauvaise mine ? s'inquiéta Gloria. J'ai beau mettre du fond de teint et de la poudre, ma peau les absorbe ! Et je me sens si fatiguée.

— Rassure-toi, fit Tara, d'ici deux-trois semaines, tu auras retrouvé de l'énergie.

Tara Berthier était mère de trois enfants : une adolescente de quinze ans d'un premier mariage, Clarisse, et deux petits : Léo, trois ans et Ilona onze mois, qui ne dormaient toujours pas la nuit. Que ce soit avec son adolescente ou avec ses deux derniers, cette directrice commerciale perdait toutes les négociations. Les géants de la distribution lui mangeaient dans la main mais Léo refusait d'avaler quoi que ce soit sans un dessin animé, Ilona qui ne marchait pas encore ne voulait que les bras et hurlait dès que Tara la posait sur son transat. Quant à Clarisse, son adolescente, elle trouvait toujours une bonne raison pour lui soutirer un surplus d'argent de poche.

— Rien de nouveau pour moi : je n'ai pas fermé l'œil de la nuit. Léo était persuadé qu'il y avait des méchants cochons dans sa chambre. J'ai eu beau lui dire qu'il avait probablement entendu les ronflements de son père, il était terrorisé. J'ai dû chanter tout le répertoire de Jean-Jacques Goldman pour le calmer. Il n'y a que ça qui marche.

— Oh ma pauvre ! compatit Judith. Comment fais-tu pour tenir ? Moi, j'ai tellement besoin de mes huit heures de sommeil.

— Ne le dites à personne, mais ce matin, j'ai fait une petite sieste aux toilettes. Quinze minutes réparatrices, ça fait un bien fou !

— Personne ne s'en est aperçu ? interrogea Gloria.

— Je leur ai dit que j'allais faire une course et j'ai disparu sans prévenir personne au premier étage. Si j'ai un conseil à te donner, Gloria, briefe ton ventre dès maintenant. Tu lui répètes plusieurs fois par jour pour que le message s'inscrive dans ses cellules : la nuit, on dort et on laisse ses parents tranquilles.

— Merci du conseil ! sourit Gloria en mettant machinalement la main sur son ventre.

Judith avait aussi trois enfants : Valentin, sept ans, Agathe, cinq ans, et Gaspard, deux ans. Pour elle, l'organisation, c'était le début du bonheur. Sans ordre, sans process, sans rétroplanning, la vie devenait chaotique. Que ce soit dans le domaine privé ou professionnel, Judith ne laissait aucune place au hasard. En charge de la communication des Yaourts Poitier, elle faisait preuve d'une grande rigueur dans tous les projets qu'elle menait avec son équipe. Elle tenait toujours les engagements qu'elle prenait car elle avait anticipé les besoins, les ressources et les problèmes. Sur son réfrigérateur chez elle étaient disposés plusieurs tableaux qu'elle mettait à jour chaque mois : le programme des sorties avec son mari – avec ou sans leurs amis –, la liste des menus et des courses pour les quinze prochains jours. Chaque enfant avait sa couleur, ce qui lui permettait de se repérer et de savoir ce qu'il devait faire (ses activités, ses rendez-vous chez le médecin…). C'était le cerveau de la famille. Son mari suivait à la lettre les indications de sa femme et prenait rarement des initiatives. Il aurait forcément fait moins bien qu'elle, alors il n'essayait même pas. Pourtant, elle avait beau exceller dans l'art de l'organisation et de l'anticipation, il y avait toujours un grain de sable dans le rouage : un enfant malade, la nounou bloquée dans les transports, une grève de la maîtresse, un cahier de leçons oublié à l'école, une trousse perdue, de la pluie alors que la météo annonçait du soleil, deux fêtes d'anniversaire prévues le même jour à la même heure, un refus de se laver les cheveux (pas même une fois par semaine), un doudou passé à la machine juste avant l'heure du coucher… L'organisation aurait pu être parfaite si la liste des imprévus n'était pas aussi longue que les cheveux d'Agathe qui s'était mis en tête d'avoir la même coiffure que Rayponce.

— Ma nounou m'a encore plantée car elle a une rage de dents cette fois-ci et Gaspard est tombé malade.

— Comment tu as géré ?

— De 8 h 30 à 11 heures, il est chez ma belle-mère, de 11 heures à 12 h 45, mon mari le récupère et le fait déjeuner. Ensuite il le dépose chez ma mère, jusqu'à 17 heures, qui, elle-même, va le déposer chez la voisine car elle a rendez-vous chez le cardiologue. Je récupère les deux autres à 18 heures et je cours le chercher. Tout est minuté ! Charge mentale maximale !

— Tu ne pouvais pas faire de télétravail ? demanda Gloria.

— Non, j'ai une réunion avec Harry Boulgourian, tout à l'heure. Il est tellement imprévisible, je préfère être en face de lui pour repérer les signaux faibles.

— Tu y arrives ? demanda Tara. Ça fait cinq ans que je le pratique, et je n'arrive toujours pas à prévoir ses réactions. Parfois il est cassant, parfois il est charmant, parfois il valide sans question, parfois il revient sur des microdétails pendant des heures. Je ne m'y ferai jamais !

— Et en même temps, si l'entreprise est en croissance, c'est grâce à lui ! intervint Gloria.

— Il est brillant, c'est incontestable, reconnut Judith, mais c'est un taré ! Je ne me remets pas du dernier coup qu'il m'a fait ! Je suis en pleine préparation de la *Yogurt Week* qui aura lieu dans exactement seize semaines et trois jours. Et cette année, on a prévu d'inviter des célébrités à goûter les créations. Ça va être grandiose ! Bref, vous savez à quel point mon agenda est vital pour moi, encore plus pendant cette période chargée.

— Oh oui ! On sait !

— Lundi, il me convoque dans son bureau alors que j'étais en réunion. Il voulait parler de la *Yogurt Week*, justement. Je lui précise que nous avons un point à ce sujet ce jeudi et que nous pourrons en discuter à ce moment-là. Il m'explique alors que c'est son assistante qui fait n'importe quoi avec les agendas. Il a l'intention de la remplacer et il me demande ce que j'en pense. Je ne suis pas proche de Juliette Mouchet et je n'ai rien à lui reprocher.

Les deux collègues mangeaient du pain avec du beurre tout en écoutant attentivement leur amie.

— Je lui ai conseillé de lui donner une autre chance et il m'a répondu : « Vous croyez vraiment qu'on peut s'améliorer quand on n'est pas organisé ? »

— Tu ne lui as pas dit ce que tu penses réellement ? s'inquiéta Tara.

— Évidemment que non ! enchaîna Judith. La probabilité pour que des bordéliques deviennent des maniaques de l'organisation reste très faible ! Mais j'ai gardé mes stats pour moi. Et je lui ai rétorqué que tout le monde pouvait progresser. Et il m'a sorti : « Dans ce cas, j'aimerais que nous échangions d'assistante. »

Les deux collègues s'indignèrent : Tara lâcha un « Non ! » la bouche pleine, Gloria un « C'est pas vrai ! » révolté.

— J'ai paniqué, poursuivit Judith. Béatrice est la meilleure assistante dans tous les domaines. On est câblées pareil toutes les deux, impossible de m'en séparer ! La *Yogurt Week* sans elle serait un enfer !

— Qu'est-ce que tu as décidé ?

— J'étais tellement mal… J'ai fini par sacrifier Juliette, rétorqua-t-elle honteuse. Je n'en ai pas dormi de la nuit tellement j'ai culpabilisé. Je ne la connais pratiquement pas et je contribue à son licenciement !

— Tu aurais dû aller voir les Ressources humaines ! s'énerva Gloria. Ce n'est pas à toi de prendre cette décision !

— C'est ce que j'ai fait le lendemain, je suis allée voir Margaux Dilac à la première heure. Elle n'était pas au courant du problème mais elle s'est tout de suite rangée du côté de Harry Boulgourian.

— S'il lui demandait de chanter du Johnny Halliday en début de chaque réunion, cette DRH se mettrait au chant sans se poser de question ! déplora Tara. C'est un bon petit soldat.

— Margaux m'a finalement rappelée un peu plus tard dans la matinée, pour me dire que Harry Boulgourian avait changé d'avis et qu'il avait décidé de suivre mes conseils : il va donner une autre chance à Juliette Mouchet !

— Tu devais être soulagée, commenta Gloria.

— Moi, je pense que tu as passé un test ! lança Tara.

— Un test ?

— Oui, il te met à l'épreuve.

— Pour quelles raisons ? s'interrogea Judith. Ça fait cinq ans qu'on travaille ensemble. Il a dû se faire une opinion sur moi depuis le temps !

— On ne sait jamais ce qui se passe dans sa tête, reprit Gloria. Il est impossible à cerner !

— Ce type est un génie. Et tous les génies ont une part d'ombre, ajouta Tara.

— Je reconnais qu'il est fort, admit Judith. Et il a de bonnes idées, c'est lui qui est à l'origine de la *Yogurt Week* et cet évènement, c'est le meilleur coup de communication de l'industrie ! Mais ce n'est pas une raison pour traiter les gens de cette manière. Parfois, j'ai envie de chercher ailleurs.

— Tu ne peux pas nous quitter ! s'affola Gloria.

— Tu aimes ton travail, tu es bien payée et Harry Boulgourian te fait confiance, ajouta Tara. De toutes les manières, il y a des gens tordus partout.

— Il n'a peut-être pas conscience qu'il est tordu ! s'indigna Gloria. Personne n'a dû le lui dire, c'est peut-être un psychopathe qui s'ignore ?

— À sa manière de regarder tout ce qui se passe, enchaîna Judith, je pense plutôt que c'est un voyeur, ce n'est pas pour prouver aux consommateurs que les Yaourts Poitier n'ont rien à cacher qu'il a eu l'idée de disposer des caméras dans le champ de vaches à côté de l'usine. C'est pour mater les vaches !

Elles rirent à nouveau.

— On devrait lui dire qu'il est tordu, fit Gloria en riant.

— Je te laisse le lui annoncer, lança Judith. Comme tu es enceinte, il ne pourra pas te licencier !

— Il ne le sait pas encore, précisa Gloria. Ou alors peut-être qu'il s'en doute, car j'ai inventé tellement d'excuses pour décaler des points avec lui qui tombaient pendant mes examens.

— Tu aurais dû les prévenir, lui et les RH ! fit Tara.

— Et leur dire quoi ? « Au fait Harry, j'ai un problème d'infertilité, je cache mes piqûres d'hormones dans le réfrigérateur de la salle de pause, et si mon ventre est gonflé, ce n'est pas parce que je me suis resservie à la cantine, c'est à cause des traitements que je prends ! »

Silence. Puis les trois femmes éclatèrent encore de rire.

— J'essaie d'imaginer sa tête ! se moqua Judith.

— Et t'imagines quoi ? enchaîna Tara. Je peux lui annoncer un chiffre de ventes au-delà du budget ou la perte d'un contrat avec une enseigne, il a toujours la même expression.

— C'est vrai que tu en as bavé, Gloria, remarqua Judith, plus sérieusement.

— Oui, quand j'annoncerai ma grossesse, j'aurais l'impression de sortir de l'ombre ! Je me suis tellement cachée pendant ces six dernières années pour ne pas que les gens sachent que j'avais un problème de fertilité. J'ai envie de profiter de chaque seconde de cette grossesse !

Elle croqua dans un cornichon à pleines dents.

— Et voici ! s'exclama Josiane.

— Tu peux me remettre quelques cornichons ? demanda Gloria.

— Avec joie !

C'est alors que Judith paniqua :

— Surtout, ne vous retournez pas !

— Que se passe-t-il ?

— Harry Boulgourian est à la caisse en train de payer.

— Non ! s'affolèrent les deux autres.

— Vous croyez qu'il a entendu notre conversation ?

Elles se regardèrent, essayant de se repasser la discussion qu'elles venaient d'avoir. Tara temporisa :

— On a beaucoup parlé de lui mais on n'a rien dit de faux.

— Je l'ai quand même traité de taré ! fit Judith.

— Et de psychopathe, et de voyeur de vaches, ajouta Tara.

— Moi, je m'en fiche, il ne peut pas me virer parce que je suis enceinte !

Les trois amies rirent à nouveau.

Chapitre 6

HARRY

HABITUELLEMENT, Harry Boulgourian déjeunait rapidement à son bureau. Mais ce jour-là, il avait eu envie de casser sa routine et s'était rendu dans la brasserie du coin de la rue. Bien lui en avait pris ! Il s'était installé au fond du restaurant, face à un mur sur lequel était accroché un grand miroir teinté. C'est alors que Judith Garcin, Tara Berthier et Gloria Comelli, trois directrices de son comité de direction, avaient fait leur entrée. Elles n'avaient pas remarqué sa présence et s'étaient assises juste derrière lui. Toujours à l'affût, il s'était décalé légèrement dans un angle mort pour ne pas être vu et surtout ne pas perdre une miette de leur conversation.

Gloria Comelli était donc enceinte. Depuis sa place, il ne voyait qu'elle, de profil dans le miroir. Il travaillait avec cette directrice de la Recherche et du Développement depuis plus de quatre ans, mais ce jour-là, il avait eu l'impression de découvrir une autre personne. Il l'avait regardée croquer ses cornichons et se délecter. Il n'aurait pas su dire ce qui avait changé : elle était juste… différente. Il s'était remémoré une réunion qu'il avait eue avec elle sur la recette des Yaourts de ma cousine : comme à son habitude, elle synthétisait les recherches de son équipe et lui fournissait rapidement les éléments nécessaires à la prise de décision. Il n'avait jamais perçu dans son comportement, sa posture ou son ton de voix un élément particulier qui aurait pu l'intéresser pour ses romans. Il ne l'avait même jamais sélectionnée pour participer à l'une de ses expériences. En revanche, Ulysse Bachar, un ingénieur travaillant dans son équipe, lui avait inspiré le personnage d'un mythomane compulsif qui avait entraîné Prisca Krik sur une mauvaise piste dans son quatrième roman.

À cause de son problème d'infertilité, elle disait s'être cachée pendant six ans. Qu'est-ce que cela pouvait vouloir dire ? Il avait un don d'habitude pour repérer les individus cachant un lourd secret. Comment avait-il pu louper ça ? Avait-il perdu son flair ? Elle en avait bavé, disait-elle à ses deux amies, mais, pourtant là, dans ce restaurant, elle semblait rayonnante. Une des phrases qu'elle avait prononcées l'avait marqué : « J'ai envie de profiter de chaque seconde de cette grossesse ! » Une connexion inattendue s'était alors créée avec Prisca Krik. Il avait sorti son carnet sur la table du restaurant et avait commencé à noter les idées qui arrivaient en masse dans son esprit. *A priori*, les deux femmes n'avaient rien en commun : Gloria semblait ouverte, positive et confiante alors que Prisca était raide, les sens en alerte et ne faisait confiance à personne. Mais la transformation de Gloria qui avait dissimulé une souffrance pendant de longues années, et qui aujourd'hui « sortait de l'ombre », comme elle le disait, correspondait exactement à ce dont il avait besoin pour faire évoluer son enquêtrice. S'il voulait la rendre moins froide et moins sombre, s'il voulait qu'elle se métamorphose elle aussi, il avait peut-être trouvé la personne qui pourrait l'inspirer.

Il arriva avec dix minutes de retard à sa réunion et pour la première fois depuis longtemps, il était calme et bien disposé.

Justin Lessieur, le directeur du Marketing, prit la parole :

— Nous proposons de faire évoluer l'identité graphique des packagings de nos yaourts.

Un chef de produit posa une maquette devant lui.

— Comme vous pouvez le voir, nous avons retravaillé les couleurs et modifié la typographie pour la rendre aussi élégante que percutante. Le « t » de Yaourt s'incline tout en délicatesse.

— C'est subtil comme changement ! remarqua Harry Boulgourian, sans agressivité.

Justin Lessieur insista sur l'aspérité du « t » de Yaourt et de Poitier qui, selon lui, apportait beaucoup de modernité.

La répétition du son « t » fit résonner un mot entendu à plusieurs reprises durant la conversation du déjeuner : infertilité. Ce mot avait été prononcé par les trois femmes. Mais aussi par son éditrice qui avait eu le culot dans son e-mail de relance de lui parler d'infertilité littéraire.

Harry valida l'évolution graphique à la grande surprise du directeur marketing qui ne s'attendait pas à ce que ce soit si facile. Puis il regagna son bureau à la hâte. Il sortit son petit carnet et y inscrivit en lettres majuscules : *INFERTILITÉ* ? Gloria avait prononcé ces mots exacts : « J'ai un problème d'infertilité ». Il ne voyait pas vraiment ce qu'elle voulait dire par là mais il allait se renseigner. Jusqu'à présent, il ne s'était jamais vraiment intéressé à ces questions.

Harry Boulgourian avait quarante-quatre ans et fonder une famille ne faisait pas partie de ses projets de vie. Un enfant représentait un élément perturbateur à l'équilibre si parfait qu'il s'était construit. Il ne voyait pas de réel bénéfice à être père. Il aurait pu vouloir laisser un héritage et perpétuer son nom, mais il considérait que ses romans remplissaient déjà cette fonction (même si Abel n'était pas sa réelle identité). En quelque sorte, écrire, c'était créer une forme de vie. L'histoire se formait dans son esprit, comme un fœtus dans un utérus. Cela prenait du temps. Elle se nourrissait, grossissait et finissait par voir le jour. Après l'accouchement, l'envoi à son éditeur, il ressentait même parfois une sorte de *baby blues*. Il regardait avec une fierté presque paternelle son histoire prendre son envol en librairie.

« J'ai un problème d'infertilité ». Il y avait dans cette phrase quelque chose à creuser. Une petite flamme s'alluma à l'intérieur de lui : il avait peut-être enfin trouvé le thème de son prochain roman et une piste d'évolution intéressante pour Prisca Krik.

Comme pour chaque enquête, afin que celle-ci puisse s'appuyer sur des éléments du réel, il effectua quelques recherches rapides sur son téléphone :

> « Un couple sur sept consulte pour des problèmes de fertilité. »
> « La procréation médicalement assistée (PMA) permet de contourner la plupart des difficultés à avoir un enfant. »
> « Depuis Louise Brown (1er bébé-éprouvette) en 1978, le nombre de fécondations *in vitro* n'a cessé d'augmenter. »
> « La FIV est la technique la plus utilisée et représente "70 % des enfants conçus" par PMA (procréation médicalement assistée). Elle consiste à mettre en contact des ovocytes et des spermatozoïdes en laboratoire. Après fécondation, l'œuf est transféré dans l'utérus de la femme. »

Il inscrivit dans son carnet ses interrogations :

> *Pourquoi un couple sur sept ne peut-il pas avoir d'enfants ? À quoi ressemble la vie d'une femme qui n'arrive pas à avoir un enfants ? À quoi ressemble la vie d'un homme sans enfant ? Comment vit-on cette injustice ? Qu'est-ce qu'un couple est prêt à entreprendre pour avoir un enfant ? Est-on capable d'enfreindre la loi pour avoir*

un enfant ? À part l'argent, pour quelle raison une femme prêterait-elle son ventre à une autre femme pour avoir un enfant ?

Derrière ces questionnements, se cachaient peut-être une intrigue forte, une histoire policière à raconter, mais avec une nouvelle Prisca, plus humaine, plus tendre, plus moderne, ancrée dans des problèmes du réel, qui semblait d'un coup lui tendre les bras.

Il poursuivit ses recherches :

> « La FIV est destinée aux couples ayant des difficultés à avoir un enfant après plusieurs mois de tentatives infructueuses. »
> « Si l'un des membres du couple est stérile, il pourra se voir proposer un don d'ovocytes ou de spermatozoïdes pour pallier cet obstacle. »
> « Un enfant sur trente naît en France grâce à la technique de la fécondation *in vitro* ou de l'insémination artificielle. »

La PMA (procréation médicalement assistée) déclenchait toutes sortes de polémiques, exactement le genre de sujet qui intéresserait son lectorat et qui, à l'aide d'une histoire bien menée, lui ferait découvrir ce qu'il pensait réellement.

Gloria Comelli avait réalisé une PMA. Harry se demanda si d'autres femmes dans l'entreprise étaient concernées par ce problème.

Il observa Juliette Mouchet à travers la porte ouverte de son bureau : son assistante devait avoir trente-cinq ans. Cela faisait moins d'un an qu'elle était à ce poste. C'était une femme plutôt timide qui ne parlait pas de sa vie privée. Elle avait une frange toujours trop longue qui lui tombait sur les yeux : un moyen inconscient de se cacher et de ne pas attirer l'attention.

Elle rougissait dès qu'on lui adressait la parole. Elle n'avait pas d'enfant, du moins, c'est ce qu'elle avait déclaré au comité d'entreprise. Pour quelle raison ? Peut-être n'avait-elle pas rencontré l'âme sœur ? Peut-être privilégiait-elle sa carrière ? Peut-être n'avait-elle tout simplement pas envie d'avoir un enfant ? Ou alors la maternité était-elle biologiquement impossible à cause d'un problème de fertilité ? Ces questions étaient difficiles à poser frontalement.

Entre deux réunions, il décida de prendre le temps de faire un petit tour dans l'open space pour observer les employées. Il salua Martine Goutiot, dont il s'était servi pour un personnage de femme infidèle dans son troisième roman. Martine avait exposé une photo où deux enfants de moins de dix ans posaient avec un sourire édenté. Il s'attarda sur les bureaux des mères qui exposaient des créations de leurs enfants : un dessin de papillons aux ailes absolument pas symétriques, un pot à crayons recouvert de coquillettes, un poème truffé de fautes d'orthographe encadré de petites formes censées être des cœurs mais qui ressemblaient plutôt à des fesses. Il salua deux chefs de produit. L'une d'entre elles lui avait inspiré une jeune victime, étudiante sans famille retrouvée plus de trois semaines après sa mort. Ces deux femmes avaient moins de trente ans, pas encore de dessin ni de poème sur leur bureau.

Puis il descendit au laboratoire. Gloria Comelli était en réunion avec son équipe. Il l'observa à travers la baie vitrée sans se faire remarquer et se remémora son « J'aurais l'impression de sortir de l'ombre ! ». Elle souriait souvent et acquiesçait de la tête. Il la surprit qui caressait discrètement son ventre. Elle avait l'air radieuse, elle si effacée d'ordinaire. Qu'avait-elle dû endurer pour tomber enceinte ? Par quelles souffrances était-elle passée ?

Cela faisait des années qu'il explorait la nature humaine à travers ses romans. Ses personnages étaient tantôt des hommes, tantôt des femmes. En abordant ce sujet de l'infertilité qui ne lui évoquait pas grand-chose jusqu'ici, il réalisa qu'il avait encore beaucoup à découvrir.

Harry était en joie. Son éditrice avait bien fait de l'orienter sur la piste de l'infertilité.

Chapitre 7

HARRY

MARGAUX Dilac, la directrice des Ressources humaines, tapa à la porte de son bureau pour leur point hebdomadaire. Il l'avait embauchée trois ans plus tôt et se félicitait de ce recrutement. Ambitieuse et travailleuse, elle était totalement autonome et proactive sur des sujets beaucoup trop chronophages pour lui. Elle gérait les recrutements, les mobilités, les formations, les organigrammes, les frustrations, les plaintes et tous les problèmes des employés et, surtout, elle lui livrait tous les détails. C'était une alliée essentielle, qui lui permettait non seulement de poursuivre ses « expériences » humaines en toute tranquillité mais également de les nourrir.

— J'ai préparé un kit d'accueil pour les nouveaux arrivants afin de faciliter leur intégration et les plonger dans notre culture d'entreprise. Souhaitez-vous le parcourir ?

— Non, je vous fais confiance. Sujet suivant.

— Trois femmes ont annoncé leur congé maternité : Gloria Comelli, Sabine Wurst et Myriem Sagar qui attend des jumeaux. Je viens de lancer les recrutements de CDD pour les remplacer pendant leur congé maternité.

Harry Boulgourian avait lu que la diffusion de la PMA avait doublé le nombre de naissances gémellaires depuis les années 1970. Myriem Sagar avait-elle eu recours à la PMA tout comme Gloria Comelli ? Impossible à savoir… Il ne pouvait pas poser ces questions-là dans le monde de l'entreprise. Il avait mille questions en tête qui lui auraient permis de nourrir son roman mais c'était inenvisageable. Cela se retournerait contre lui et on pourrait l'accuser de discrimination féminine, de harcèlement, ou autres mauvaises interprétations dans la veine du mouvement *#metoo*. Or Harry Boulgourian avait des défauts, mais il ne faisait aucune différence de traitement entre les hommes et les femmes. C'était la même nature humaine, pour lui. Dans son comité de direction, il avait cinq femmes et quatre hommes, alors qu'il ne s'était jamais fixé d'objectif de parité. Il savait repérer les talents, quel que soit leur sexe.

— D'ailleurs, pour information, le goûter des familles a lieu le 5 mars prochain, juste après les vacances scolaires d'hiver. Nous avons légèrement dépassé le budget par rapport à l'année dernière car le clown a augmenté ses prix et nous avons ajouté une animation sur le recyclage des pots de yaourts.

Il n'avait jamais mis les pieds à cette fête annuelle car il n'en voyait pas l'intérêt jusqu'ici. Mais avec ce nouveau projet de roman, cela valait peut-être la peine de faire le déplacement. Avec un peu de chance, Gloria Comelli serait présente et ce serait une parfaite occasion pour aborder avec elle des sujets hors de la sphère professionnelle.

Il téléphona à Bérénice, une femme avec qui il passait deux à trois soirées par mois depuis presque un an. Il avait toujours préféré les relations éphémères avec les femmes mariées de préférence ou celles qui n'avaient pas l'intention de s'engager. Il avait besoin de sa liberté pour écrire et Bérénice aussi, pour d'autres raisons certainement. C'était une femme aussi belle qu'intelligente : directrice générale d'une maison de parfum, elle avait commencé comme nez, puis avait très vite gravi les échelons. Trente-huit ans bien conservés par quelques retouches esthétiques très bien réalisées qui lui donnait cinq ans de moins, elle était toujours apprêtée d'une tenue classique et chic qui la mettait en valeur. C'était une femme libre qui ne se refusait rien et qui savait ce qu'elle voulait. Ils s'étaient rencontrés dans le cadre professionnel. Sa maison de parfum avait répondu à un appel d'offres pour devenir le fournisseur des arômes de fruits nécessaires à relever le goût des yaourts. Elle avait perdu l'appel d'offres, mais gagné un amant. Elle l'avait invité à déjeuner et avait joué cartes sur table en lui expliquant qu'elle ne recherchait pas une relation de couple classique. Il ne leur en fallait pas plus pour conclure : ils avaient dîné ensemble le lendemain et fini au lit avant le dessert. Les règles étaient claires des deux côtés : ils appréciaient passer du temps ensemble, souvent un repas chez l'un ou chez l'autre, ou dans un bon restaurant suivi d'une nuit de sexe ; ils se rendaient service de temps en temps quand ils avaient des invitations où il était nécessaire d'être accompagnés, mais ni l'un ni l'autre n'envisageait une relation conventionnelle. Il s'était inspiré d'elle pour un personnage de directrice d'hôpital psychiatrique sans scrupule dans son dernier roman : une des premières victimes du Dr Michowsky.

— J'ai besoin que tu m'accompagnes le dimanche 5 mars dans l'après-midi pour le goûter des familles que nous organisons pour les salariés.

— J'ai bien entendu ? Tu veux qu'on passe un dimanche après-midi avec des enfants qui crient ?

— C'est exact. Tu me dois bien ça : je me suis coltiné tous tes galas de charité au mois de décembre dernier !

— Il n'y en avait que deux, il n'y avait pas d'enfants et il y avait du champagne !

— Il y aura du champagne. Tu es disponible ? s'impatienta-t-il.

— Pourquoi as-tu besoin d'être accompagné ?

— Je n'ai pas envie que les salariés se posent des questions sur ma vie privée.

Il se fichait bien de ce qu'ils pouvaient penser, mais il craignait que trop de questions sans réponse finissent par encourager des curieux à fouiller dans sa vie. Mieux valait prévenir que guérir.

— C'est d'accord ! Je jouerai le rôle de la compagne épanouie et heureuse.

Elle ne chercha pas plus loin. Ce qu'il aimait chez elle, c'est qu'ils ne se promettaient rien. Ils savaient juste ce qu'ils avaient besoin de savoir l'un sur l'autre. D'ailleurs, elle ne se doutait pas une seconde qu'il était aussi écrivain de best-sellers.

Chapitre 8

GLORIA

PETITE était l'adjectif qui avait toujours caractérisé Gloria depuis son enfance : petite de taille, petite dernière d'une famille de trois enfants – elle avait un frère et une sœur plus âgés – petite tête car elle était souvent distraite et enfin petit soleil comme la surnommait l'une de ses tantes préférées dans sa jeunesse. En ce qui la concernait, petite ne voulait certainement pas dire fragile, apeurée. Bien au contraire, Gloria était une femme solaire, rayonnante et pleine d'énergie. Elle connectait facilement avec les gens, et savait repérer le bon dans tout ce qui lui arrivait dans la vie. Pendant les six dernières années où elle avait essayé de tomber enceinte, la souffrance physique et morale qu'elle avait endurée l'avait souvent affaiblie. Mais même quand les différentes FIV avaient échoué, elle avait trouvé en elle la force de rebondir.

Après des études de pharmacie puis deux ans dans un laboratoire de médicaments canins, elle s'était lancée dans l'entrepreneuriat. Elle avait créé une marque de crème dépilatoire avec l'ambition de remporter la guerre du poil. Gloria, alors pas encore trentenaire, avait la conviction que les poils ne seraient jamais à la mode et que le besoin en crèmes dépilatoires ne cesserait de croître. Ressentir la douceur d'une peau sans poil était une sensation si agréable ! Même les hommes s'étaient mis à l'épilation. Sa marque avait donc un grand avenir devant elle. Elle avait mis au point une formule à la sensorialité bien supérieure à toutes les crèmes du marché : très peu odorante, elle avait développé une crème onctueuse, presque gourmande, qui s'étalait facilement et qui garantissait une peau soyeuse pendant six jours. C'était une bonne chimiste, mais une commerciale et une gestionnaire médiocre. Malgré tous ses efforts, elle n'avait jamais réussi à convaincre une enseigne de supermarché de référencer sa gamme. Quelques pharmacies dans lesquelles travaillaient d'anciens camarades de fac avaient accepté de lui prendre un carton de crèmes (plus pour lui faire plaisir), mais les clients ne s'étaient pas jetés dessus, même au printemps pourtant considéré comme le pic de saisonnalité pour ce type de produits. Après avoir dépensé jusqu'au dernier centime du prêt que la banque lui avait accordé pour monter son affaire, elle avait dû abandonner son projet, déposer le bilan, offrir les quelques cartons restants à des associations et chercher du travail. L'échec n'avait pas été indolore. Son ego en avait pris un coup. Mais elle en avait tiré un apprentissage : elle n'était pas faite pour travailler seule et elle n'était pas une commerciale. Elle avait vite rebondi en acceptant un poste de formulatrice dans un laboratoire de produits défrisants. Pendant deux ans, son obsession avait été de venir à bout du frisottis le plus rebelle. Une expérience intéressante mais qui ne lui correspondait pas : les formules puaient et elle avait beau chercher, elle ne trouvait pas de composition plus agréable à l'utilisation. Sa sensibilité au monde extérieur était un de ses atouts professionnels mais cette qualité avait une limite : plus que les étiquettes de vêtements ou le bruit des roues du métro qui crissent, les mauvaises odeurs lui étaient insupportables.

Adolescente, elle sortait avec un garçon qui jouait au foot trois fois par semaine. Elle avait dû le quitter car elle sentait l'odeur de ses pieds sans qu'il ait même retiré ses baskets.

Alors qu'elle cherchait à changer d'entreprise, elle avait trouvé sur un site une offre dans le service Recherche et Développement des Yaourts Poitier. Chercher et mettre au point des nouvelles recettes de yaourt tout en respectant la réglementation sanitaire : de chimiste, elle était devenue alchimiste du goût, comme elle aimait le raconter quand on lui demandait de parler de son parcours. Elle se servait de sa sensibilité pour élaborer de nouvelles saveurs inédites et des effets de textures pour émerveiller le palais. En plus d'être bon pour la santé, le yaourt était un plaisir et cela lui donnait donc la sensation de travailler pour le plaisir justement. Elle n'aurait pas pu rêver mieux. Elle était passée directrice au bout d'une année, ayant à sa charge une équipe de trois chercheurs plus un stagiaire.

Au début, Harry Boulgourian l'intimidait. Lors des premières réunions, elle osait à peine parler. Il semblait mieux connaître son métier qu'elle-même, que ce soit sur l'aspect innovation, sur l'aspect matière première ou sur l'aspect réglementaire car les yaourts comme tous les produits alimentaires devaient subir toutes sortes de tests et de contrôles pour vérifier leur totale innocuité. Il réfléchissait vite, peut-être même trop vite, et elle avait du mal à le suivre. Et puis, avec l'expérience, elle avait compris son fonctionnement. Harry Boulgourian aimait les phrases courtes, sans détour. Il donnait sa confiance aux gens qui avaient des convictions, même s'il pouvait être déstabilisant sans raison parfois. Elle en avait, donc la plupart du temps tout se déroulait bien. Il était impossible de savoir ce qu'il pensait réellement des gens ou des projets qu'on lui présentait. Rien ne se lisait sur son visage. Ses commentaires étaient toujours factuels, même les compliments. Parfois, il cherchait l'affrontement. Il l'attaquait ou attaquait l'un de ses chercheurs sans raison précise. Intuitivement, elle sentait qu'il ne s'agissait pas d'attaque personnelle. Elle ne se laissait jamais faire. Bien qu'agacée car elle n'aimait pas le conflit, elle répondait calmement à ses objections. Ou alors, il avait des demandes incompréhensibles : il ne voulait pas d'un des chercheurs dans la salle de réunion, ou au contraire, il invitait des gens qui n'avaient rien à voir avec le sujet. Mais c'était le chef et il devait avoir ses raisons. Devant son comportement parfois imprévisible, elle n'aurait voulu se confier à lui pour rien au monde. Pour ne pas éveiller les soupçons sur son problème de fertilité, elle avait dû redoubler de créativité en inventant toutes sortes d'excuses : un problème de chaudière, une intoxication alimentaire, des rendez-vous chez le dentiste, un problème dans les transports en commun, la garde de ses neveux car son frère avait la grippe. Elle se faisait la plus discrète possible quand elle arrivait en retard ou qu'elle devait s'absenter en plein milieu de l'après-midi à cause d'un examen par exemple. Elle était dépendante de ses rendez-vous médicaux et jongler avec son travail n'était pas facile. À part ses deux amies, Judith et Tara, personne n'était au courant dans l'entreprise car elle n'avait pas envie d'être prise en pitié.

Depuis qu'elle était enceinte, Gloria passait des heures à observer son ventre dans le miroir de la salle de bains. De face, puis de profil : elle le regardait s'arrondir. En le touchant avec ses deux paumes de main, elle imaginait des cellules microscopiques se démultiplier au rythme d'une musique de Queen : *Don't stop me now !* Comme beaucoup de futures mamans, elle se posait des questions : serait-elle à la hauteur ? Réussirait-elle à être une bonne mère pour son enfant et à le comprendre ?

Ce soir-là, Jules entra dans la salle de bains et déposa ses mains sur les siennes.

— Comment allez-vous tous les deux ? demanda-t-il tendrement.

— À merveille !

Elle était en couple depuis plus de huit ans. Ils s'étaient rencontrés lors d'un atelier de fabrication de Mozarella que sa sœur lui avait offert. Ils s'étaient échangé leur numéro de téléphone, appelés dès le lendemain, s'étaient retrouvés sur les bords de Seine, avaient marché des heures puis ils s'étaient embrassés et ne s'étaient plus quittés. Jules était ingénieur dans une société spécialisée dans les logiciels éducatifs. Ils avaient emménagé ensemble et au bout de trois ans de vie commune et harmonieuse, ils avaient partagé le souhait de devenir parents. Ils s'étaient pacsés et s'étaient mis à l'ouvrage. Mais tous les mois, le verdict tombait, à chaque fois plus dur à encaisser. Après un an et demi sans l'ombre d'une hormone de grossesse, Gloria désespérait. Elle n'avait que trente-trois ans, mais elle entendait le tic-tac de son horloge biologique devenir un peu plus oppressant tous les mois. Elle était faite pour être mère, elle le sentait au plus profond de son être. Les analyses pointèrent un problème chez elle. Elle souffrait du syndrome des ovaires polykystiques : un dérèglement hormonal qui entraînait une production excessive d'androgènes en particulier de testostérone, habituellement produites en petite quantité dans l'organisme féminin. Cette nouvelle eut l'effet d'un tsunami émotionnel : elle pleura, puis elle éprouva beaucoup de colère, et elle pleura encore. C'était un coup dur qui la mit à plat. Puis, comme elle savait si bien le faire, elle chercha et trouva au fond d'elle-même l'énergie nécessaire pour remonter la pente. Elle se promit qu'elle mettrait tous les moyens en œuvre pour avoir un enfant. Cependant, elle, qui était toujours prête à sortir et à rencontrer des gens, se renferma sur elle-même. La promesse qu'elle s'était faite n'était pas simple à tenir et elle ne pouvait pas s'éparpiller.

Cette difficulté à enfanter était une épreuve à surmonter pour leur couple. Même si c'était Gloria qui devait supporter les examens et des piqûres tous les mois, Jules souffrait aussi. Il aimait que les choses soient simples, sinon cela signifiait qu'elles ne devaient pas avoir lieu. Pourtant, il avait lui aussi très envie d'être père. Il vivait un dilemme intérieur qui le minait. Après l'échec de la troisième FIV, il s'était demandé s'il fallait poursuivre ce projet d'enfants. Le couple s'était beaucoup disputé à ce sujet. Elle l'avait finalement convaincu de recommencer. La dernière FIV avait pris. La joie que Gloria avait ressentie en découvrant que le fœtus était viable cette fois-ci resterait gravée à jamais dans sa mémoire. Bien sûr, il y avait encore un risque que la grossesse s'arrête mais son gynécologue, le Dr Wahabi, était optimiste cette fois-ci. Les résultats des examens étaient tout à fait normaux. Elle s'était réjouie quand les premières nausées étaient apparues. C'était la preuve qu'elle attendait depuis si longtemps. Qui aurait cru que vomir pourrait la faire autant sourire !

Jules et Gloria allaient enfin devenir parents ! Ils avaient envie de l'annoncer, de le crier même au monde entier, tout de suite. Pourtant, on leur avait conseillé de ne rien dire jusqu'au troisième mois : certain par superstition, d'autres par expérience, d'autres sans même savoir pourquoi. Ils s'étaient retenus de divulguer l'excitante information exactement deux jours avec les parents de Jules et une heure et demie avec ceux de Gloria. Elle n'avait même pas essayé de le cacher à ses deux amies et collègues Tara et Judith qui avaient suivi de près les examens et traitements qu'elle avait dû subir. Les trois femmes avaient pleuré ensemble devant la photo du test de grossesse fraîchement marqué d'un trait bleu. Ses deux amies n'avaient pas eu de mal à avoir leurs enfants mais elles avaient vécu par procuration les divers rebondissements. Et en tant que mères, elles s'imaginaient la tristesse qu'elles auraient ressentie si elles avaient eu à vivre la même situation.

Jules attrapa sa brosse à dents et y déposa une grosse lamelle de dentifrice.

— Tu en mets toujours trop !

— J'aime bien quand ça mousse ! répondit-il en souriant, la bouche toute blanche.

— Au fait, il y a une journée portes ouvertes pour les familles au bureau dimanche prochain. J'aimerais bien qu'on y aille.

— Un dimanche après-midi ? Ça ne te suffit pas de voir tes collègues toute la semaine ?

— Ce n'est pas la même chose ! Tu n'es pas curieux de savoir où je travaille ?

Il cracha avant de lui répondre :

— Tu veux une réponse franche ? Visiter l'open space des Yaourts Poitier ne fait pas partie des choses que j'aimerais faire avant de mourir.

— Moi, j'aimerais y aller avec toi ! S'il te plaît ! Je voudrais te présenter à mes collègues et à leurs familles.

Jules soupira, tout en continuant à frotter ses dents. Gloria argumenta :

— Est-ce que je t'ai demandé des fraises au milieu de la nuit ? Jusqu'ici, à part une minuscule envie de brioche au sucre pour le petit déjeuner, et un artichaut le week-end dernier, on ne peut pas vraiment dire que j'ai profité de mon statut de femme enceinte. Sauf que là, j'ai très très envie de participer au goûter des familles avec toi. Et tous les livres de grossesse te le diront : on ne contrarie pas une femme enceinte !

Jules mit de l'eau dans sa bouche. Le bruit du rinçage était interminable. Il le faisait exprès.

— Je préfère aller te chercher des fraises ! Ça me soûle de passer mon dimanche après-midi avec tes collègues. Le week-end est trop court. Vas-y sans moi, je viendrai te chercher si tu veux !

Cette dernière réplique déplut à Gloria qui sortit de la salle de bains, visiblement très énervée.

— Tu ne vas pas faire la tête pour ça ? lança-t-il.

Boudeuse, Gloria cherchait un pyjama dans son armoire.

— Vivement la fin des neuf mois que je retrouve ma liberté ! C'est d'accord, j'irai à ton goûter… Mais on n'y reste pas tout l'après-midi !

— Promis ! répondit-elle en l'embrassant.

Chapitre 9

HARRY

Le goûter des familles avait lieu au bureau dans la grande salle du rez-de-chaussée qui servait de cantine. Margaux Dilac avait tout prévu avec le comité d'entreprise : un buffet avec des Yaourts Poitier bien sûr, des gâteaux, une fontaine à chocolat et des bonbons, un clown, un magicien, et des activités de décoration de pots vides avec peinture, paillettes et gommettes.

Habillée d'un jean, d'une veste de tailleur sur un T-shirt bleu clair et de talons aiguilles, Bérénice demanda à Harry Boulgourian si sa tenue convenait au personnage de conjointe épanouie :

— Oui, ça ira. Tu n'es pas obligée de rester près de moi tout l'après-midi. Tu peux même t'en aller quand tu en as marre.

Physiquement, ils allaient très bien ensemble. Personne n'aurait pu croire qu'ils ne se voyaient que pour partager un dîner et un lit de temps en temps.

Harry Boulgourian félicita Margaux Dilac pour la décoration et l'organisation, ce qui mit la DRH dans tous ses états. Elle se démenait tellement pour le satisfaire. Puis, il se positionna à l'entrée pour accueillir les salariés et leur famille. Cette position stratégique lui permettrait de passer tout le monde en revue, tout en se faisant passer pour un hôte irréprochable. Son petit carnet était rangé dans la poche intérieure de son veston.

Les premiers salariés commencèrent à arriver. Chacun était fier de lui présenter sa descendance.

— Bonjour monsieur Boulgourian ! s'écria Paul Menones, le responsable informatique. Je vous présente Jean, mon fils. Jean, dis « Bonjour » !

— Bonjour monsieur Boulgourian.

— Bonjour jeune homme. Quel âge as-tu ?

— Huit ans.

Le garçon était la réplique de son père : la même implantation capillaire, les mêmes traits, la même démarche, la même manière de parler. L'enfant avait également l'air aussi coincé.

— Et que veux-tu faire quand tu seras plus grand ?

Comme l'enfant ne répondait pas, Paul Menones répéta en secouant la main de son enfant :

— Dis à monsieur Boulgourian ce que tu veux faire quand tu seras plus grand.

— Informaticien.

— Comme son père ! s'exclama Harry Boulgourian sans réelle surprise.

D'habitude, il se serait précipité pour noter dans son carnet : « Il avait élevé un être à son image, capable de penser et d'agir exactement comme lui ». De l'or pour un prochain roman.

— Tu es mannequin ? demanda une petite fille aux cheveux très longs à Bérénice.

— Non, répondit-elle flattée, je travaille dans une entreprise de création de parfums.

Comme la petite fille la fixait sans réagir, elle trouva bon d'ajouter :

— J'invente des bonnes odeurs que certaines personnes vont utiliser pour se parfumer.

— Tu travailles pour les gens qui puent ?

Harry Boulgourian lâcha un petit rire et lui chuchota :

— Ils font aussi partie de ta cible, les gens qui puent !

Puis une autre famille se présenta, celle de la directrice commerciale. Il valait mieux avoir Tara Berthier comme amie que comme ennemie. Elle ne faisait pas dans la demi-mesure quand elle avait quelqu'un dans le nez. Et par définition, les concurrents étaient tous ses ennemis. Elle leur menait une guerre commerciale sans merci. Harry Boulgourian donnait le cap et les objectifs, elle s'occupait de mener les troupes jusqu'à la victoire. Elle avait positionné les Yaourts Poitier dans 87 % des hypermarchés de France, à une place que toutes les marques concurrentes convoitaient. C'était une femme de terrain, dure, intraitable lorsqu'il s'agissait de négociations commerciales ; elle savait comment convaincre, voire manipuler quand cela était nécessaire. Mais elle n'y arrivait jamais avec Harry Boulgourian. Il avait toujours un coup d'avance sur elle. Il était persuadé que cela la stimulait. Dotée d'une autorité naturelle, elle réussissait à amadouer les fortes personnalités des représentants pour qu'ils atteignent leurs objectifs. Il n'avait eu aucun doute lorsqu'il avait pris la décision de la nommer directrice commerciale. Elle lui avait d'ailleurs inspiré un personnage de gourou de secte pour son troisième roman : elle avait réussi à réunir un groupe d'illuminés pour anéantir la société actuelle et en rebâtir une autre, meilleure.

— Bonjour Harry ! s'écria-t-elle. Bonjour madame Boulgourian !

— Nous ne sommes pas mariés, précisa Bérénice, une coupe de champagne à la main.

— Bonjour Tara ! enchaîna Harry. Présentez-moi tout ce beau monde !

— Dans la poussette, celle qui dort profondément parce qu'elle n'a pas fermé l'œil la nuit dernière, c'est Ilona qui a onze mois. Et voici Léo, il a trois ans.

L'enfant regarda Harry et attrapa la jambe de sa mère. Il semblait terrorisé.

— C'est le patron de maman, Léo.

L'enfant se mit à pleurer. Tara, un peu gênée, lui demanda à voix basse :

— Que se passe-t-il ?

— Il me fait peur le monsieur.

Harry Boulgourian tenta de s'approcher, ce qui fit hurler l'enfant de terreur.

— Il a peur de tout en ce moment, se justifia Tara. C'est l'âge !

— Il est méchant le monsieur ! cria l'enfant.

Tara se baissa à sa hauteur, lui ordonna de se calmer et surtout d'arrêter immédiatement de dire que son patron était méchant. Elle entama des négociations avec son fils mais rien ne marchait. Elle le menaça : il n'aurait pas le droit de voir le magicien s'il continuait. Harry Boulgourian constata que cette femme si forte dans le milieu professionnel se ramollissait devant son enfant de trois ans (élément intéressant pour un personnage de son prochain roman ?). Le mari de Tara prit son fils dans les bras et lui montra les bols de bonbons disposés sur le buffet.

— Tu fais peur aux petits enfants, se moqua Bérénice.

— Tant mieux ! ironisa Harry. Je ne comptais pas me faire de nouveaux amis à cette fête !

Pola Schoffer du service Export avait deux enfants blonds aux yeux bleus. La petite fille pinça discrètement son frère qui lui rendit un coup. Les deux enfants commencèrent à se battre. La mère intervint. « C'est elle qui a commencé », cria le premier ; « Non c'est lui ! », cria la seconde. Une scène d'enfants mais qui faisait écho à une scène de bureau qu'il avait vécue l'année dernière : deux collègues ne pouvaient pas s'encadrer et ne cessaient de se faire des coups en accusant l'autre.

Harry fixa un roman qui dépassait de son sac.

— Vous connaissez Marguerite Abel ? demanda la femme en sortant le livre. Je viens tout juste de le finir, il est encore une fois bien ficelé. Par contre, Prisca, vous savez, l'héroïne qui résout tous les crimes m'a un peu déçue. Je ne sais pas, elle est un peu figée tout de même, on dirait qu'elle n'a aucun ancrage dans la vie réelle. Mais bon, ça reste super. Je peux vous le prêter, si vous voulez ?

La température de Harry monta de quelques degrés, phénomène imperceptible pour son interlocutrice. Il attrapa l'ouvrage, qu'elle lui tendait, prétendit s'y intéresser puis le lui rendit.

— Ça ira, merci, Pola.

Il s'empressa de saluer une autre famille de salariés. Judith Garcin arriva avec son mari et ses trois enfants. Alors qu'ils déposaient leur manteau aux vestiaires, il l'entendit donner les dernières recommandations. « Vous dites bonjour, s'il vous plaît, merci, vous êtes sages, vous ne courez pas partout, et vous ne mangez pas trop de bonbons. »

— Bonjour, monsieur Boulgourian. Madame Boulgourian, enchantée !

— Nous ne sommes pas mariées, répéta-t-elle.

— Bérénice est ma compagne, précisa le chef d'entreprise.

— Je vous présente Valentin, sept ans, Agathe, cinq ans, Gaspard, deux ans et mon mari, Guillaume.

Les trois enfants, tous impeccables de la tête aux pieds, dirent bonjour. Agathe fixait Harry Boulgourian :

— T'es un clown ou un magicien, toi ?

Bérénice retint un rire. Judith se justifia :

— Mais non ! Lui, c'est le patron de maman.

— Ah c'est toi ! fit Valentin. Tu pourrais lui donner plus de salaire à ma mère pour qu'elle m'achète le Lego de Star Wars ?

Judith Garcin rougit et se mit à rire jaune.

— La spontanéité des enfants… Excusez-le !

— Tu as dit qu'il était trop cher ! insista le garçon et que tu ne gagnais pas assez d'argent pour m'offrir des cadeaux à ce prix-là !

— Ça suffit ! On en discutera à la maison !

Judith entraîna ses trois enfants dans la salle. Bérénice murmura à Harry :

— Je m'amuse comme une petite folle à ta fête ! Je vais me chercher une nouvelle coupe au buffet.

Gloria se présenta avec Jules, son conjoint, qui ne cachait pas son envie d'être ailleurs.

— Bonjour Gloria ! s'écria Harry.

— Bonjour Harry, répondit-elle avec une pointe de joie dans la voix. Je vous présente Jules, mon conjoint. Et mon bébé !

Elle montra son ventre. Tout comme la dernière fois dans la brasserie, il la trouva lumineuse. Il imagina Prisca Krik avec la même aura. C'était peut-être cela qui manquait à son enquêtrice, quelque chose qu'il n'avait jamais encore réussi à éprouver ou à décrire, et Gloria le lui amenait sur un plateau.

— Oui, Margaux m'a communiqué l'information. Félicitations ! C'est pour quand ?

— Septembre !

— C'est une fille ou un garçon ?

— C'est encore trop tôt, je viens d'avoir l'échographie du premier trimestre. J'ai très envie de connaître le sexe, mais Jules préfère avoir la surprise.

L'homme qui l'accompagnait se força à sourire. Harry Boulgourian enchaîna avec une autre question :

— Comment vous sentez-vous ?

Le visage de Gloria marqua la surprise. Harry Boulgourian n'était pas du genre à demander des nouvelles de ses salariés.

— Ça va très bien ! répondit-elle en touchant délicatement son ventre. Je suis dopée aux hormones !

L'effet des hormones sur le physique et le mental est un point à creuser, nota-t-il mentalement. Cela pourrait provoquer une réaction extrême ou raviver une émotion refoulée qui pourrait pousser une femme à commettre un crime.

Le conjoint de Gloria inspecta la salle autour de lui, marquant son envie d'être ailleurs. D'autres salariés arrivèrent, Harry les salua de la tête et resta concentré sur ce couple.

— C'est votre premier ? interrogea-t-il.

— Oui, répondit-elle en cherchant amoureusement le regard de son conjoint qui sortit son portable espérant y découvrir une urgence qui lui permettrait de s'enfuir.

— Et vous, demanda le directeur général, comment vous sentez-vous ?

La question était adressée à Jules. Gloria se tourna vers son conjoint qui répondit avec un mélange de tendresse et d'agacement :

— Je suis un homme comblé.

Expression intéressante, pensa-t-il. Il connaissait donc une sorte de vide que la grossesse de sa femme avait « comblé ».

— Avez-vous soif ? demanda Harry.

Gloria acquiesça. Il abandonna son poste d'hôte et se dirigea avec eux vers le buffet. Margaux Dilac l'interpella. Il fit semblant de ne pas la voir, mais elle le poursuivit.

— Bonjour, Gloria, lança la DRH en les rejoignant. Souhaitez-vous faire un petit discours ?

— Non.

— Je pense que quelques mots vous permettraient de…

— Un discours n'est pas utile aujourd'hui. Je préfère discuter avec les salariés.

La DRH n'argumenta pas. Elle crut bon de lui faire un point rapide sur le programme : le clown avait quinze minutes de retard, le magicien était en train de se préparer. L'atelier de décoration de pots de yaourts remportait un grand succès. Il écourta au maximum et voulut reprendre sa discussion avec Gloria et Jules, mais le couple s'était écarté comme s'il allait se disputer. Il ne pouvait pas entendre mais il perçut de la colère sur le visage de Gloria. Ses yeux étaient si expressifs qu'ils indiquaient sans doute possible son énervement. Ses traits étaient tirés et son front plissé. Elle devait lui reprocher son attitude peu avenante qui ternissait son image professionnelle. L'humain est comme une marque : il doit montrer au monde qu'il est parfait, voire meilleur que la moyenne. Puis, soudain ses yeux s'humidifièrent. La tristesse remplaça l'agacement. Harry avait l'habitude de décrypter les émotions des gens mais ses émotions à elle, Gloria, semblaient si différentes… si changeantes d'un moment à l'autre ! Son conjoint chercha à la prendre dans ses bras. Elle le rejeta puis céda. Il sécha ses larmes avec une serviette en papier. Il attrapa sa main qu'il porta à sa bouche et l'embrassa. Elle s'apaisa. Son sourire revint illuminer son visage. Puis ils discutèrent avec un autre couple de salariés, dont la femme était également enceinte.

La salle s'était remplie. Il attrapa une part de cake aux smarties et observa ses employés. Des petits groupes s'étaient formés en fonction des affinités de chacun. Certains employés étaient venus sans enfants : deux couples âgés, probablement déjà grands-parents, trois couples plus jeunes qui n'avaient pas encore ou tout simplement pas le projet de devenir parents. Cinq femmes âgées entre trente-cinq et cinquante ans s'étaient rassemblées près de la fenêtre. Sans conjoint ni progéniture, elles semblaient s'amuser autant que les enfants. Elles enchaînaient les coupes de champagne et éclataient de rire dès que l'une montrait discrètement l'un des employés. La moquerie était décidément une distraction universelle ! Il se demanda ce qui se cachait derrière cette apparente liberté.

Bérénice se rapprocha de lui et prit un morceau du gâteau au chocolat de son assiette.

— Tu as repéré des salariées célibataires ? lui demanda-t-elle.

— Tu as peur de la concurrence ?

— La concurrence a des vertus stimulantes !

Son regard plein de sous-entendus fit sourire Harry.

— Ces femmes n'ont pas d'enfant et je me demandais pourquoi.

— Une femme sans enfants, ce n'est pas la norme, donc ça attise ta curiosité ?

— On dirait que ça t'agace. Je m'interroge, je ne juge pas.

— Crois-moi, quand on n'a pas d'enfant, on est constamment jugée. Les gens pensent que nous sommes des égoïstes !

— Avec ou sans enfants, nous sommes tous des égoïstes, ma chère ! Enfin, moi, un peu moins, car j'ai partagé mon cake aux smarties avec toi.

Elle sourit, puis but une gorgée de champagne.

Damien Busot, l'agent de sécurité qui l'avait tant inspiré pour nourrir le personnage de son enquêtrice, était aussi venu à la fête, mais non accompagné. Il s'était mis dans un coin pour gober des nounours. À son attitude, il était difficile de savoir s'il était là pour profiter de la fête ou pour surveiller les salariés. Peu importait : il incarnait une facette de l'ancienne Prisca Krik, que Harry voulait désormais oublier.

Il se tourna vers Gloria Comelli qui discutait avec Judith Garcin et Tara Berthier. Les trois femmes étaient souvent ensemble. Deux mères de famille et une mère en devenir : les deux premières savaient, la dernière ne pouvait que se projeter. Si Gloria semblait pétillante et joyeuse, Harry savait qu'elle cachait un lourd secret lié à son problème de fertilité. Il n'était pas encore sûr de la manière dont il pourrait s'en servir pour rendre vie à Prisca Krik mais il devait absolument trouver un moyen de se rapprocher d'elle. Sa position de directeur général ne lui rendait pas les choses faciles mais il trouverait un stratagème.

Chapitre 10

GLORIA

— Ah enfin ! s'exclama Tara en voyant Judith arriver à l'accueil de la société.

— Désolée les filles, c'est la galère aujourd'hui !

— Tu as encore un problème de nounou ? interrogea Gloria.

— Non, cette fois, c'est Valentin. Ce matin, il avait un peu de fièvre, je lui ai donné du doliprane et je l'ai déposé à l'école, ni vu ni connu. Mais la maîtresse m'a grillée ! Elle ne le trouvait pas dans son assiette et la fièvre est remontée. Donc il a fallu que j'organise la récupération, le transfert et la garde. On est bons : tout est sous contrôle ! C'est mon beau-père qui coordonne les différentes étapes. Faut bien qu'il serve à quelque chose ! Mon mari voit avec lui, en espérant qu'il n'oublie pas la moitié des indications que je lui ai données. Mission réussie, sans avoir à fracasser mon agenda surchargé de cet après-midi. Et surtout, il était hors de question que j'annule notre déjeuner du jeudi !

— On ne te l'aurait jamais pardonné ! ironisa Gloria. On doit débriefer du goûter des familles !

Les trois femmes se dirigèrent vers leur brasserie habituelle. En arrivant, elles firent un tour rapide afin de s'assurer que Harry Boulgourian n'était pas installé quelque part.

— On n'a jamais su s'il avait entendu notre conversation au final, commenta Tara.

— Il n'a pas dû remarquer notre présence, sinon il nous l'aurait fait payer, ajouta Judith.

— On n'a peut-être pas mis la forme, mais on n'avait rien dit de faux, fit Gloria.

— Bon, parlons d'autre chose, proposa Tara, qu'avez-vous pensé du goûter des familles ?

— Mes enfants ont adoré ! répliqua Judith. Ils sont persuadés que je travaille avec des clowns et des magiciens et que je m'amuse toute la journée. Le petit a osé demander à Harry Boulgourian une augmentation de mon salaire pour que je lui achète un nouveau Lego ! Je ne savais plus où me mettre. J'ai eu beau les briefer avant de venir, mais ça n'a servi à rien : ils ont couru partout, Agathe s'est renversée du jus de fruits, et elle a donné un coup de pied au fils de Pola.

— Moi j'étais encore plus fatiguée qu'après une journée de travail ! raconta Tara. Le mien se mettait à hurler de peur à chaque fois qu'il voyait la tête de Harry Boulgourian ! J'ai été obligée de l'éviter tout l'après-midi. C'était très gênant.

Gloria rit de bon cœur.

— Tu peux rire, fit Tara mais tu vas voir ce qui t'attend. Profite bien de ta liberté !

— Et toi, tu as trouvé la fête sympa ? s'enquit Judith.

— Jules n'avait pas envie de venir mais je l'ai un peu forcé. Je ne me voyais pas venir seule alors que tout le monde allait être en famille. Au début, il n'arrêtait pas de râler et il était sur son portable, comme un adolescent. Quel égoïste ! Incapable de faire un effort pour me faire plaisir. On s'est disputés. Et puis heureusement, il a réalisé qu'il était con et on s'est réconciliés. C'était plutôt sympa de parler avec les conjoints des gens qu'on voit tous les jours. On a bien aimé vos maris ! On devrait se faire des soirées avec eux de temps en temps.

— Oui, avec plaisir ! répondit Tara.

— Jules et moi, on a besoin de retrouver une vraie vie sociale. Ces dernières années, on a surtout fréquenté les gens qui savaient qu'on galérait à avoir un enfant : c'est-à-dire ma famille et la sienne.

— Je n'ai jamais compris pourquoi tu n'en parlais à personne, remarqua Tara. C'est un drame mais ce n'est pas une honte d'avoir un problème de fertilité.

— Si justement ! s'agaça Gloria. Les gens ne savent pas comment réagir dans ce genre de situation, ça crée un malaise. Ma sœur dit que c'est une blessure narcissique, elle a sans doute raison. En tout cas, c'est une blessure trop intime pour être partagée avec tout le monde.

— Oui, mais en attendant, les gens se demandent pourquoi tu n'as pas d'enfant, ajouta Judith.

— Je ne m'y habituerai jamais, s'exclama Gloria. Le nombre de fois où on m'a dit : « Tu es en couple et tu n'as pas d'enfant ? » avec en sous-titre : « Espèce d'égoïste, heureusement que tes parents n'ont pas pensé comme toi, sinon tu ne serais pas là ! »

— Tu exagères un peu, non ? intervint Judith.

— Même pas, répliqua Gloria.

— Je ne sais pas si j'aurais pu garder le secret comme tu l'as fait pendant toutes ces années, ajouta Tara.

— De toutes les manières, j'étais trop fatiguée pour voir du monde à cause des traitements hormonaux et je devais me reposer si je voulais réussir à tomber enceinte.

— Je t'ai vue manger toutes les fraises Tagada du buffet ! se moqua Judith.

Gloria retrouva son sourire et se justifia :

— Ce n'est pas moi, c'est le bébé... Je ne pouvais plus m'arrêter !

— Et tu te sens comment maintenant que le premier trimestre est passé ?

— Les nausées s'estompent mais il se passe des drôles de trucs dans mon ventre. J'ai l'impression qu'une grande fête se prépare.

— Ça doit être des gaz, remarqua Judith. C'est encore tôt pour sentir le bébé.

— Je savoure chaque sensation de cette grossesse.

Elles commandèrent trois menus du jour à Josiane.

— Je te lave bien la salade, précisa celle-ci.

— Ne te prends pas la tête ! Je suis immunisée contre la toxo ! répliqua Gloria.

— Lave-la quand même ! demanda Tara. Je ne suis pas fan des moucherons.

— J'ai trouvé Harry Boulgourian détendu et sympathique, remarqua Gloria. Pas vous ?

— Ce n'était pas l'avis de mon fils terrorisé ! répliqua Tara.

— Je n'imaginais pas qu'il serait aussi à l'aise dans ce genre d'événement ajouta Judith. Il a discuté avec tout le monde.

— Oui, c'est vrai. Il m'a même demandé comment je me sentais, raconta Gloria. C'est la première fois en quatre ans. Il pensait peut-être que j'allais moins travailler maintenant que je suis enceinte.

— Tu t'en fiches de ce qu'il pense ! fit Judith. Et même si c'était vrai, tant pis ! Ta priorité, c'est ton bébé ! Tu as tellement galéré pour l'avoir.

— Tu n'as pas à t'excuser d'attendre un enfant, ajouta Tara. Moi, j'en ai trois, et ça n'a pas nui à ma carrière.

— Tu as la mémoire courte ! s'exclama Judith. Tu as commencé par refuser le poste de directrice commerciale qu'on te proposait car tu avais peur de ne pas réussir à gérer avec un bébé en bas âge.

— Je reconnais, admit Tara. Les Ressources humaines ne savaient pas que j'étais enceinte quand Harry Boulgourian m'a proposé le poste. Je craignais de ne pas être à la hauteur. Mais on finit toujours par y arriver.

— Oui, je pense même qu'on y arrive mieux, expliqua Judith. Avec un enfant, tu dois penser à tellement de choses, tu deviens encore plus efficace : ton cerveau s'équipe d'un logiciel Excel interne, capable de faire des rétroplannings très complexes pour un simple week-end à la campagne !

— J'ai hâte ! ironisa Gloria, car en ce moment, je suis encore plus à l'ouest que d'habitude. Hier matin, je suis sortie de chez moi avec la poubelle à jeter et au lieu d'aller au sous-sol dans le local à ordures, j'ai pris le chemin du bureau avec le sac à la main. Je m'en suis rendu compte dans le métro.

— Trop marrant ! rit Tara.

— C'est normal, il paraît que les hormones, ça grille des neurones pendant la grossesse, ajouta Judith. Mais ça revient.

La patronne apporta les entrées.

— Trois œufs mimosa-salade verte pour les trois drôles de dames.

— Merci Josiane.

— Avec cette petite fête, on a quand même fait la connaissance de la compagne de Harry Boulgourian, lança Tara.

— C'est une belle femme qui a l'air aussi intelligente que lui, commenta Judith. Il a bon goût. Vous avez vu cette taille de guêpe ? Elle doit faire du sport tous les jours.

— Il semblerait qu'elle n'ait pas d'enfant, ajouta Tara. Moi j'ai encore quelques souvenirs de grossesse coincés dans mes poignées d'amour. Vous avez discuté un peu avec elle ?

— Non, mais je sais qu'elle dirige une maison de parfum, précisa Gloria. On l'avait interrogée sur des arômes de fruits et finalement on a pris un concurrent.

— Dommage qu'aucune de nous n'ait parlé avec elle ! fit Tara. On aurait pu en apprendre plus sur Harry Boulgourian. Il est tellement mystérieux, ce type !

— Moi, je pense qu'il dédie sa vie aux yaourts, fit Judith.

— Je ne crois pas, répondit Tara. Il ne part pas si tard le soir. Et il n'envoie jamais d'e-mails le soir et le week-end, contrairement à certains managers que j'ai pu avoir dans d'autres boîtes. Ça fait longtemps qu'on travaille pour lui, et on ne sait rien de rien sur cet homme.

— Et alors ? Ça vous empêche de dormir ? demanda Judith.

— Moi, il m'intrigue, fit Gloria.

— Moi aussi, dit Tara.

— Sérieusement ? Vous vous imaginez en train d'avoir une discussion non professionnelle avec lui ? Ce type est une machine !

— Je vous propose un défi, lança Tara. La première qui réussit à avoir une info croustillante sur Harry Boulgourian se fait inviter à déjeuner par les deux autres à notre rituel du jeudi midi.

— Je marche, répondit Gloria.

Judith réfléchit un instant, puis céda :

— Bon d'accord, je marche aussi.

Josiane débarrassa les assiettes d'entrées et apporta les plats.

— Sole meunière française avec haricots verts qui ne viennent pas de mon jardin.

— Ils viennent d'où alors tes haricots verts ?

— De Mars ! rétorqua la patronne pince-sans-rire.

— Finalement, on a su d'où provenait cette odeur de caca pendant la fête ? demanda Judith.

— Oui, c'était la couche de la petite Frida, la fille de Jean. Sa femme avait la grippe, il est venu seul et il avait oublié les couches de rechange.

— La pauvre petite !

— Pauvre de nous tous : elle a embaumé toute la pièce !

Les trois femmes ne laissaient pas un blanc. Elles prenaient beaucoup de plaisir à être ensemble.

— Et quand tu reviendras de congé maternité, comment vas-tu t'organiser ?

— Je prendrai sûrement un congé parental et j'ai fait une demande pour la crèche. Sinon, on fera un casting de nounous, comme tout le monde.

— Quand se termine la journée de travail au bureau, expliqua Tara, commence alors une autre journée de travail à la maison.

— Moi je fais sonner un réveil à 18 h 15 tapante, précisa Judith. Ça fait sursauter tout le monde quand on est en réunion. Même si je suis au milieu d'une phrase, je pars. Et mon mari fait la même chose.

— On ne t'a jamais fait de réflexion ? demanda Gloria.

— Ils peuvent toujours m'en faire ! J'ai imposé mon rythme sinon je ne verrai plus mes gosses.

Une notification de réunion apparut sur le téléphone de Gloria.

— Ah ! Je sens que c'est moi qui vais gagner le défi ! lança-t-elle aux deux autres. Harry Boulgourian vient de m'envoyer un point pour cet après-midi.

— Tiens donc…

— Moi aussi, je le vois cet après-midi au sujet de la *Yogurt Week*, renchérit Judith. Que la meilleure gagne !

Chapitre 11

HARRY

Harry Boulgourian ne côtoyait jamais d'enfants. Avoir un enfant n'avait pas d'intérêt pour lui mais il savait bien que cela en avait pour la plupart des couples. Observer ces êtres en devenir pendant le goûter des familles l'avait conforté dans ses convictions. L'humain naissait avec un mauvais fond : refuser de prêter ses jouets ou de partager des bonbons, taper, commander, mordre ou tirer les cheveux de celui qui a contrarié sa volonté, dominer, se moquer d'un autre enfant, l'exclure. Les preuves par l'exemple ne manquaient pas. Les parents tentaient tant bien que mal de canaliser ces pulsions, de les enrober, mais ce mauvais fond ne disparaissait jamais complètement. Il était juste enfoui quelque part et ressortirait à la moindre stimulation, sous une forme plus adulte. Certaines personnes étaient pires que d'autres, mais la bonté n'était qu'un leurre, du *storytelling* pour masquer la triste réalité qui réapparaîtrait à la première occasion. Avait-il subi un traumatisme étant enfant qui l'avait amené à cette conclusion ? se demandait-il parfois. Non. Il avait juste beaucoup réfléchi à la question et n'avait pas trouvé de meilleure réponse.

La directrice de la Recherche et du Développement entra dans son bureau avec une boîte contenant trois échantillons de yaourts.

— Bonjour Gloria.

— Bonjour Harry.

Elle brancha son ordinateur sur l'écran pour projeter sa présentation. Il avait précisé dans l'invitation qu'il voulait faire un point rapide sur le choix de texture d'un développement en cours. Il lui était déjà arrivé de faire ce genre de point avec elle, sans son équipe, par souci de rapidité. Il réalisa qu'à l'inverse des autres membres de son comité de direction, elle ne se mettait pas souvent en avant. Elle était même plutôt en retrait. Pourtant, c'était une grande professionnelle, qui maîtrisait parfaitement son domaine. Elle commença son explication sans perdre une seconde. Il avait habitué ses salariés à être efficaces.

— Nous avons testé trois nouvelles textures de yaourts : la fouettée, la mousseuse, et la crémeuse auprès d'un panel de cent trente-huit consommateurs. La courbe émotionnelle de la texture fouettée est bien supérieure aux deux autres. Comme vous pouvez le constater sur le graphique, l'étape de la prise en cuillère et la mise en bouche déclenchent des scores d'émotions positives. On a testé sur deux parfums : fraise gariguette et pêche blanche, les conclusions sont similaires. Nous allons donc recommander au marketing de lancer la texture fouettée.

Elle attrapa l'échantillon du bout de ses doigts, touilla la texture avec une petite spatule, l'approcha délicatement de son nez, ferma les yeux pour mieux sentir le parfum de pêche blanche puis tendit le yaourt à Harry. Il imita ses gestes mais n'eut pas l'impression de ressentir les mêmes sensations qu'elle.

— La courbe émotionnelle…, remarqua-t-il, je ne connaissais pas.

— Cette technique d'évaluation nous permet d'avoir des données qualitatives sur les nouvelles recettes et d'en savoir plus sur les préférences des consommateurs.

— Mais les émotions ressenties au moment de la dégustation peuvent être biaisées par de multiples facteurs. Vous, par exemple, en étant enceinte, pensez-vous que votre évaluation pourrait être biaisée ?

Gloria se redressa légèrement, et répondit sur la défensive :

— L'institut ne prend pas de femmes enceintes dans le panel, car les hormones ont effectivement une incidence sur le goût et les odeurs. Les émotions, même si elles changent d'un jour à l'autre, sont un bon indicateur d'appréciation.

— Tous ces changements dans le corps pendant une grossesse… C'est fascinant.

La remarque sembla étonner la chercheuse qui sourit, le visage illuminé.

— Oui, c'est magique.

Puis, après un court silence, elle demanda :

— Et vous, vous avez des enfants ?

C'était très indiscret de sa part et surprenant même.

— Non… Pas encore. Un jour peut-être, mentit-il.

Il hésita quelques secondes à poser la question suivante. C'était le directeur général de cette entreprise et il risquait gros si ses propos étaient mal interprétés. Mais ce fut elle qui donna un autre sens à son hésitation :

— Vous avez des difficultés à en avoir vous aussi ?

Qu'est-ce qui dans sa réponse avait laissé entendre qu'il essayait ? Peu importe, il sauta sur l'occasion.

— Oui…

Une vague d'émotion forte traversa le visage de Gloria : un mélange de douleur et de joie. C'était exactement ce qu'il recherchait. Son corps bascula légèrement vers lui. Avec ce simple oui, il n'était plus son supérieur hiérarchique, et elle la directrice de la Recherche et du Développement des Yaourts Poitier, ils appartenaient désormais à la même communauté d'hommes et de femmes rencontrant des difficultés à devenir parents. Et cela divisait la distance par deux. Elle décroisa ses jambes et rapprocha sa chaise :

— Nous sommes passés par là avec Jules, mon conjoint. Ça faisait six ans qu'on enchaînait les déceptions, et on a fini par y arriver, grâce à la PMA.

C'était trop beau pour être vrai. Il n'avait rien eu à faire pour qu'elle se mette à parler.

— Six ans !

— Oui. Je n'imaginais pas qu'avoir un enfant, l'acte le plus naturel du monde, pourrait être aussi difficile. Vous essayez depuis combien de temps ?

Pris de court, Harry Boulgourian se remémora les sites internet qu'il avait parcourus.

— Un an.

— Vous êtes bien suivis ? Votre compagne a un bon gynécologue ?

— Oui, répondit-il en y mettant une dose d'assurance pour ne pas se trahir.

— C'est important. Mon gynéco est un héros pour moi ! Il a posé un diagnostic et m'a prescrit un traitement sur mesure pour que la FIV réussisse. Nous lui devons beaucoup. Vous en êtes où dans le parcours ?

— Dans le parcours ?

Elle prit conscience de l'intimité de la question :

— Vous ne voulez peut-être pas en parler. Ma question est indiscrète, désolée.

Elle parut soudain très embarrassée.

— Au contraire, la rassura-t-il, j'aimerais en discuter. Bérénice et moi sommes un peu perdus.

Gloria s'anima. Son corps illustrait une forme d'excitation : les épaules légèrement rehaussées, les pommettes arrondies, le coin de ses lèvres remonté. Il remarqua une légère accélération dans son débit de parole. La lumière qui émanait de cette petite femme s'intensifia : elle se réjouissait de pouvoir partager son expérience.

— La PMA est un parcours du combattant. Personne n'y comprend rien au début. On ne sait pas par où commencer, qui consulter, où trouver l'information.

— Comment avez-vous procédé ?

— On a galéré.

Il perçut une pointe de tristesse dans son regard et dans son intonation.

— On a passé des heures sur Internet, poursuivit-elle. J'ai mis presque trois mois pour obtenir un rendez-vous avec un gynécologue très compétent en matière de fertilité.

Elle revivait cette période de trouble et ses émotions. Elle se livrait toute seule. Il n'avait qu'à la regarder et l'écouter.

— Vous avez trouvé le problème rapidement ? demanda-t-il.

Sa bouche se ferma sur un subtil pincement de lèvres. C'était un point visiblement très sensible.

— C'est de mon côté que ça dysfonctionne. Pourtant, ni mon frère ni ma sœur n'ont rencontré de problème. Il leur a suffi de décider d'avoir des enfants pour en avoir.

— Vous avez ressenti de l'injustice ?

— Oui, beaucoup. D'après mon médecin, il y a aussi des causes extérieures. Des études montrent que les perturbateurs endocriniens présents dans de nombreux produits du quotidien, la pollution, le stress sont à l'origine des problèmes d'infertilité.

— Nous aussi, on ressent beaucoup d'injustice et d'incompréhension avec Bérénice.

— Si vous saviez le nombre de fois où j'ai imaginé me réveiller un matin et être enceinte, comme par magie ! Il n'y a pas eu de magie, mais il y a eu la PMA, heureusement.

Gloria tenta de le motiver. Elle débordait d'énergie pour y arriver.

— Il faut attendre les résultats de vos examens à tous les deux.

— Elle a trente-huit ans mais elle avait fait vitrifier ses ovules il y a quatre ans.

Le téléphone de Harry sonna.

— Vous ne répondez pas ? s'étonna-t-elle.

— Ça peut attendre ! Il y a des choses plus importantes.

Elle sourit et acquiesça d'un mouvement de tête.

— Vous allez passer par des hauts et des bas, mais il ne faut jamais arrêter d'y croire !

Sa main bougeait verticalement comme pour accentuer ses propos.

— Des hauts et des bas ?

— Oui, des vagues d'optimisme, d'enthousiasme, de joie intense puis des grands moments de désespoir et de déception.

Il avait très envie d'en savoir plus.

— L'heure tourne ! réalisa-t-elle. Revenons aux textures de yaourts. Êtes-vous aligné avec la recommandation de partir sur la texture fouettée ?

Il se fichait totalement des yaourts à cet instant précis. Il reprit son rôle de directeur général :

— Non, la texture crémeuse a plus de potentiel. Notre principal concurrent enregistre une croissance à deux chiffres sur ce segment.

— Mais la courbe émotionnelle…

— Il n'y a rien de plus irrationnel que les émotions, on ne peut pas prendre une décision stratégique en se fondant sur un état émotionnel.

— Pourtant cette technique a fait ses preuves dans le domaine des shampooings et des crèmes de soin du visage.

— Je ne suis pas convaincu.

Il perçut sa contrariété. Elle bascula son corps en arrière, comme pour réinstaurer la distance professionnelle qui avait caractérisé leur relation jusqu'à présent. Ce n'était pas dans ses habitudes de revenir sur ses décisions ; pourtant, il ajouta :

— Mais si vous croyez vraiment à cette texture fouettée, apportez-moi une preuve plus tangible qu'une courbe émotionnelle.

La chercheuse afficha un sourire de satisfaction car elle tenait visiblement à sa texture fouettée. En voulant remettre les échantillons de yaourt dans la caisse, un pot lui échappa des mains et s'étala sur la moquette.

— Oh mince ! Je suis désolée !

Confuse et gênée, elle s'empressa de se baisser mais elle n'avait rien pour essuyer. Harry Boulgourian attrapa un paquet de mouchoirs dans son tiroir et se mit à son niveau pour nettoyer la grosse tache blanche.

— Laissez, je m'en occupe !

— Le yaourt se nettoie très facilement ! précisa-t-elle. Avec un peu d'eau, ça devrait disparaître.

— J'en déduis que ça vous arrive souvent ?

Gloria sourit jaune :

— Oui, reconnut-elle. Mais il paraît que les personnes tête en l'air ont le cerveau en constante ébullition !

Harry Boulgourian sourit à son tour, en jetant les mouchoirs sales à la poubelle. Elle prit la caisse avec une attention particulière cette fois-ci et, avant de partir, lança :

— Si vous avez besoin de conseils, je suis plutôt calée sur le sujet : « Comment on fait les bébés ».

— Merci, Gloria.

Cette dernière phrase n'était pas tombée dans l'oreille d'un sourd.

Chapitre 12

HARRY

Le court échange qu'il avait eu avec Gloria Comelli avait eu l'effet d'une déflagration qui avait déclenché une avalanche d'idées. Après son départ, il s'était empressé de noircir les pages de son petit carnet. Prisca Krik prenait vie dans son esprit, imitant les gestes de la chercheuse, reprenant même certaines expressions de son visage : ce fameux mélange de joie solaire et de souffrance surmontée. Il était dans ce qu'il appelait « la phase chaotique » de l'écriture d'un roman : des réflexions, des phrases, des qualités et des défauts de personnages, des faiblesses psychologiques ou morales venaient à lui, sans suivre une logique précise, il ne censurait rien, il notait tout. Il ferait le tri plus tard quand il aurait son intrigue. Il n'en revenait pas qu'elle se soit confiée aussi facilement. Il jubilait.

Le soir venu, il rentra chez lui, réchauffa à la hâte le repas que Miguela lui avait concocté, dîna puis nourrit Tortue. Comme à son habitude, elle ne se précipita pas vers son repas. Ce soir, il était trop excité pour l'observer. Il ouvrit son ordinateur portable pour écrire.

Bien avant le travail de chacun de ses personnages et la rédaction, il passait toujours par la phase de squelette : il écrivait un enchaînement d'idées qui constitueraient la trame de l'histoire, il enrichirait ce squelette puis constituerait un plan et commencerait la rédaction. Un début d'histoire s'était naturellement présenté à lui.

> Prisca Krik se réveille un matin avec des nausées. Depuis dix jours, elle est très fatiguée.
> Comme les nausées durent, elle consulte un médecin qui lui annonce qu'elle est enceinte de sept semaines.
> Elle est horrifiée. Elle n'a eu aucune relation avec un homme depuis plus d'un an. Elle ne s'est jamais remise de la mort de Ben, l'homme avec qui elle envisageait passer le reste de sa vie. Elle se sent encore coupable : il est mort par sa faute. Le Dr Michowsky l'a hypnotisé et l'a conditionné à commettre un crime : il a foncé sur un couple avec sa voiture. Ni l'homme ni la femme n'ont survécu. Ben a été arrêté et il s'est donné la mort en prison. Le poids est trop lourd à porter. C'est elle que Michowsky voulait atteindre, en s'en prenant à Ben. Elle l'a vengé en mettant le médecin hors d'état de nuire mais ça n'a pas apaisé sa douleur.

Il annota puis souligna : « Reprendre flash-back du roman 7 ».

> Prisca Krik procède à des examens et analyses complémentaires pour comprendre comment elle a pu tomber enceinte. Difficile de trouver une trace de drogue dans le sang ou des lésions vaginales sept semaines après la conception.
> Elle qui est hypermnésique ne peut pas avoir oublié une relation avec un homme. Elle a beau chercher des indices chez elle et dans sa mémoire, elle ne se souvient d'aucun détail. Elle se demande si elle n'est pas devenue folle.
> Elle en arrive à cette évidence : on l'a droguée et on l'a violée. Il n'y a pas d'autres conclusions possibles.
> Pour quels motifs ? Est-ce la vengeance d'un criminel qu'elle aurait mis en prison ?

Flash-back des affaires précédentes: romans 3, 5 et 6.

Ou est-ce lié à l'affaire sur laquelle elle enquête depuis un mois? Une femme enceinte, Jeanne Racotex, a reçu une injection d'un mélange chimique contenant plusieurs perturbateurs endocriniens dans la rue en plein milieu de la journée. Elle a perdu son bébé. Et elle aura des difficultés à retomber enceinte.
Prisca Krik sent des nouvelles sensations dans son corps: elle a des nausées le matin mais le reste de la journée, elle se sent bien. Elle fait une série de rêves étranges, remplis de lumière et de sourires.
Elle a trente-huit ans. Son horloge biologique tourne et c'est peut-être la seule chance qu'elle aura d'être mère. Doit-elle garder ce bébé qu'elle n'a pas choisi d'avoir?

Aucun de ses lecteurs ne s'attendrait à la grossesse de Prisca Krik. C'est quand Gloria avait évoqué son rêve de se réveiller enceinte comme par magie qu'il avait eu l'idée de cette fécondation mystérieuse. Prisca déciderait de garder l'enfant et cela lui permettrait de se remettre de la mort de Ben, l'homme qu'elle aimait. Dopée aux hormones, sa détective ressentirait de nouvelles émotions, ce qui pourrait d'ailleurs aussi l'aider pour son enquête, en la faisant accéder à un nouvel état de conscience et d'intuition pour repérer les criminels.

Harry avait également procédé à une recherche internet sur les perturbateurs endocriniens, que Gloria avait mentionnés comme étant une cause d'infertilité. Des produits dangereux comme l'époxiconazole n'avaient été retirés de la vente que très tardivement malgré les nombreuses études qui démontraient leurs effets néfastes sur l'organisme humain et la fertilité.

Ce squelette était loin d'être définitif. Il évoluerait, se complexifierait pour surprendre le lecteur et créer en lui un besoin urgent d'en savoir plus sur cette enquête. Prisca avait tout juste commencé sa transformation. Il comptait bien la rendre plus charnelle, plus empathique, plus humaine, et il avait plus que jamais besoin de Gloria pour l'aider dans ce changement. Pour qu'elle continue à se livrer, il devait mettre au point une histoire crédible, inspirée de faits réels qu'il aurait glanés sur les forums. Ce n'était pas la première fois qu'il mentait pour les besoins d'un roman, il savait faire.

Avant de se coucher, il écrivit un e-mail à son éditrice lui indiquant qu'il serait en mesure de lui rendre son manuscrit dans deux mois. Elle devait s'attendre à des changements pour ce nouveau roman, lui annonça-t-il pour la tenir en haleine. Le délai serait trop long pour elle mais assez court pour lui car il mettait habituellement au moins cinq mois à écrire ses romans. Comme l'écriture de ce roman le passionnait déjà, il faisait confiance à son cerveau pour réussir à accoucher de cette histoire en un rien de temps.

Chapitre 13

GLORIA

— Incroyable ! s'exclama Judith.

— On ne connaît absolument rien de lui, poursuivit Tara, on se lance un défi pour ne pas payer le resto du jeudi et comme par enchantement, il se confie à toi, et il te révèle un problème intime dont personne ne parle, même pas à son entourage proche. Tu lui as promis un truc ? Tu l'as menacé ?

Les trois collègues s'étaient retrouvées après le travail pour aller voir une exposition de photographies d'amateurs anonymes. Elles discutaient dans la file d'attente.

— Ça va vous coûter cher car maintenant que les nausées sont passées, je double les doses quand je passe à table, ajouta Gloria, un grand sourire de satisfaction aux lèvres.

— Tu pourras te faire plaisir, ma poule, reconnut Tara. C'est mérité, tu es une pro de la confession intime.

— Je ne pense pas avoir beaucoup de mérite, répliqua la chercheuse. Je discute souvent sur les forums. Partager les mêmes difficultés à avoir un enfant, ça rapproche. On se comprend, on se sent moins seuls et la situation nous paraît moins injuste.

— Tu te sens proche de Harry Boulgourian ? se moqua Judith.

— Je ne m'attendais pas du tout à ce qu'il me révèle ses problèmes. Mais je dois dire que j'ai découvert un autre homme hier. Jusqu'à présent, je le voyais comme une machine de guerre. Savoir qu'avec sa compagne, ils connaissent les mêmes galères que Jules et moi, ça m'a donné envie de l'aider.

— Rappelle-toi quand même que c'est notre directeur général et que ce n'est pas un tendre : on ne peut pas vraiment dire qu'il favorise un climat de bienveillance dans cette entreprise.

— J'ai quand même réussi à faire tomber un yaourt sur sa moquette…

— Non ! s'exclama Judith. Comment a-t-il réagi ?

— Il m'a aidée à nettoyer. Il se fichait de sa moquette. Je sentais surtout qu'il avait besoin d'en savoir plus sur la PMA.

À ces mots, Gloria reçut une notification de réunion.

— Il vient de me proposer un café demain matin !

— Vous allez devenir meilleurs amis si ça continue, plaisanta Judith.

— On finira par être jalouses ! ajouta Tara.

— Vous ne pouvez pas comprendre, rétorqua plus sérieusement Gloria. Quand on a des difficultés à avoir un enfant, on a beaucoup de questions, on n'a que ça en tête. On pourrait en parler du matin au soir ! Moi, si j'avais pu, j'aurais appelé mon gynéco deux fois par jour. On a besoin d'être rassurés et on ne sait pas vers qui se tourner.

— Et donc Harry Boulgourian va se tourner vers toi, enchaîna Tara. Ça ne te gêne pas de parler de fertilité avec lui ? C'est quand même très intime.

— Tu crois qu'il te parlera de la qualité de son sperme quand il aura reçu ses résultats d'examens ? plaisanta Judith.

Les deux collègues éclatèrent de rire. Gloria se força à rire avec un petit pincement au cœur. Tomber enceinte avait été une épreuve physique et psychologique. Elle avait du mal à en rire.

— Je viens de réaliser…, sursauta Tara. Tu es enceinte : pourquoi on fait la queue pour cette exposition ?

— Je ne suis qu'au début du second trimestre, mon ventre ne se voit pas encore beaucoup.

— Et alors ? Tu crois qu'ils vont te faire une prise de sang à l'entrée pour vérifier que tu dis la vérité ? On est prioritaires !

Elles doublèrent tout le monde.

— Tu es dispo le week-end prochain ? s'amusa Tara alors qu'elles commençaient la visite. On a prévu d'emmener les gosses à Eurodisney. Je suis prête à te payer l'entrée et en prime je t'offre une pizza en forme de tête de Mickey !

— Profite, ajouta Judith, ça ne dure que neuf mois.

Chapitre 14

GLORIA

GLORIA tapa à la porte du bureau de Harry Boulgourian. Elle n'avait pas pris son ordinateur portable car elle se doutait qu'ils n'allaient pas discuter innovation yaourt ou réglementation sanitaire ce matin. Elle n'avait parlé de ses problèmes de fertilité à personne au bureau, à part à Judith et Tara. Avait-elle raison d'en parler avec son patron ? Comme ses amies le lui avaient rappelé, ce n'était pas un tendre.

— Bonjour Gloria, fit-il en déchirant une feuille de papier qu'il jeta dans la corbeille.

Elle adorait ce bruit. Il recommença avec une deuxième feuille, ce qui la fit sourire. Il la regarda sans comprendre. Elle trouva bon de préciser :

— Le bruit du papier qu'on déchire émet un son que j'apprécie particulièrement. Et comme je n'imprime plus grand-chose, ça faisait longtemps que je ne l'avais pas entendu.

Il sourit à son tour en déchirant la dernière feuille à jeter au ralenti.

— Je n'avais jamais fait attention à ce son.

Puis il lui proposa :

— Vous voulez un café, un thé ?

— Non, ça ira, je ne bois que de la tisane.

— Ah !

Il se prépara un café. C'était la première fois depuis qu'elle le connaissait qu'elle percevait une certaine gêne chez ce directeur si peu expressif. La situation était tellement insolite : son patron avait besoin de ses conseils pour une PMA. Dos à elle, il lui expliqua :

— Ça ne vous gêne pas si je vous pose encore quelques questions ? Notre discussion d'hier m'a fait beaucoup de bien.

— Au contraire ! Je suis ravie de pouvoir vous aider.

— On a commencé le bilan de santé. Il y a tellement d'examens, surtout pour Bérénice. Le médecin pense que c'est à cause de son âge, mais le problème vient peut-être aussi de moi. C'est comme si on attendait de connaître le coupable dans une affaire judiciaire !

Gloria n'en revenait pas : c'était exactement la métaphore qu'elle aurait utilisée.

— Quand j'ai su que le souci venait de moi, expliqua-t-elle, je me suis sentie terriblement coupable. À cause de moi, Jules ne pourrait pas être père, notre couple ne deviendrait pas une famille. Et puis, j'ai accusé mes parents, ma mère, surtout, qui m'avait portée dans son ventre pendant neuf mois. Je m'imaginais qu'elle avait fumé, bu, ou trop travaillé pendant sa grossesse, ce qui avait peut-être freiné le développement de mon système reproductif.

— Vous pensez que c'est la faute de vos parents ?

— Les pauvres… Je pense que ma mère et mon père, comme la plupart des parents, ont fait tout ce qu'ils pouvaient pour que leurs enfants soient en bonne santé. Vous savez que certaines femmes mangent toutes sortes d'aliments qu'elles détestent juste pour le bon développement de leur bébé ? Elles se mettent à lire des livres de physique quantique, de la littérature classique, à apprendre le latin, à écouter du Mozart ou du Chopin quotidiennement car elles ont lu que ça rendrait leurs enfants intelligents.

— Les parents sont prêts à tout pour que leurs enfants soient plus performants que les autres, confirma Harry Boulgourian.

Elle était simplement prête à tout pour avoir un enfant, pensa Gloria.

— Si vous saviez tout ce que j'ai pu lire… il existe une quantité de manuels qui prodiguent des conseils en tout genre. Je vous ferai une sélection. On a tellement envie de donner la meilleure vie possible à son enfant.

Harry Boulgourian l'écoutait très attentivement. Il la fixait si intensément que ça la mettait mal à l'aise. Elle espérait qu'elle ne se trompait pas sur ses intentions.

— Je parle trop ! se reprit-elle. Vous aviez peut-être une question ?

Elle perçut une courte hésitation.

— Oui, j'en ai une. Si la PMA n'avait pas marché, qu'auriez-vous fait ?

— C'est la dernière FIV qui a donné des résultats. Si elle n'avait pas fonctionné, j'aurais probablement recommencé à l'étranger. On a seulement quatre chances en France. Et peut-être même que nous aurions fait appel à une mère porteuse aux États-Unis. C'est un gros budget, mais on aurait trouvé les moyens.

— J'admire votre détermination.

— Je n'aurais pas pu être heureuse dans la vie.

— Vous trouvez les mères autour de vous plus heureuses que celles qui n'ont pas d'enfant ?

— Votre question est surprenante. À vous entendre, on pourrait croire que le bonheur d'être mère est une légende.

— Vous m'exposerez votre point de vue quand vous aurez votre enfant !

L'espace d'un instant, elle aurait pu croire qu'il n'avait pas particulièrement envie d'être père, mais il ajouta :

— Bérénice et moi, nous voulons fonder une famille et nous mettrons en œuvre tout ce qu'il est possible de faire pour y arriver.

La phrase sonnait légèrement faux dans sa bouche, comme s'il l'avait répétée plusieurs fois avant de la dire. Mais peut-être était-il juste pudique. Après tout, ils n'étaient pas habitués à parler d'autre chose que de yaourts.

— Quand recevez-vous les résultats de vos examens ? demanda-t-elle.

— Moi, cette semaine et ceux de Bérénice, je ne sais pas.

— Vous ne savez pas ? Si je peux me permettre une remarque, vous devez être une équipe soudée votre femme et vous. Il est essentiel que vous ayez le même niveau d'information qu'elle. Elle doit sentir que ses examens sont aussi importants pour elle que pour vous.

Harry Boulgourian acquiesça d'un mouvement de tête. Juliette Mouchet tapa timidement à la porte.

— Cinq minutes, s'écria-t-il, avant même qu'elle ouvre la bouche.

— L'attente des résultats n'est pas une période facile, mais ces premiers examens sont essentiels pour élaborer un traitement sur mesure. Avoir un enfant grâce à la PMA, c'est un peu comme de l'orfèvrerie !

— Les premiers examens ?

— Oh oui ! Les premiers ! Il y en aura beaucoup, beaucoup, beaucoup d'autres.

Gloria regarda l'heure sur son téléphone portable et se leva.

— Merci ! lâcha Harry alors qu'elle se levait. Pourrions-nous reprendre un moment pour discuter cette semaine ? Cela ne vous dérange pas, vous en êtes sûre ?

— Bien sûr !

Harry Boulgourian l'avait choisie pour être sa confidente, lui, le directeur général de cette société. Elle mourrait d'envie de raconter ce nouvel échange à ses deux amies et de gagner un nouveau déjeuner gratuit, même si elle culpabilisait un peu de trahir la confiance qu'il plaçait en elle.

Chapitre 15

HARRY

Dès que Gloria quitta son bureau, Harry Boulgourian sortit son petit carnet et remplit fiévreusement deux pages et demie de réflexions que lui avait inspirées leur discussion. Gloria le fascinait. Elle était pleine de nuances : d'un naturel posé et calme, jusqu'ici effacée, voire timide, elle s'enthousiasmait lorsqu'elle parlait de sa PMA. Elle semblait si forte et déterminée quand elle avait annoncé : « Si elle n'avait pas fonctionné, j'aurais probablement recommencé à l'étranger », mais elle paraissait aussi vulnérable à certains moments : « Je n'aurais pas pu être heureuse dans la vie. » Elle était positive et confiante et toujours à fleur de peau, à vif, marquée par le poids de ces années à essayer de tomber enceinte. Le fardeau était encore lourd à porter : il avait senti que son timbre de voix devenait plus grave quand ils avaient évoqué sa culpabilité. Il était d'ailleurs fier d'avoir vu juste en reprenant la métaphore du « coupable dans une affaire judiciaire » qu'il avait lue sur un forum. Et puis, la minute d'après, elle avait déclaré : « On a tellement envie de donner la meilleure vie possible à son enfant » et avec quelle puissance elle avait prononcé cette phrase ! Cela lui avait donné une autre idée forte pour son histoire : une mère qui voulait donner le meilleur capital génétique à son enfant. Le dilemme était clair : que serait-elle capable d'entreprendre si son mari avait un problème de santé héréditaire ? Harry ouvrit son ordinateur, impatient d'écrire :

Extraits en date du 24 mars :
Les nausées avaient disparu du jour au lendemain. Prisca sentait des changements dans son corps. Depuis qu'elle avait découvert qu'elle était enceinte, elle était traversée par toutes sortes d'émotions ambivalentes : de la joie mais aussi de la peur. Les hormones de grossesse la rendaient plus sensible au monde extérieur. Avec la mort de Ben un an plus tôt, elle s'était encore plus renfermée sur elle-même. Elle se sentait encore coupable : Il était mort par sa faute et elle ne s'en remettrait peut-être jamais. Avec la décision de garder le bébé, elle envisageait un avenir plus lumineux.
[...]
Jeanne Racotex était sortie de l'hôpital, traumatisée. L'injection de perturbateurs endocriniens avait été dosée pour qu'elle perde son bébé, pas pour la tuer. Qui pourrait avoir un intérêt à l'empêcher d'être enceinte ? Prisca avait interrogé l'entourage proche et moins proche de Jeanne Racotex mais cela ne l'avait menée nulle part. Son mari était géologue et voyageait beaucoup. Il semblait très amoureux et était aussi désemparé que son épouse. Son père était un riche industriel très influent, au caractère jovial, qui ne semblait pas avoir d'ennemis. Sa mère était décédée d'un cancer lorsqu'elle était adolescente.
Depuis que Prisca avait appris pour sa grossesse, elle avait évité de se retrouver face à Jeanne Racotex. La situation lui semblait injuste : la jeune femme venait de perdre son bébé, alors qu'elle était tombée enceinte sans même l'avoir voulu.
Pourtant, elle avait besoin de l'interroger. Non sans appréhension, elle se rendit dans son appartement.
[...]

Alors qu'elle venait tout juste de sonner à la porte, elle entendit quelqu'un déchirer des feuilles de papier. Dès qu'elle entra, elle visualisa la poubelle et s'en approcha, en prétendant vouloir jeter un mouchoir. Elle aperçut un compte rendu d'examen médical avec comme en-tête : CFP.

[...]

Prisca fit preuve d'empathie. Jeanne Racotex était en souffrance. Envahie de désespoir, la jeune femme s'effondra dans les bras de la détective :

— Je ne pourrai jamais être heureuse dans la vie ! déclara-t-elle.

[...]

Sans doute dopée par ses hormones, Prisca percevait encore mieux les signaux faibles. Jeanne Racotex ne lui disait pas tout. Intriguée par le document médical déchiré qu'elle avait vu dans la poubelle, elle interrogea Jeanne sur sa grossesse.

[...]

Jeanne était rongée par la culpabilité. Prisca se montra patiente jusqu'à ce qu'elle craque :

— Je voulais juste offrir la meilleure vie possible à mon enfant, finit-elle par confesser en pleurant. Je ne pensais pas qu'ils s'en prendraient à moi !

— Qui ? insista Prisca.

— Les donneurs ! Ils ont dû découvrir qu'on leur volait du sperme.

[...]

Jeanne Racotex avait fait appel au CFP, le Cercle des femmes puissantes, une organisation secrète qui offrait aux mères fortunées la possibilité de donner à leurs enfants le meilleur capital génétique possible dès la conception. Elle proposait un catalogue de donneurs potentiels. Grâce à un réseau de médecins corrompus, l'organisation récupérait des données sur leur santé. Après enquête, elle sélectionnait les hommes ayant le mieux réussi dans la vie grâce à leur talent ou une forme d'intelligence supérieure. Puis elle leur volait du sperme. Peu d'hommes refusaient

une nuit de sexe avec une jolie femme qui se chargeait de récupérer le sperme. Jeanne Racotex avait eu recours à ce don de sperme et avait fait une PMA sans le dire à son mari, en toute illégalité. Ce dernier souffrait d'une insuffisance rénale liée à une malformation génétique et elle ne voulait pas risquer que son enfant ait le même problème.
[…]
Jeanne Racotex était persuadée qu'un des hommes sélectionnés par l'organisation avait cherché à se venger, et l'avait attaquée.
[…]
Une fois dans sa voiture, Prisca mit délicatement les mains sur son ventre et réfléchit. Jeanne avait voulu déterminer le capital génétique de son enfant pour qu'il soit en bonne santé. Elle n'avait toujours aucune information sur le père de son enfant. Pourtant, elle comprenait Jeanne Racotex. Elle souhaitait que l'enfant qui se développe en elle ait la meilleure vie possible.

Harry Boulgourian était si inspiré qu'il ne vit pas le temps passer. Il était déjà deux heures du matin, il était l'heure de se coucher.

Chapitre 16

HARRY

— On a reçu les résultats de nos examens, annonça Harry dès que Gloria s'installa dans son bureau.

— Alors ? demanda-t-elle, inquiète.

— Bérénice n'a presque plus d'ovules fécondables. Heureusement qu'elle les avait fait vitrifier. Mais les chances sont très réduites.

— La pauvre… Elle doit se sentir bonne pour la casse. Je suis sûre qu'elle s'en veut.

— C'est ce que vous ressentiez ?

— Oui. J'ai mis du temps à accepter que le problème vienne seulement de moi.

Le sentiment de honte n'est jamais facile à repérer car les signaux sont très subtils : un léger mouvement de la tête et du regard vers le bas, un abattement des épaules et un rapprochement des bras le long du corps pour occuper le moins d'espace possible. Durant toutes ces années, Gloria avait dû cacher son infertilité et elle en avait encore honte aujourd'hui.

Harry Boulgourian avait demandé à Juliette de se procurer des tisanes au fenouil car il avait lu sur Internet que c'était recommandé pour les femmes enceintes. Il fit chauffer de l'eau et mit deux sachets dans deux tasses. Ces tisanes n'étaient pas si mauvaises et tous les moyens étaient bons pour se rapprocher de Gloria et la faire parler. C'était leur quatrième rendez-vous non professionnel, et il n'y avait presque plus de gêne entre eux à échanger sur ce sujet de la fertilité, pourtant si intime.

Pour pouvoir lui poser des questions sans éveiller ses soupçons, Harry Boulgourian avait refaçonné Bérénice pour la rendre crédible, fragilisée et attachante. Il avait déjà inventé des scénarios pour ses expériences humaines mais c'était la première fois qu'il creusait autant un personnage fictif. Cette nouvelle Bérénice, plutôt éloignée de la réalité, fonctionnait à merveille. Il avait même écrit les différentes étapes par lesquelles elle devrait passer et il réajusterait en fonction de ses inspirations et de leur discussion. Gloria la visualisait et s'identifiait à elle, même si son histoire était différente de la sienne.

Elle attrapa délicatement la tisane avec ses deux mains, ferma les yeux et huma la chaleur du fenouil qui se dégageait de la tasse. On aurait pu croire qu'elle tenait un précieux nectar aux pouvoirs bienfaisants. Il avait déjà remarqué la façon qu'elle avait de se délecter de petits plaisirs les plus anodins. Lors de leur précédent rendez-vous, elle avait bloqué sur l'épaisse moquette de son bureau.

— On a l'impression de marcher sur un nuage, c'est grisant, avait-elle déclaré en effectuant quelques pas. On aurait presque envie de marcher pieds nus !

Puis, alors qu'elle était assise en face de son bureau, il l'avait surprise qui retirait discrètement son escarpin pour pouvoir toucher la moquette avec son pied. Une fois seul, il l'avait imitée. Il avait ôté ses chaussures et ses chaussettes et s'était mis à marcher dans son bureau. Elle avait raison, c'était agréable. Cette sensibilité était communicative et le fascinait.

— Bérénice va traverser une période difficile. Vous devez redoubler d'attentions pour elle. Même si elle a des ovules vitrifiés, elle doit être angoissée. Elle en veut à son corps de ne plus être capable d'enfanter naturellement. Il faut l'aider à se ressourcer. Vous devriez l'emmener dans un bon restaurant. Je peux vous recommander des bonnes adresses, j'adore manger, mes parents tenaient deux restaurants italiens. Procurez-lui des moments de joie pour qu'elle se ressaisisse. Le mental est clé dans la réussite d'une PMA.

— Votre conjoint a su comment vous soutenir ?

— Mon conjoint a plein de qualités mais il n'a jamais vraiment su comment gérer mes moments de désespoir, en plus des siens. C'est difficile d'imaginer ce qu'une femme peut ressentir.

— Justement ! J'ai besoin d'en savoir plus sur ce qu'elle traverse.

— Il suffit parfois juste d'un peu d'écoute pour percevoir ce dont une femme a besoin dans ce genre de circonstance.

Sa tasse de tisane était déjà vide. Harry ne voulait pas que la discussion s'arrête, alors sans qu'elle le lui demande, il reversa de l'eau chaude sur le sachet.

— Je tâcherai de m'en souvenir, dit-il.

— Avant la FIV, elle va devoir subir une grande quantité d'examens : des échographies, des prises de sang, des prélèvements, des examens gynécologiques… C'est une épreuve autant physique que psychologique. C'est difficile mais ce n'est pas insurmontable.

Cette femme était un livre ouvert. Les émotions défilaient sur son visage et illustraient son récit : la honte, l'espoir, la joie, le désespoir, la tristesse.

— Et vous alors ? Comment vous sentez-vous ? demanda-t-elle.

Harry inventa rapidement la meilleure réponse.

— Je me pose plein de questions.

— Ah ? Lesquelles ?

— Il y en a une en particulier… Si Bérénice et moi, nous réussissons à avoir un bébé un jour, est-on sûrs de savoir l'aimer ?

Elle but une gorgée de tisane et sourit.

— Qu'est-ce qui vous fait croire que vous ne l'aimerez pas ? s'enquit-elle.

— C'est difficile pour un homme de se projeter. Et puis pour une femme, il y a le blues post-partum, qui pousse parfois des mères à rejeter violemment leur enfant. Ça ne vous fait pas peur ?

— Même chez les animaux, il existe un lien très fort entre une mère et ses petits. Je fais confiance à la nature humaine.

— Je ne lui fais pas autant confiance, lâcha-t-il.

— Pourquoi dites-vous ça ? s'étonna Gloria.

— L'humain n'a pas les qualités de bonté innée qu'on lui prête, répondit Harry en souriant pour donner de la légèreté à son propos.

— Je ne suis pas d'accord avec vous, argumenta la chercheuse. Nous sommes tous capables du meilleur et du pire. Ça dépend des circonstances, de la culture, de l'environnement familial dans lequel on a grandi… Et même si on n'est pas si bon que ça à un moment de notre vie, on a la capacité de changer et de le devenir !

Son débit de mots s'accélérait. Elle voulait le convaincre.

— La neurobiologie, ajouta-t-elle, montre qu'il existe des zones cérébrales de la satisfaction et de la récompense qui sont activées lorsque l'on se montre généreux et gentil. C'est en nous !

— Encore faut-il se servir de son cerveau ! Être mauvais ne demande pas d'effort ou très peu car c'est un mécanisme naturel chez chacun de nous.

— Vous allez citer les génocides au Cambodge, en Arménie, au Rwanda, ou l'extermination des juifs pendant la Seconde Guerre mondiale ?

— Oui je pourrais énumérer les guerres en effet : il y en a eu et il y en aura toujours : l'actualité nous prouve tous les jours qu'elles ne disparaîtront jamais. Mais ce n'est pas la peine d'aller chercher si loin, il suffit d'observer une cour de récréation. C'est dans notre nature profonde. D'ailleurs, sans le Code civil, on serait tous perdus ! Notre vraie nature, c'est la loi de la jungle !

— Pourquoi faites-vous un enfant si vous pensez mettre au monde un être malveillant ?

L'espace d'une microseconde, il se retrouva devant une impasse, mais il rebondit :

— Je ne sais pas. L'instinct paternel, probablement.

Il enchaîna rapidement sur une autre question :

— Pour en revenir à l'amour d'une mère pour son enfant, d'après vous, cette affection serait biologique ? Vous ressentez déjà de l'amour pour votre fœtus ?

— C'est difficile à expliquer, mais oui, j'aime déjà l'être qui se forme en moi.

— J'espère que ce sera le cas pour Bérénice et que ses hormones ne la transformeront pas en tueuse d'enfants ! Le *baby blues* ne vous fait pas peur ?

— Je n'y ai jamais vraiment pensé. Mes amies qui sont mères aujourd'hui ont toutes ressenti un moment de déprime et d'impuissance après la naissance, mais ça passe vite.

Lorsqu'elle referma la porte de son bureau, il eut l'impression de quitter Prisca Krik. Plus son histoire avançait, plus elle ressemblait à Gloria. Pas physiquement, car il ne fallait pas qu'on puisse la reconnaître, mais dans son comportement et ses réactions. Prisca Krik éprouvait un sentiment de honte, lié au mystère de sa grossesse mais elle ne regrettait pas d'avoir gardé le bébé, « c'était difficile à expliquer, mais oui, elle aimait déjà l'être qui se formait en elle ». Elle se délectait de toutes les sensations de la grossesse : les odeurs, les bruits, les caresses de la moquette sous la plante de ses pieds.

Depuis qu'il était plongé dans l'écriture de cette histoire, il avait l'impression parfois d'éprouver les mêmes sensations que Gloria. La fertilité lui allait bien à lui aussi.

Chapitre 17

HARRY

La réunion production et développement industriel avait lieu une fois par mois à l'usine de Vernon en Normandie. Les vaches laitières broutaient paisiblement dans un pâturage situé à moins d'un kilomètre du lieu où étaient fabriqués les yaourts Poitier. Gloria y assistait en présentiel presque tous les mois. Après avoir mis au point ses recettes et vérifié qu'elles répondaient à toutes les exigences sanitaires jusqu'à la date de péremption, elle devait s'assurer que les yaourts resteraient stables quand ils seraient produits à plus grande échelle.

La plupart du temps, Harry Boulgourian participait virtuellement à ces réunions avec l'usine. Son agenda ne lui permettait pas de perdre plus de trois heures dans le trajet aller-retour. Et il n'avait nullement besoin d'y passer toute la journée. Mais désormais, toutes les occasions étaient bonnes pour discuter avec Gloria. Il lui proposa de l'emmener en voiture. Elle rentrerait avec le reste de l'équipe en fin d'après-midi pendant que lui reprendrait la route à l'heure du déjeuner.

Il lui avait donné rendez-vous à 7 heures devant le parking du bureau. Il faisait frais et humide pour ce début avril. Vêtue d'un béret, d'une doudoune et enroulée d'un foulard multicolore,

Gloria arriva avec dix minutes de retard. Elle se confondit en excuses.

— Désolée ! s'empressa-t-elle de dire en s'installant sur le siège passager. J'ai eu une envie de chocolat chaud ce matin, et la boîte de cacao m'a glissé des mains. Il a fallu que je me change car je ressemblais à un tiramisu !

La comparaison fit sourire Harry Boulgourian. Elle mit sa ceinture et retira son béret. Ses cheveux fins étaient électriques et volaient au-dessus de sa tête. Harry Boulgourian eut envie de les lui aplatir avec sa main mais ce geste aurait semblé déplacé. Même s'ils étaient devenus proches ces dernières semaines avec leurs échanges sur la fertilité, il n'en restait pas moins son supérieur hiérarchique. Il ne fit rien pour ses cheveux, espérant qu'ils se remettraient naturellement en place.

Ce matin-là, elle était plus vibrante que jamais : elle semblait avoir encore plus d'énergie que les jours précédents.

— Je pense que les Yaourts de ma cousine vont faire un carton l'année prochaine, s'écria-t-elle enthousiaste. J'espère qu'il n'y aura pas de changement de viscosité à la production. La recette est addictive et le directeur du Marketing m'a dit que les premiers tests consommateurs enregistraient une intention d'achat record.

— Évidemment ! répondit-il avec assurance.

— Il paraît que c'est vous qui avez trouvé le nom. Comment cette idée vous est-elle venue ?

— Ah ah ! D'où vient la créativité ? Grande question ! Est-ce nous qui créons l'idée ou est-ce l'idée qui nous choisit ?

— D'après vous ?

— Une idée est une production du cerveau née de diverses expériences. Ces expériences sont de la matière brute qui se transformera en illumination quand un besoin se fera ressentir.

— Donc c'est votre cousine qui vous a inspiré ce nom ? Elle cuisine bien ?

— Je n'ai pas de cousine. Mon père était fâché avec son frère et ma mère est fille unique. Je trouvais la cousine plus moderne et plus jeune que la mamie, déjà préemptée par Mamie Nova.

— Vous n'êtes pas très famille, on dirait.

— Non, pas trop. Et vous ?

Il tourna furtivement la tête vers elle, et bloqua de nouveau sur ses cheveux électriques en lévitation.

— J'ai des origines italiennes et pour nous la famille c'est sacré ! On se réunit très souvent. Peut-être trop, d'après Jules, mon conjoint. Mais je ne pourrais pas me passer d'eux. La famille, c'est un pilier pour moi. Vous connaissez la psychogénéalogie ?

— Non.

— Je m'y suis un peu intéressée pour essayer de trouver un sens à mon problème de fertilité. Ça part du principe que les traumatismes vécus par nos ascendants, des conflits, des maladies ou des secrets, peuvent créer des troubles chez leurs descendants.

— Qu'avez-vous découvert sur votre propre histoire ?

Il s'empressa d'ajouter :

— Si ce n'est pas trop indiscret.

— Pas grand-chose, à part une arrière-grand-tante qui n'aurait pas eu d'enfants, car elle avait une préférence pour les femmes.

— Ça vous aurait rassuré de trouver une lignée de femmes infertiles dans vos ancêtres ?

— Je ne sais pas à quoi je m'attendais. Ce n'est pas très rationnel, tout ça, donc j'ai abandonné mes recherches.

Il ne pouvait pas l'observer car il conduisait, mais il perçut du désarroi dans sa voix. Cela faisait trente minutes qu'ils avaient pris la route. Gloria s'excusa : elle devait aller aux toilettes. Harry s'arrêta à la première station-service. En l'attendant, il sortit son petit carnet et prit quelques notes à la hâte : cheveux électriques en gravitation au-dessus de sa tête… intonation enthousiaste + énergie communicative : Prisca doit beaucoup sourire… « psychogénéalogie pour essayer de trouver un sens à mon problème de fertilité ». Cette femme ne s'arrêtait pas une seconde de l'inspirer. Elle était solaire. Il aurait pu passer ses journées entières à discuter avec elle. C'était comme si elle avait le pouvoir de créer des connexions inattendues dans son cerveau. Elle vivait si fort depuis qu'elle était enceinte que c'en était contagieux. Perdu dans ses réflexions, il ne la vit pas arriver au loin.

Alors qu'elle ouvrait la porte de la voiture, il rangea à la hâte son carnet dans sa poche intérieure.

— Moi, j'utilise mon téléphone, s'écria-t-elle.

— Votre téléphone ?

— Oui, quand j'ai des idées, ou des choses dont je veux me souvenir, je les note dans mon téléphone. Vous, c'est dans votre petit carnet ?

Il eut la sensation d'avoir été pris en flagrant délit. Les trois quarts des notes qu'il avait prises la concernaient.

— Je préfère écrire à la main… Une vieille habitude.

Ils reprirent la route. Gloria lui parla des séances d'ostéopathie qui avaient, selon elle, beaucoup contribué à la réussite de la PMA.

— Oh ! Arrêtez-vous ! s'écria-t-elle.

— Vous avez déjà envie de retourner aux toilettes ?

— Non.

Harry se gara près d'un champ. Gloria descendit de la voiture et s'approcha d'un animal qui broutait sur le bas-côté.

— C'est une bufflone.

— Il y a des buffles en Normandie ?

Gloria était émerveillée. Ses yeux pétillaient de joie.

— Savez-vous que les bufflones ne sont pas comme les vaches : pour faire du lait, elles ont besoin qu'on leur donne de l'affection, qu'on leur parle gentiment. Pas d'amour, pas de mozza !

— Ce n'est donc pas une légende… Il n'y a pas meilleurs que les Italiens pour inventer des histoires d'amour !

La chercheuse se mit à rire. Puis elle se pencha vers un animal à travers la clôture et lui murmura quelques mots.

— Je suis la femme qui murmurait à l'oreille des bufflonnes… Grâce à moi, la mozzarella sera encore plus savoureuse !

Elle ouvrit les bras et respira à pleins poumons. Il faisait frais et l'air était pur.

— Qu'est-ce que ça fait du bien ! déclara-t-elle.

Il prit lui aussi une grande respiration. Il avait toujours apprécié la nature mais il en profitait rarement en dehors de ses vacances. Pour écrire ses histoires, il préférait être dans une pièce fermée, légèrement éclairée, une tasse de café à ses côtés et, de temps en temps, un disque de Nina Simone en fond sonore.

— Oh mince, s'écria Gloria, gênée.

En s'approchant de la clôture, elle avait marché dans une bouse.

— Ça vous console si je vous dis que ça porte bonheur ? demanda-t-il.

— Je ne pense pas que ce soit prouvé scientifiquement, donc non !

Ils rirent. Cela ne ressemblait pas à Harry. Mais le rire s'était déclenché tout seul, sans forcer. Il l'aida à s'essuyer et ils reprirent la route jusqu'à l'usine, la fenêtre ouverte.

Chapitre 18

HARRY

Le directeur de l'usine était entouré de ses trois chefs d'équipe. Jérôme Bacalaut était un tyran, mais il obtenait des résultats. L'usine tournait et les syndicats se tenaient à carreau. Harry Boulgourian s'était déjà inspiré de lui pour un personnage de tueur en série qui assassinait ses anciens professeurs pour se venger des mauvaises notes qu'il avait eues. À cause de ces évaluations, ses parents l'avaient traité d'incapable toute sa vie et il n'avait jamais réussi à trouver un travail. Puis, un jour, il avait décidé de remonter à la source de son problème et de le régler avec une extrême violence.

Jérôme Bacalaut respectait Harry. Mais il aimait le pouvoir et il aurait volontiers pris sa place s'il en avait eu l'occasion.

Gloria commença par une courte présentation des scores aux tests réglementaires puis enchaîna avec une synthèse des études consommateurs fournies par le marketing. Harry l'observa. Elle était plus rayonnante que jamais. Probablement l'effet des hormones qui se démultipliaient dans son corps. Il s'interrogea sur la relation qu'il entretenait avec elle. Il avait du mal à la qualifier. Il n'y avait pas d'ambiguïté ni de jeu de séduction, de son côté en tout cas. Pouvait-on dire qu'ils étaient amis en plus d'être collègues de bureau ? Peut-être. Ce qui était sûr, c'est qu'elle était liée à toutes ces idées qui déferlaient dans sa tête. Elle remarqua qu'il la regardait et lui sourit, à la façon d'un complice. Jérôme Bacalaut la coupa :

— La recette des Yaourts de ma cousine comporte un risque non négligeable. Nos premiers essais montrent que la texture se liquéfie à la production.

— Pourtant, répliqua Gloria, au laboratoire, nous ne rencontrons pas de problème. Avez-vous essayé de…

— Ce qu'il se passe dans votre petit laboratoire parisien n'est visiblement pas le reflet de la réalité quand on fabrique à plus grande échelle, interrompit sèchement Jérôme Bacalaut. Nous avons mis plus de deux semaines à caler la texture de « *Chantiyourt* » lancée l'année dernière, et les ventes ne sont pas au rendez-vous. Nous avons des objectifs de rentabilité et vos innovations nous obligent à mettre des ressources sur des projets qui n'en valent pas la peine.

— Cher Jérôme, enchaîna Gloria d'un ton sec et calme, connaissez-vous le chiffre d'affaires de notre première référence ?

— Le Yaourt soufflé ? On en sort 30 millions d'unités par an.

— Et combien de temps a-t-il fallu pour mettre au point un procédé de production viable ? l'interrogea-t-elle.

— Cinq mois. Ce n'est pas une raison valable pour que tous les produits que nous lançons…

— Vous allez réunir vos meilleurs ingénieurs, coupa Harry, et trouver un procédé de production qui fonctionne. Vous prendrez le temps qu'il faut pour mettre au point les Yaourts de ma cousine et vous n'ajouterez pas un mot supplémentaire.

En temps normal, Harry Boulgourian ne serait pas intervenu. Il aurait observé l'affrontement, la montée de l'agressivité de part et d'autre, les visages empreints de colère retenue jusqu'à une potentielle explosion puis aurait fini par statuer sans que personne ne puisse discuter sa décision. Mais Gloria était désormais la personne la plus précieuse de l'entreprise, et il n'était pas envisageable qu'on l'attaque.

— Très bien, concéda le directeur de l'usine, amer. Nous mettrons les ressources nécessaires en espérant obtenir des résultats rapidement.

— Vous obtiendrez des résultats, conclut Harry Boulgourian, sans prendre la peine de formuler la menace évidente.

— Et si nous allions faire un tour sur les chaînes de production ? proposa Jérôme Bacalaut qui tentait de ravaler le goût désagréable de l'humiliation qu'il venait de subir.

Gloria était contrariée. Elle chuchota à Harry Boulgourian :

— J'aurais pu me défendre toute seule ! C'est un animal à sang froid et il ne me fait pas peur, je sais comment le remettre à sa place.

— Et votre bébé ? Il n'a pas besoin de ce genre de surmenage !

— Merci, mais ne croyez pas qu'en étant enceinte je suis plus fragile.

— Si c'était le cas, vous n'auriez pas tenu très longtemps dans cette entreprise, murmura-t-il.

— Encore et toujours la loi de la jungle ?

— Exactement.

En fin de matinée, Harry reprit la route pour Paris. Il s'arrêta à la première station-service pour remplir à nouveau son carnet.

Chapitre 19

GLORIA

— Tu es certaine qu'il n'essaie pas de te draguer ? interrogea Judith en appuyant sur la touche Capuccino de la machine à café.

— Non, absolument pas ! s'insurgea Gloria. C'est le patron, je vous rappelle et ce n'est pas du tout mon genre d'homme, en plus.

— Tu ne serais pas la première à tomber amoureuse d'un homme qui n'est pas son genre, répliqua Tara. L'amour, c'est comme les crottes de pigeon, ça nous tombe dessus au moment où on s'y attend le moins.

— L'amour, c'est de la merde donc ? ironisa Gloria. Quelle poète ! Il y avait bien de la bouse de bufflones hier et j'ai même mis le pied dedans, mais je vous garantis qu'il n'y a pas d'amour entre Harry Boulgourian et moi. Nous sommes tous les deux en couple, c'est mon supérieur hiérarchique, je suis enceinte et il essaie de faire un bébé avec sa compagne. Un homme et une femme peuvent apprécier de discuter ensemble sans que ça se termine au lit ! On est au bureau en plus !

— C'est vrai que les promotions canapé, ce n'est pas son genre, admit Tara. Il a des comportements étranges parfois mais les femmes et les hommes sont traités de la même manière dans cette entreprise.

— Ça, c'est vrai, confirma Judith. On ne peut pas en dire autant dans toutes les boîtes. J'ai demandé à voir les niveaux de salaires à la fin de l'année dernière, car je me demandais si mon équipe était bien payée par rapport aux autres services. Les RH m'ont tout montré : Harry Boulgourian estime que les Yaourts Poitier n'ont rien à cacher. Margaux Dilac fait des analyses dans tous les sens et j'ai pu constater par moi-même que la moyenne des salaires des femmes était équivalente à celle des hommes, à peu de chose près.

— En même temps, les femmes qui sont recrutées dans cette société sont des tueuses ! plaisanta Tara en se désignant.

— Moi, j'ai quand même l'impression qu'on se démène bien plus que les hommes pour prouver qu'on est à la hauteur, remarqua Judith.

— Surtout toi ! pointa Gloria. Tu es tellement perfectionniste.

— Si je veux voir mes gosses, je dois partir à 18 h 15 le soir et je veux être irréprochable : je me donne les moyens d'avoir des résultats. Je ne suis pas l'exception ! Tu es exactement comme moi, Gloria. Pour ne pas que tes absences ou retards liés à ta PMA se ressentent dans ton travail, tu as dû mettre les bouchées doubles : finir tard et rapporter du travail à la maison. Toi aussi, tu as tout fait pour être irréprochable.

— Tu as raison, admit Gloria. On a toutes le syndrome de la bonne élève en fait.

— Je ne suis pas certaine que les hommes, pères de famille inclus, se mettent autant la pression que nous, renchérit Tara.

— Vous imaginez si un macho comme Patrick Aclachi était à la tête de la société ?

— Je n'aurais pas tenu aussi longtemps ! fit Gloria.

— La dernière fois, raconta Judith, je l'ai croisé dans l'ascenseur en partant à 18 h 15 et il m'a fait sa sortie habituelle : « Tu prends ton après-midi ? »

— Harry Boulgourian, lui, au moins, remarqua Gloria, se focalise sur les résultats et pas sur la manière de les obtenir. D'ailleurs, quand on n'a pas de résultat, on est vite remerciés. Vous vous souvenez, Catherine Picotte, l'ancienne directrice financière ?

— Elle, elle était vraiment incompétente…, précisa Judith. Il y avait toujours une erreur dans les rapports mensuels qu'elle nous envoyait et en plus, elle était soûlante : elle parlait trop, et pour ne rien dire.

Gloria mit un sachet dans une tasse d'eau chaude.

— Harry m'a fait découvrir les tisanes au fenouil, je ne peux plus m'en passer !

— Pourquoi tu ne nous racontes plus vos conversations ? déplora Tara.

— J'ai l'impression de le trahir en vous dévoilant les problèmes de fertilité de sa femme.

— Tu es sa directrice de la Recherche et du Développement, tu n'es pas son psy ! expliqua Judith. Techniquement, il n'y a pas de secret professionnel…

— Vous prenez ce sujet un peu trop à la légère, s'agaça Gloria. On n'est pas en train d'échanger des conseils de jardinage, on parle d'une réelle souffrance. Ce qu'il vit, je l'ai vécu et c'est très douloureux. En ce moment, il est vulnérable.

— Harry Boulgourian vulnérable ? s'exclama Judith.

— Il n'est pas expressif, ajouta Gloria. On ne lui a peut-être pas appris ou donné l'autorisation de montrer ses émotions mais je vous assure qu'il est plus sensible qu'il n'y paraît. Il traverse une période très difficile.

— Moi, j'ai l'impression qu'il cache bien plus que ses émotions, fit Judith.

— Qu'est-ce qui te fait dire ça ? demanda Tara.

— Une intuition, et je me trompe rarement, expliqua la directrice de la Communication. Rappelez-vous que ce type est très intelligent. Je suis sûre qu'il a une obsession ou un vice caché.

— Tu dis n'importe quoi, Judith ! s'énerva Gloria.

— Discutons d'autre chose, intervint Tara qui sentait que la conversation allait mal tourner. Je n'ai pas dormi et j'ai besoin de paix intérieure et extérieure.

— C'est vrai que tu as une sale tête aujourd'hui, remarqua Judith.

— C'est de pire en pire…, se lamenta Tara. Léo met une heure à s'endormir. Il fait preuve d'une telle créativité avant de se coucher : le fameux « J'ai soif – Je veux faire pipi – Je veux un câlin – J'ai chaud – Les dessins de ma couette ont bougé – Il y a quelqu'un caché dans le tiroir à pyjamas – J'ai entendu le bruit d'une araignée » peut durer plus d'une heure !

— Tu as essayé de lui raconter une histoire ? suggéra Gloria. Avec mes neveux, ça marche bien.

— Bien sûr ! Le problème, c'est qu'il a peur de tout, donc je suis obligée de supprimer les méchants mais aussi les chats, les coccinelles et tous les personnages qui ont une tête qui pourrait lui faire peur. Il ne reste pas grand monde et l'histoire est ennuyeuse au possible. Mais ce n'est pas pour autant qu'il s'endort plus vite ! Et quand il ferme enfin les yeux, c'est Ilona qui commence ses réveils car elle a perdu sa tétine.

— Oh, ma pauvre…, déplora Gloria. Et ton mari, il se lève aussi ?

— Oui ! Autant que moi mais il est moins crevé. Nous, on a des hormones qui nous rendent plus sensibles aux pleurs de nos enfants, pas eux.

Gloria avait un sommeil de plomb et se demandait si elle entendrait son bébé la nuit. C'était une grosse dormeuse et elle espérait qu'elle réussirait à gérer malgré la fatigue. Cela l'inquiétait mais elle se sentait prête. Et puis, elle n'était pas seule. Jules aussi se lèverait sans problème. Elle s'imagina alors en train de bercer son bébé dans ses bras, elle ressentit la chaleur de ce petit corps blotti contre elle. Elle lui chantonnait un air de musique italienne qu'elle adorait, et elle observait ses petites paupières s'abandonner doucement. Elle sourit de plaisir.

— Les filles, il faut que j'y retourne ! déclara Tara. Ma réunion commence dans cinq minutes.

Elle se tourna vers la machine afin de se refaire un café.

— Tu as une grosse tache dans le dos ! s'exclama Judith. C'est du lait ou du dentifrice ?

— Oh mince ! Si ça part de l'épaule, c'est du lait. Ilona a dû me laisser un petit souvenir quand je lui ai fait un câlin ce matin. Je n'ai pas le temps de me laver, j'ai une négociation avec une chaîne de restaurants qui commence d'un instant à l'autre.

— Tiens, je te prête ma veste ! proposa Gloria.

— Merci mais tu es plus petite que moi !

— Oui, mais plus grosse aussi : je me suis bien élargie avec la grossesse.

— Bénis soient tous tes kilos ! remercia Tara qui enfila le vêtement à peine trop petit pour elle.

Gloria se retrouva avec la veste tachée de lait en main. Elle caressa le tissu et s'imagina en train d'allaiter son enfant. L'image la remplit de joie.

Chapitre 20

HARRY

DISCUTER avec Gloria Comelli était devenu une drogue pour Harry Boulgourian. Entre les réunions professionnelles qu'il organisait avec elle et son équipe sur les développements en cours et les cafés improvisés, ils se voyaient au moins trois fois dans la semaine. Pendant leurs échanges, le lien hiérarchique disparaissait. Il lui posait des questions et Gloria semblait toujours ravie de partager son expérience : elle lui parlait de sa grossesse, de ses peurs, de ses doutes, de ce que les médecins préconisaient, ce qu'elle avait lu, ce que les experts expliquaient et Prisca Krik poursuivait sa grossesse, en parallèle, en montrant une nouvelle facette plus humaine, plus sensorielle. La vraie Bérénice ne savait rien des mensonges qu'il racontait sur ses ovules congelés et ses coups de déprime. Cette dernière ne se reconnaîtrait pas dans le portrait qu'il faisait d'elle. Mais Gloria ne se doutait de rien. Naturellement empathique, elle comprenait les souffrances de cette femme pourtant sortie tout droit de l'imagination de Harry Boulgourian.

Ce jour-là, il descendit au laboratoire entre deux réunions.

— Bonjour Harry ! s'exclama-t-elle, en relevant la tête de son microscope.

Il referma la porte vitrée de son bureau.

— Je vous dérange quelques minutes seulement, s'écria-t-il. Bérénice est très angoissée. Elle en est à sa deuxième piqûre et elle pense que la FIV ne marchera pas. Elle s'énerve pour un rien. J'ai besoin de votre éclairage.

— C'est normal qu'elle soit sensible, le traitement hormonal exacerbe les émotions. On pleure ou on rit pour tout et n'importe quoi ! Je me souviens avoir versé quelques larmes de joie après une réunion avec vous : vous aviez enfin validé le nouveau rose parme de la recette mûre et framboise. En temps normal, ça ne me fait pas autant d'effet.

Il sourit.

— Une fois, j'ai pleuré parce que j'avais renversé mon verre d'eau sur une amie dans un restaurant. Et puis, il m'est aussi arrivé de pleurer toute une nuit, la veille d'une visite chez mon gynécologue. Je craignais qu'il m'annonce des mauvais résultats d'examen, ou que l'échographie montre un problème. Moi aussi, j'en ai eu des crises de doutes. Je vous avoue que, parfois, j'en ai encore.

Désormais, il connaissait bien le langage de son corps quand elle reparlait de la souffrance qu'elle avait endurée.

— Que me conseillez-vous pour la réconforter ?

— Encouragez-la à pleurer. Cela lui permettra de s'alléger un peu.

— Avez-vous déjà pensé à abandonner ce projet d'enfants ?

— Cela ne doit pas être une option ni pour vous ni pour elle ! s'insurgea-t-elle. Moi, je n'aurais jamais abandonné !

Il sentit que cette phrase sortait du plus profond d'elle-même : la tonalité de sa voix, le mouvement de son corps pour soutenir ses mots, son regard déterminé… Devenir mère était son objectif dans la vie. Le profil de la femme prête à tout pour avoir un enfant : elle ne cessait de le surprendre !

— Vous pouvez lui proposer de m'appeler si elle a besoin de parler ou de conseils ?

Harry Boulgourian avait anticipé cette suggestion.

— Elle m'en voudrait si elle apprenait que j'ai parlé de ses problèmes à une collègue de bureau.

— Je comprends. J'aurais sans doute eu la même réaction. Dans ce cas, dites-lui d'aller sur les forums. Ça lui fera du bien de discuter avec des femmes qui sont dans la même situation qu'elle.

— Vous avez raison.

Il parcourait déjà ces forums presque tous les soirs à la recherche de témoignages complémentaires. Mais rien n'équivalait une discussion avec Gloria.

— On est toutes différentes. On n'a pas la même histoire, la même biologie, le même mental, mais on a un rêve commun : celui d'être mère. J'avais rencontré une femme, Rina. Elle avait réalisé des examens qui n'avaient pas révélé de problème ni chez elle ni chez son mari. Pourtant, elle n'arrivait pas à tomber enceinte. Les médecins pensaient qu'il s'agissait d'un blocage psychologique.

— Un blocage psychologique ? demanda-t-il en espérant en savoir plus sur cette Rina.

— Oui. Sa mère est décédée quand elle avait deux ans. Et son père ne s'en est jamais remis. Je ne connais pas les détails de son histoire, mais grandir sans amour maternel a peut-être un lien avec son infertilité.

Elle le conforta dans une des pistes qu'il était en train d'approfondir pour Prisca Krik : ses blessures d'enfance, et comment celles-ci façonnent des mécanismes d'autodéfense à l'âge adulte. Il devait créer un lien entre sa grossesse et son passé troublé.

Judith Garcin arriva devant la porte vitrée du laboratoire avec un caméraman. Gloria lui sourit et lui mima d'attendre cinq minutes avec sa main.

— Ils viennent me filmer pour la série *Tournée autour du pot*. Vous pensez vraiment que les gens seront intéressés par les coulisses de la création des Yaourts Poitier ?

— Bien sûr qu'ils seront intéressés ! Et cela renforcera notre capital confiance.

— Judith a beaucoup insisté pour me filmer car elle pense qu'une femme enceinte a un capital sympathie supérieur à n'importe quel individu.

— Elle a raison.

C'était justement la raison pour laquelle Prisca Krik attendait un enfant ! Pour plaire à ses lecteurs.

Judith les observait et s'impatientait devant la porte en regardant sa montre à intervalles de plus en plus rapprochés.

— Bonjour Judith ! s'écria Harry Boulgourian en ouvrant la porte du bureau de Gloria pour partir. Je vous laisse la place, je ne voudrais surtout pas vous mettre en retard…

La directrice de la Communication comprit l'allusion et lui lâcha un sourire jaune.

*

Le soir, devant son ordinateur, Harry retrouva Prisca. Il ouvrit son petit carnet et relut les notes qu'il avait prises :

> *« Elle rit et pleure pour n'importe quoi », « Fréquentes crises de doutes », « Devenir mère était son objectif dans la vie : détermination perceptible dans l'intonation et le langage du corps », « Quelle mère devient-on quand on grandit sans amour maternel ? », « Une femme enceinte a un capital sympathie supérieur à n'importe quel individu ».*

Il se félicitait d'avoir eu l'idée de mettre Prisca Krik enceinte. Au fur et à mesure que l'histoire avançait, son enquêtrice développait une nouvelle forme de sensibilité émotionnelle, en plus de son sens de l'observation et de ses qualités d'analyse. De retour dans son appartement, la détective avait su que quelqu'un s'était introduit chez elle. Il n'avait pas laissé de traces d'effraction, mais elle avait senti la rémanence très subtile d'une eau de Cologne bon marché. Elle en avait déduit que son enquête gênait. Gloria lui procurait beaucoup de matière pour enrichir le personnage de son héroïne. Son histoire prenait de l'ampleur, de l'impact, de la consistance : c'était si exaltant !

Chapitre 21

GLORIA

Les salariés jasaient. Gloria et Harry se voyaient trop souvent, c'était louche. Ils se posaient des questions : de quoi discutaient-ils ? Étaient-ils secrètement amoureux ? Avaient-ils des connaissances en commun ? Des liens familiaux ? Se pouvait-il qu'il soit le père de son enfant ? Allait-elle avoir une promotion ou une augmentation de salaire ? Mises à part Judith et Tara qui n'avaient rien divulgué à personne, aucun employé ne connaissait les réelles raisons de leur rapprochement. Aider un couple qui rencontre les mêmes difficultés qu'elle lui apportait beaucoup. À travers leurs discussions, elle revivait des moments de cette longue épreuve qu'elle avait vécue tout en sachant qu'il y avait une fin heureuse. Cela nourrissait sa force intérieure : elle n'avait rien lâché et elle avait eu raison.

Pendant que le caméraman installait son matériel dans le laboratoire, Judith et Gloria allèrent chercher un verre d'eau à la fontaine du couloir.

— Vous parlez toujours de la PMA ? lui demanda Judith qui espérait obtenir des informations.

— Tu crois encore qu'il se passe quelque chose entre nous ? Je suis amoureuse de Jules et je te le rappelle au cas où tu ne l'aurais pas remarqué : mon surpoids actuel est lié à mes dix-neuf semaines de grossesse ! On est sur le point de fonder une famille ! Et l'infidélité, ce n'est pas mon truc.

— Mais lui, il s'intéresse à toi de trop près. Il a forcément des arrière-pensées. Depuis que je le pratique, je ne l'ai jamais vu aussi proche d'une salariée. Tu es belle, intelligente, marrante, charmante, ce serait normal qu'il tombe amoureux de toi !

— Moi, il ne m'attire pas du tout. Quand on est ensemble, on parle fertilité, examen gynécologique, hormones et angoisses. Il n'a jamais rien tenté pour me séduire, je t'assure ! Je ne suis pas si naïve, je m'en serais rendu compte. Il me parle tout le temps de Bérénice.

— On ne connaît jamais vraiment les gens avec lesquels on travaille… Bon, on s'y met ? J'ai encore trois personnes à filmer après toi, un point sur la *Yogurt Week* et je ne dois pas être en retard ce soir, car je dois relayer mon mari qui a fait du télétravail aujourd'hui. Valentin, Agathe et Gaspard ont tous les trois chopé une gastro. C'est la fête du vomi à la maison : j'ai hâte de rentrer !

— Quelle galère…

Après s'être recoiffée et mis un peu de gloss sur les lèvres, elle s'installa sur un tabouret à côté d'un microscope. Elle révisa rapidement les réponses aux questions qu'elle avait préparées pour expliquer son métier et la manière dont étaient conçus les yaourts.

— J'ai le trac ! déclara-t-elle pendant que le caméraman réglait le son.

— Tu es un peu pâlotte, remarqua Judith, tu devrais te maquiller un peu plus !

Gloria se mit un peu de poudre et se rassit sur le tabouret. Elle sentit soudain un gros coup de fatigue.

— Tout va bien ? demanda Judith qui observait son amie à travers l'écran de la caméra. Tu veux encore un peu d'eau ?

Gloria prit une grande respiration et caressa son ventre.

— Non, ça va aller !

— Je vais faire de toi une star ! ironisa Judith.

Gloria rentra chez elle un peu plus tôt et découvrit Jules qui jouait aux cartes avec son neveu, Gabriel. Carolina, sa sœur, les appelait à l'aide quand la nounou avait un empêchement pour aller chercher son fils. Gabriel adorait venir chez eux, et s'entendait particulièrement bien avec Jules.

— Ma maîtresse s'est cassé la jambe au ski. Et on a une remplaçante. À ton avis, je lui dis vous ou tu à la nouvelle maîtresse ? demanda le garçon tout en distribuant les cartes.

— C'est à elle que tu devrais poser la question ! répondit Jules en découvrant son paquet.

Gabriel réfléchit.

— Mais quand je lui pose la question, je lui dis *vous* ou *tu* ?

— Tu as envie de la vouvoyer ou de la tutoyer ?

— De la tutoyer mais il paraît que les adultes pensent qu'on leur manque de respect quand on leur dit tu.

— Je comprends. Dans ce cas, je lui dirais vous quand je lui pose la question. À toi de jouer !

Gloria leur déposa un baiser sur le front à chacun. Elle n'en avait jamais douté, Jules serait un excellent père pour leur enfant.

— Tu as passé une bonne journée, mon amour ? demanda Jules.

— Très bonne. Je suis épuisée…

— Je finis de battre ton neveu au pouilleux massacreur et je viens te masser.

— Venez me masser tous les deux après votre partie : l'un s'occupera des pieds, et l'autre de la tête et des épaules.

Elle entendit son neveu qui demandait :

— Comment on va faire pour lui masser la tête ? Ses cheveux sont si gras !

Elle observa ses racines dans le miroir. Elle avait lavé ses cheveux la veille.

— Mes cheveux sont propres ! affirma-t-elle.

— Oui mais ils sont gras ! Comme ton ventre !

Jules éclata de rire.

Avec la grossesse, ses cheveux fins avaient pris du volume et ils avaient poussé.

— Tu manques de respect à ta tante ! plaisanta Gloria. Je vous attends dans la chambre !

Chapitre 22

HARRY

— Ils ne savent plus quoi inventer ! s'écria Gloria en croquant dans un biscuit aux graines de coriandre. La dernière rumeur en date : je serais l'une de vos cousines ! Nous sommes bruns tous les deux, aux yeux marron : les gens trouvent que nous avons un air de famille. Et c'est moi qui vous aurais inspiré le nom « *les Yaourts de ma cousine* ». Ils disent aussi que je suis une ambitieuse prête à tout pour réussir et que je finirais par obtenir un traitement de faveur : une promotion ou une augmentation de salaire.

— L'humain a besoin d'histoires pour remplir le vide de sa vie, déclara Harry. Je n'écoute pas ces rumeurs complètement stupides.

— C'est normal, vous êtes le chef ! Moi, les collègues me regardent bizarrement, ils me questionnent. Même Juliette, votre assistante, est mal à l'aise avec moi.

Harry craignit un instant que ces rumeurs aient une conséquence sur la fréquence de leur échange.

— Juliette est mal à l'aise avec tout le monde. Ne perdez pas de temps avec ces commérages ! Les gens retirent beaucoup de satisfaction à colporter des fausses informations. Ils se persuadent qu'ils sont meilleurs que les autres, ils se sentent tout-puissants et ça leur procure une forme de plaisir. C'est l'un des plus grands travers de la nature humaine.

— Ça confirme encore à quel point notre nature est mauvaise ?

— Exact. L'effet de groupe est pire que tout : les QI ne s'additionnent pas, mais les mauvaises influences s'amplifient.

— Vous ne croyez pas à l'intelligence collective ?

— Si. Les gens peuvent coopérer bien sûr, mais il faut que cela serve leur intérêt personnel avant tout. Vous souvenez-vous de la première fois où vous avez détesté quelqu'un ?

Sa question n'attendait pas de réponse. Il poursuivit :

— C'est venu naturellement, parce que c'est en chacun de nous.

— L'amour aussi dans ce cas ? C'est déprimant de penser comme vous !

— Cela ne veut pas dire que nous sommes toujours malveillants mais nous avons un fond malveillant.

— On n'est pas obligés d'être d'accord sur tout ! s'écria Gloria en souriant.

Elle but une gorgée de tisane et ajouta :

— Ce serait peut-être plus simple si on pouvait parler librement du sujet de l'infertilité, sans avoir peur d'être jugés.

— Vous craignez le jugement des autres ?

— Oui. Je n'ai pas envie d'être stigmatisée. Les femmes comme moi ou celles qui ne veulent pas faire d'enfants sont perçues comme des sous-femmes car elles ne remplissent pas le rôle que la société leur a donné : à savoir, faire des enfants. Je n'ai parlé de mon problème à personne à part aux personnes qui me sont très proches.

Toujours ce poids dont elle ne se délesterait peut-être jamais, pensa-t-il.

— Mais maintenant que je suis enceinte, il n'y a pas une personne qui n'est pas au courant de ma grossesse !

Et en même temps, Harry voyait qu'elle restait pétillante et solaire à sa manière. Elle s'était encore plus arrondie et avait modifié sa façon de s'habiller. Elle ne portait plus de pantalons mais des leggings, des tuniques et des chaussures plates. Toutes les couleurs lui allaient au teint. Il avait travaillé les changements physiques de Prisca Krik en s'inspirant de ses observations. Il avait repris sa manière de s'habiller, en changeant les couleurs et en ajoutant des détails.

— Ah au fait, vous direz à Bérénice qu'elle ne se fasse pas avoir : j'ai essayé le yoga pour femme enceinte, c'est de l'arnaque. On a passé une heure à s'étirer les doigts de pied. En même temps, je ne vois pas ce que certaines femmes proches du terme auraient pu étirer.

— Je l'avertirai, mais on n'en est pas là. Elle a de nouveaux examens à faire avant la programmation de la FIV.

Soudain, Gloria eut un léger sursaut. Elle eut le réflexe de toucher son ventre.

— Que se passe-t-il ? demanda Harry.

Elle resta silencieuse quelques secondes puis répondit avec une pointe d'inquiétude dans la voix.

— Je ne sais pas. Sûrement la fatigue. On est vendredi, la semaine était chargée. Et en plus, il y avait des problèmes de métro ce matin, personne ne s'est levé.

Elle avait changé de couleur en l'espace d'une seconde.

— Vous voulez un peu d'eau ? Vous êtes un peu pâle.

— Non, ça va aller. J'ai seulement besoin de m'allonger, je crois. Je vais rentrer chez moi.

— Je demande à Juliette de vous appeler un taxi !

— Merci !

Harry Boulgourian la raccompagna à la porte de son bureau.

— Je repasse vous voir lundi, s'écria-t-elle en lui souriant.

— Reposez-vous bien.

Juliette le regarda du coin de l'œil, comme si elle cherchait une preuve pour enrichir les rumeurs qu'elle avait dû entendre. Il ne prêta pas plus attention à elle et s'enferma dans son bureau. Le départ précipité de Gloria l'avait contrarié, même un peu inquiété. Mais ces sentiments se dissipèrent lorsqu'il sortit son carnet pour noter les idées fraîchement arrivées dans sa tête.

Le week-end qui suivit fut particulièrement fertile. La grossesse de Prisca Krik était source d'émotions ambivalentes : elle se sentait épanouie d'être enceinte, mais ne pouvait s'empêcher d'être angoissée à l'idée de ne pas connaître le géniteur. Elle s'était par ailleurs liée d'amitié avec Jeanne Racotex. Un nouveau rebondissement déterminant s'était produit dans son enquête sur l'injection des perturbateurs endocriniens. Poussée par son intuition, la détective avait enquêté sur le père de Jeanne. Elle avait découvert que, peu de temps après l'agression de sa fille, il avait reçu un mystérieux courrier. M. Racotex était à la tête d'une entreprise qui commercialisait des produits chimiques utilisés dans de nombreux produits du quotidien. Or certains composants comme le triclosan étaient considérés comme des perturbateurs endocriniens. Dans sa lettre, l'agresseur le menaçait : soit il arrêtait la commercialisation de ces substances, soit la totalité des femmes de son entourage subirait le même sort que Jeanne. Considérant qu'il n'existait pas de personne plus importante à ses yeux que sa fille, il avait refusé de céder au chantage et dissimulé cet indice.

Influencée par l'enfant qui grandissait en elle, Prisca s'en était prise à M. Racotex. Dans ce nouveau roman, il montrerait une Prisca déterminée, forte, protectrice, solidaire aussi de toutes les femmes ayant le désir d'être mère : des caractéristiques qu'il avait perçues dans ses diverses conversations avec Gloria.

Le lundi matin, il fit chauffer l'eau de sa bouilloire pour qu'elle soit chaude lorsque Gloria arriverait. Mais il n'eut aucune nouvelle d'elle. Il appela son numéro de poste, elle était sur messagerie.

Cette absence le perturba.

Le jour suivant, la chercheuse ne vint pas travailler non plus. Il demanda à Juliette de se renseigner auprès de son équipe. Elle les avait peut-être prévenus.

— Personne ne connaît les raisons de son absence, déplora Juliette. Ils ont essayé de la joindre mais elle ne répond pas.

Il appela Margaux Dilac, la DRH.

— Il semblerait que Gloria Comelli soit absente. Elle n'a pas prévenu son équipe. Avez-vous des informations la concernant ?

— Non pas encore. Si elle est malade, on devrait recevoir son arrêt d'ici quarante-huit heures.

— Comment peut-on s'assurer qu'elle se porte bien ?

— On ne peut pas, légalement. Vous... Vous avez une urgence à voir avec elle ?

Elle avait sûrement dû entendre parler des rumeurs. Il ne prit pas la peine de lui répondre.

— Prévenez-moi quand vous recevrez son arrêt maladie.

Était-il inquiet pour elle ou pour ses romans ? Peut-être un peu des deux. Il lui envoya un e-mail pour lui demander de ses nouvelles. Même arrêtée, peut-être qu'elle consulterait sa messagerie professionnelle. Un e-mail de Tara Berthier sur un contrat commercial arriva dans sa boîte au même moment. Il se rappela que la directrice commerciale était proche de Gloria.

Il lui téléphona :

— Bonjour Tara.

— Bonjour Harry ! Je suis en point, je vous rappelle quand j'ai fini ?

— Pourriez-vous passer dans mon bureau plutôt ?

— D'accord.

Tara tapa à la porte vingt minutes plus tard.

— Je vous ai envoyé le contrat sur l'opération d'été chez Leclerc, il y a un point de désaccord sur le nombre de PLV, mais on a revu la clause avec le juridique.

— Très bien.

— On ne lâchera rien : nos yaourts seront les stars de cette animation avec un présentoir visible dans l'entrée de l'hypermarché !

— Parfait !

Il hésita un instant puis demanda :

— Avez-vous des nouvelles de Gloria Comelli ?

Le sourire conquérant de Tara disparut de son visage.

— Elle est arrêtée, répliqua-t-elle en baissant les yeux.

— Comment va-t-elle ?

— Je ne peux pas répondre à cette question, dit-elle sèchement en se levant pour sortir.

Puis elle ajouta, très professionnelle :

— J'aurais besoin de votre retour sur le contrat dans la journée si possible.

Elle savait et, à voir sa tête, c'était grave mais elle ne lâcherait aucune information sur son amie. Il resta un instant seul et immobile dans son bureau. Harry Boulgourian détestait ne pas savoir.

C'est alors que Tara Berthier réapparut à l'entrée de son bureau, les traits tirés et les yeux remplis de tristesse :

— Vous finirez par l'apprendre de toutes les manières. Elle a perdu son bébé.

Chapitre 23

HARRY

Gloria avait perdu son bébé. Tara Berthier ne lui avait pas donné plus de détail. Comment était-ce possible ? Il avait toujours une longueur d'avance, pourtant il n'avait pas envisagé une seule seconde ce terrible rebondissement. Il rentra chez lui, plus tracassé que jamais par cette nouvelle. Il essaya de trouver des explications sur Internet à ce qui avait pu arriver à la chercheuse. Il parcourut toutes les causes possibles de fausses couches à cinq mois de grossesse. Il était tellement troublé qu'il avait besoin de poser un diagnostic sur ce drame.

Ce soir-là, il n'écrivit pas une ligne. L'image d'un ventre vide l'obsédait. En nourrissant Tortue, il s'interrogea : que ressentait Gloria ? À quoi pensait-elle ? Est-ce qu'elle se remettrait vite de cette épreuve ? Est-ce qu'elle serait prête à refaire une FIV tout de suite ? Est-ce qu'elle aurait toujours la même détermination ? Est-ce qu'elle continuerait à se confier à lui ?

Le lendemain, Margaux Dilac lui indiqua que l'arrêt maladie de Gloria durerait un mois. Un mois sans nouvelle, sans rien savoir. C'était long ! Légalement, il n'avait aucun moyen de prendre contact avec elle. Ni les Ressources humaines, ni l'équipe de Gloria, ni Tara, ni Judith ne lui donnèrent plus d'information sur son état.

Il n'aurait jamais pu prédire les conséquences que cette fausse couche allait entraîner sur lui. Les premiers jours, il était si tourmenté qu'il délaissa complètement Prisca Krik. Puis, vint le week-end, et il voulut dérouler son programme habituel : quelques courses chez les commerçants de son quartier, une balade à vélo dans le bois s'il ne pleuvait pas ou un film au cinéma, et surtout de longues sessions d'écriture. Seulement voilà, assis devant son ordinateur, il regardait les lettres de son clavier sans être capable d'appuyer sur une touche.

La semaine qui suivit, il n'y eut pas d'amélioration. Il relisait sans cesse ses notes, le squelette qu'il avait commencé à bâtir, les fausses pistes qui baladeraient le lecteur et ses idées pour faire évoluer son enquêtrice. Prisca Krik était devenue floue : c'était comme s'ils ne communiquaient plus. Il finit par douter : est-ce que cette intrigue était assez forte pour tenir le lecteur ? Il dormait de plus en plus mal. Il se couchait tard et se réveillait dans la nuit, sans réussir à se rendormir.

Une troisième semaine s'écoula très lentement. La fausse couche de Gloria l'avait complètement déséquilibré : il n'avait plus aucune inspiration. Chaque soir, il parcourait encore et encore son petit carnet et essayait de se raccrocher aux souvenirs de leurs discussions, mais les mots passaient leur chemin. À ceci s'ajoutaient ses insomnies qui étaient de plus en plus longues et fréquentes. Il cherchait à comprendre pourquoi ce drame l'affectait autant. C'était un coup dur pour Gloria, mais pourquoi cela le retournait-il autant ? Il se sentait vide. Complètement vide. Comme le ventre de Gloria. Pendant ces deux derniers mois, il avait ressenti ce que ressentait Gloria et ça l'avait emporté loin, à des sommets de plaisir dans l'écriture qu'il n'avait encore jamais atteints. Pour une raison étrange, c'était comme si un lien s'était créé entre la chercheuse qui sentait la vie pousser en elle et lui, écrivain, en souffrance, qui guérissait son infertilité littéraire à ses côtés. Mais depuis qu'elle avait perdu son bébé, il sombrait. Et Prisca avec lui.

Au bureau, cette situation le rendait de nouveau très irritable et de mauvaise humeur. Juliette entra dans son bureau et de sa voix balbutiante, elle lui demanda :

— Votre agenda est très chargé… Et je pense que vous n'aurez pas le temps de déjeuner. Est-ce que je vous commande un plateau-repas ?

Perdu dans ses pensées, il ne répondit pas. Après s'être raclé la gorge, l'assistante reformula :

— Vous n'avez que quinze minutes pour déjeuner. Dois-je m'occuper de votre repas ?

— J'avais très bien compris la première fois.

Elle se cacha derrière sa longue frange en baissant la tête. Il ne voulait pas être odieux, mais il ne pouvait pas s'en empêcher. Cette question tout comme la plupart des réunions qui remplissaient ses journées avaient perdu leur intérêt. Alors qu'elle s'apprêtait à rejoindre son bureau sans avoir eu sa réponse, il lui répondit :

— Un sandwich au brie fera l'affaire.

Le corps de Harry Boulgourian était physiquement au bureau, mais son esprit errait. Tout l'agaçait : les yaourts, les réunions, les salariés, les e-mails… Son cerveau habituellement si performant, si avide de complexité, traitait les demandes avec le service minimum. Il répondait sèchement aux collaborateurs et écourtait les points, prétextant avoir des dossiers plus urgents à gérer. Les Yaourts Poitier avaient perdu toute valeur à ses yeux.

Margaux Dilac prit place dans son bureau pour leur réunion hebdomadaire.

— On a eu deux démissions cette semaine.

— Vous avez trouvé des candidats pour les remplacer ? demanda-t-il.

— Vous ne voulez pas savoir qui et pourquoi ?

Margaux Dilac espérait qu'un jour ils pourraient entretenir une forme de complicité tous les deux. C'est sans doute la raison pour laquelle elle osa lui demander :

— Vous avez des problèmes, Harry, en ce moment ? Je vois bien que ça ne va pas depuis plusieurs semaines.

Comprenant qu'elle n'aurait pas de réponse, elle poursuivit :

— Les deux démissions sont deux chefs de produit qui n'acceptent pas d'être traités comme des incapables. Vous avez dit à l'un, je cite, « Ce n'est pas la taille des morceaux de fruits du yaourt qu'il faut augmenter mais la taille de votre cerveau ! », et à l'autre : « Révisez vos cours de mathématiques niveau CM1, avant de proposer d'offrir une cuillère pour l'achat de deux packs de yaourts. Cette offre ne sera jamais rentable. »

Elle espérait des regrets ou une justification mais il ne comptait pas lui en donner.

— Vous leur avez demandé de se taire quand ils essayaient d'argumenter, et vous avez quitté la réunion avant la fin. Ils se sont sentis humiliés. La jeune génération n'accepte plus d'être traitée de cette manière. Ils ont préféré démissionner mais ils auraient pu aller voir les délégués du personnel, ou pire les prud'hommes et nous attaquer en justice !

Ce sujet, comme tous les autres, ne l'intéressait pas. Cependant, il ne voulait surtout pas perdre de temps avec des problèmes de ce genre.

— Dois-je m'excuser ? demanda-t-il.

— Non, c'est trop tard. Leur décision de nous quitter est irréversible.

— Je ferai plus attention, lâcha-t-il sans conviction.

— Très bien. Je lance les recrutements. Souhaitez-vous voir les candidats que nous retiendrons ?

— Non.

Elle se leva. Puis avant de quitter le bureau, elle ajouta :

— Ah ! Il me semble que vous vouliez avoir des nouvelles de Gloria Comelli. Elle a prolongé son arrêt de quinze jours.

Un début de migraine s'installa au milieu de son crâne. Cette nouvelle augmenta encore son niveau de contrariété déjà très haut. L'image obsédante du ventre vide ne le quittait plus.

Chapitre 24

HARRY

Harry n'écrivait plus. Ni le week-end, ni le soir après ses journées de travail, ni pendant ses longues heures d'insomnie. Cette fausse couche l'avait traumatisé et avait figé la partie de son cerveau qui lui permettait d'écrire des romans. Il était paralysé. Son histoire était au point mort. Où Prisca Krik pourrait-elle puiser sa force, sa détermination et sa joie désormais ? Gloria lui avait donné accès à des sensations qu'il n'avait jamais ressenties jusqu'ici. Elle avait été son guide. Lui qui était si indépendant se retrouvait sous l'emprise de cette femme, qui avait soudain disparu. Il avait beau analyser la situation et chercher des explications rationnelles, il n'en trouvait pas.

Cette fois-ci, il ne s'agissait pas d'un manque d'inspiration mais d'une panne. Et elle prenait de plus en plus d'ampleur dans sa vie. Harry Boulgourian enchaînait les nuits sans dormir. Il ne fonctionnait plus normalement.

Les week-ends étaient encore plus vides que la semaine. Maintenant qu'ils n'étaient plus remplis par des heures d'immersion dans un monde fictionnel, il dépérissait. Comparé au dernier blocage qu'il avait eu avant de redécouvrir Gloria, son état était bien pire. Il peinait même à se concentrer quand il lisait ou regardait des films.

Bérénice lui proposa de sortir. Il avait refusé ses trois dernières invitations et s'apprêtait à décliner une nouvelle fois mais il se ravisa. La voir aurait peut-être un effet salvateur. Ils se donnèrent rendez-vous dans un restaurant branché qui venait d'ouvrir près des Champs-Élysées.

— Qu'est-ce qui t'arrive ? s'inquiéta-t-elle. Tu as vraiment mauvaise mine ! Tu as des problèmes ?

Il leur arrivait souvent d'échanger sur leur vie professionnelle. Elle lui demandait des conseils en stratégie pour étendre son affaire, il la sollicitait sur les tendances de parfum de fruits qui pourraient inspirer des futurs lancements de yaourts. Il était curieux et il s'intéressait sincèrement à ce business des odeurs. Leurs discussions allaient rarement sur des terrains trop personnels. La relation était superficielle et charnelle et cela leur convenait à tous les deux.

— Je ne suis pas dans mon assiette en ce moment, se confia-t-il.

— Ça ne te ressemble pas. Raconte-moi ce qui te tracasse.

Il n'était pas envisageable qu'il lui avoue que depuis la fausse couche d'une de ses salariés, il n'écrivait plus.

— Je dors très mal et je suis facilement irritable.

— Depuis quand ?

— Un peu plus d'un mois.

— Et que s'est-il passé il y a un peu plus d'un mois ?

— Rien de particulier, mentit-il.

Bérénice le dévisagea.

— Rien ? insista-t-elle.

Harry Boulgourian découpa son tempura de crevette pour éviter son regard.

— C'est une autre femme ?

— Tu es jalouse maintenant ?

— Absolument pas. Les règles du jeu n'ont pas changé de mon côté. Mais je m'inquiète pour toi.

— Ça arrive à tout le monde d'avoir des insomnies !

Elle le scruta sans arriver à le décoder.

— Non justement, ce n'est pas anodin de perdre le sommeil. C'est peut-être grave, tu devrais consulter.

Cette dernière phrase réveilla l'une de ses pires angoisses : la dégénérescence de son cerveau. Il avait conscience qu'en vieillissant, il perdrait de ses capacités. Mais à quarante-quatre ans et avec la santé de fer qu'il avait, il ne pouvait pas être déjà concerné.

— Je devrais consulter un neurologue, selon toi ? lui demanda-t-il.

— Je pensais plutôt à un psychiatre.

— Je ne suis pas fou ! s'écria-t-il.

— Ne consulte pas si tu ne le souhaites pas, mais rester trop longtemps sans dormir finira par déclencher d'autres soucis de santé encore plus graves. Il paraît que cela fait perdre des points de QI, voire pire, cela peut provoquer des attaques cérébrales.

Que deviendrait-il si son cerveau le lâchait pour de vrai ? Si à cause de cette histoire, à cause de cette Gloria, il ne pouvait plus jamais écrire ? Alors qu'ils finissaient leur verre de vin, Harry repensa à la Bérénice fictive qu'il avait inventée pour faire parler Gloria :

— Tu penses qu'un jour tu pourrais regretter ta décision de ne pas vouloir avoir d'enfant ?

— Tu as une proposition à me faire ? lui demanda-t-elle, de sa voix suave.

— Non, rassure-toi ! Tu te rapproches de la quarantaine et je suppose que tu n'as pas fait vitrifier tes ovules, c'est donc maintenant ou jamais ?

— Ce sera jamais, c'est un choix bien réfléchi.

— Pourquoi ?

— Pourquoi ? s'étonna-t-elle. Est-ce que tu demandes aux femmes enceintes pourquoi elles veulent avoir un enfant ? Quand une femme ne désire pas d'enfant, elle doit se justifier sous peine d'être taxée d'immature ou d'égoïste. Or, c'est tout le contraire ! Moi, je me sens responsable. Ma non-maternité est en accord avec mes envies profondes. Je m'écoute et je ne ressens pas le besoin de donner la vie. Heureusement que nous sommes de plus en plus nombreuses à oser le dire maintenant !

Elle était si éloignée de la Bérénice qu'il avait créée pour maintenir les échanges avec Gloria. Elle but une gorgée de vin puis ajouta.

— C'est la deuxième fois que tu me parles de maternité. Ça te travaille, on dirait ?

— Ça m'intéresse car il y a des femmes enceintes au bureau. Ne t'inquiète pas, je n'envisage pas non plus d'être père.

— Tu vois, pour un homme, c'est différent. Je suis certaine qu'on ne te demande jamais pourquoi tu n'as pas encore d'enfants.

— Effectivement.

— Les hommes ont le droit d'avoir un désir de liberté et d'indépendance, mais pas les femmes ! s'insurgea-t-elle.

Il demanda l'addition. Le ventre vide de Gloria était revenu le hanter pendant cette discussion. Il n'avait qu'une envie : rentrer chez lui.

Après le restaurant, il raccompagna Bérénice.

— Ça te dit de passer une folle nuit ensemble, sans intention de procréer ? lui proposa-t-elle.

Il déclina son invitation. Il n'avait pas la tête à faire l'amour. Il n'avait la tête à rien.

Chapitre 25

HARRY

D'APRÈS son arrêt de travail, Gloria Comelli revenait travailler aujourd'hui. Harry Boulgourian était impatient de la retrouver. Il ne se reconnaissait pas. Lui habituellement si rationnel s'en voulait de croire que son retour pourrait le remettre en état, comme par enchantement. Pourtant, il devait se rendre à l'évidence que Gloria Comelli avait été, sans le savoir, à l'origine de cette grande phase d'abondance et elle était aujourd'hui responsable de cette période de sécheresse.

Ce matin-là, il déposa sa parka dans son bureau et fila au laboratoire. Il l'aperçut de dos à travers la fenêtre vitrée de son bureau qui discutait avec l'un de ses chercheurs. Il frappa à la vitre pour annoncer sa venue. Elle se tourna vers lui et il découvrit son visage : elle était pâle, il aurait même dit grise s'il avait eu à la décrire dans l'un de ses romans.

— Bonjour Gloria !

— Bonjour Harry, répondit-elle sans émotion.

Silence. Il cherchait les bons mots mais ne les trouvait pas. Il finit par dire :

— Bon retour parmi nous !

— Merci.

Il se retint de lui poser toutes les questions qu'il avait en tête. Comment allait-elle ? Que s'était-il passé ?

— Je vous laisse vous remettre dans les dossiers. À plus tard !

Elle se força à sourire sans rien ajouter.

Le soir même, sans trop y croire, il se mit à son ordinateur et essaya d'écrire. Mais rien ne se produisit.

Le lendemain, il imagina un prétexte professionnel pour la revoir. Il demanda à Juliette d'organiser une réunion sur les développements en cours.

Elle débarqua dans son bureau avec Ulysse Bachar.

— C'est Ulysse qui a géré les projets en mon absence. C'est donc lui qui fera un point sur les développements.

Harry acquiesça sans laisser transparaître sa contrariété de ne pas se retrouver seul avec elle. Ulysse se lança dans un monologue qu'il n'écouta pas car il était concentré sur Gloria. Il l'observait discrètement. Ses yeux si pétillants étaient comme assombris. Amaigrie et fatiguée, ses traits étaient tendus ; tous les mouvements de son corps laissaient entrevoir une sorte de lassitude.

Fier de présenter son travail, le scientifique termina sa synthèse des six dernières semaines. Harry Boulgourian lâcha un : « Très clair ! Merci » sans plus de commentaire.

Alors que Gloria et Ulysse se levaient pour partir, il interpella la chercheuse et lui demanda de rester quelques instants. Lorsqu'ils furent seuls, il lui dit :

— Gloria, je suis sincèrement désolé.

— Merci Harry. Vous m'excuserez, mais je ne vais plus pouvoir vous conseiller…

Harry Boulgourian avait beaucoup écrit sur la souffrance. C'était une étape nécessaire pour certains de ses personnages. Il l'avait souvent vue, perçue, amplifiée dans ses écrits, mais à cet instant précis, il eut l'impression de la voir en vrai, à quelques centimètres de lui. Le visage de Gloria était marqué par la douleur, ses yeux cernés et creusés par la quantité de larmes qu'elle avait dû verser. On aurait dit que la lumière qui émanait d'elle s'était éteinte. Tout son corps incarnait le désespoir.

— Je comprends, répondit-il à contrecœur.

Après sa journée, il rentra chez lui, tourmenté par ce visage meurtri. Impossible d'écrire un mot. Pourquoi la douleur de Gloria l'affectait-il autant ? Elle l'aurait inspirée d'ordinaire, lui qui aimait dépeindre des personnages tourmentés. Il retira ses chaussures et se mit à marcher pieds nus sur le tapis de son salon. Il avait pris cette habitude en voulant imiter la jeune femme. Maintenant qu'il était privé d'elle, qu'il n'était plus à son contact, il se rendait compte que l'hypersensibilité de Gloria au monde extérieur avait développé sa propre sensibilité, avait affiné sa perception. Grâce à elle, il avait été capable de ressentir toutes sortes d'émotions complexes, nuancées. Mais aujourd'hui, il éprouvait surtout la tristesse gigantesque qui accablait cette femme, et cela le clouait sur place. Il aurait pu se servir de cette détresse pour écrire, certains artistes ayant besoin de souffrir pour créer, mais il n'en avait plus la moindre envie. Alors que la joie de Gloria avait stimulé son talent d'écrivain et offert une nouvelle vie à Prisca, le poids de son chagrin bloquait désormais les connexions dans son esprit.

Il dîna sans appétit. Puis il observa Tortue. L'animal se dirigeait lentement vers un morceau de laitue. *Elle a besoin de temps*, se dit-il. Mais combien de temps ?

Chapitre 26

GLORIA

TARA et Judith attendaient Gloria pour déjeuner. Quand le drame était arrivé, celle-ci leur avait envoyé un texto très court pour leur annoncer la terrible nouvelle. Les deux collègues avaient essayé de l'appeler à plusieurs reprises mais Gloria était incapable de parler. Alors, elles lui envoyaient des messages pour lui dire qu'elles pensaient à elle. La jeune femme leur répondait avec des émoticônes cœur.

C'était la première fois qu'elles se revoyaient. En l'apercevant, Judith ne put retenir ses larmes. Ce qui déclencha aussi celles de Tara. Mais Gloria ne pleura pas. Elles se prirent toutes les trois dans les bras.

— On a le cœur brisé, fit Tara, en cherchant un mouchoir dans son sac.

Elles s'installèrent dans la brasserie en silence. Gloria leur raconta ce qui s'était passé.

— Je me sentais fatiguée depuis le début de la semaine mais je venais de faire une échographie de contrôle et tout allait bien. Donc je ne m'inquiétais pas. J'ai commencé à avoir des petites contractions. Certaines étaient douloureuses. Et puis j'ai senti que quelque chose clochait : je ne sentais plus mon bébé bouger. J'ai appelé Jules et on a filé aux urgences de la maternité. Ils étaient débordés et je n'ai pas été prise en charge tout de suite. Je n'arrêtais pas de pleurer. Jules essayait de me rassurer mais je savais déjà. Ils m'ont fait une échographie. Le cœur du bébé ne battait plus.

Tara et Judith ne s'étaient pas arrêtées de pleurer.

— Les médecins t'ont donné des explications ?

— Le gynécologue qui s'est occupé de moi n'a rien trouvé de mieux à me dire que : « La vie est bien faite. Le fœtus n'était pas viable, il valait mieux le perdre maintenant ». Comment a-t-il pu me dire que la vie était bien faite ? C'était ma quatrième FIV !

Les deux amies cherchaient des mots réconfortants mais elles étaient submergées par l'émotion. Elles se levèrent et enlacèrent une nouvelle fois Gloria.

— Jules hésite à recommencer une nouvelle FIV en Espagne, annonça Gloria sans émotion.

— Comment ça il hésite ? s'indigna Tara en essuyant son mascara qui avait coulé.

— Il trouve que c'est trop douloureux.

— Pourtant c'est toi qu'on trifouille sans arrêt dans cette histoire !

— Oui mais quand ça ne réussit pas, ça nous fait mal à tous les deux.

— Laisse-lui du temps ! fit Judith. Il changera d'avis.

— Du temps, je n'en ai pas. Il faudra encore refaire une ponction d'ovocytes et à mon âge, mes chances sont déjà faibles.

Josiane leur apporta les menus.

— Vous revoilà enfin ! s'écria la patronne avec sa nonchalance légendaire. Je pensais que vous préfériez la cantine.

— Josiane, tu es irremplaçable, répliqua Tara pour détendre un peu l'atmosphère. Enfin surtout tes desserts !

— Flatteuse ! Je vous mets trois menus du jour ? On a une fabuleuse Tatin en dessert aujourd'hui.

— Oui, très bien.

Judith reçut un SMS. Elle lâcha un soupir d'exaspération. Elle envoya une série de messages.

— Qu'est-ce qui se passe ? demanda Gloria.

— Oh rien d'important ! répondit-elle, tout en pianotant nerveusement sur son téléphone. Ce n'est pas trop difficile pour toi de reprendre le boulot ?

— Si, c'est dur. Je n'ai pas vraiment le cœur à travailler sur les recettes de l'année prochaine.

L'année prochaine. À chaque fois qu'elle s'était projetée dans le futur, elle se voyait mère d'un bébé. Un futur empreint de gaieté, rempli de sourires, de tendresse et d'amour.

— Je te comprends, répliqua Judith, les yaourts doivent te sembler bien futiles. Tu aurais dû prolonger ton arrêt maladie.

— À la maison, je tournais en rond et je broyais du noir. Jules m'a bousculée pour que je revienne travailler. C'est censé me changer les idées…

— Nous, on est là pour toi, précisa Tara.

— Oui, je suis prête à chambouler mon agenda si tu as besoin d'un café pour parler, ajouta Judith.

— Merci les filles ! Ça me touche beaucoup. Désolée de ne pas avoir pris vos appels…

— On comprend très bien, la rassura Tara.

— On avait hâte de te retrouver, ajouta Judith.

— Et vous alors ? Comment ça va ? interrogea Gloria.

Tara et Judith racontèrent ce qui s'était passé au bureau, dans leur équipe respective, pendant l'absence de leur amie. Josiane apporta les entrées puis les plats.

Gloria sentait ses amies gênées. Aucune des deux ne partageait les dernières frasques de ses enfants, sujet pourtant habituellement très présent dans leur conversation. Elle interrogea Tara :

— Léo et Ilona ont arrêté de se réveiller la nuit ?

— Non, mais ça va. On s'habitue à ne pas dormir. Le corps humain a des ressources insoupçonnées…

Et elle changea de sujet :

— Je ne sais pas si c'est lié à toi, mais Harry Boulgourian n'était pas dans son assiette ces derniers temps.

— Il était encore plus mal luné que d'habitude ! ajouta Judith. L'organisation de la *Yogurt Week* est un enfer cette année. On lui prépare des points précis sur le déroulé de l'évènement, on essaie d'aller droit au but sur les décisions qu'il doit prendre mais ce n'est jamais assez synthétique et efficace. On a un débit de parole qui s'accélère de réunion en réunion, car il écourte tous nos points.

— Tu lui manquais…, plaisanta Tara.

— N'importe quoi ! fit Gloria sur la défensive. Sa femme devait effectuer sa première FIV, et ça doit le stresser.

— Tu sais si ça s'est bien passé ? demanda Judith.

— Non, je n'ai pas de nouvelle. Je lui ai annoncé que je ne pourrai plus lui donner de conseils. C'est trop dur pour moi. Et puis vous aviez raison, parler de ce sujet si intime avec son patron n'était pas très sain de toute façon.

Quand elle discutait avec Harry, elle avait l'impression de lui donner de l'espoir. L'espoir, elle en avait souvent cherché pendant ces six longues années où elle essayait de tomber enceinte. Aujourd'hui, elle n'était plus capable d'en donner : elle n'en avait plus elle-même.

— Dommage pour nous ! s'écria Tara avec légèreté.

Gloria l'agressa :

— Tu trouvais ça intéressant, toi, les aventures d'un couple qui n'arrive pas à avoir d'enfant ?

Sa remarque laissa un froid. Puis elle se reprit :

— Excuse-moi, Tara.

— Une Tatin avec un supplément crème fraîche, interrompit Josiane. J'ai mis la plus grosse part pour la future maman !

Le froid devint plus glacial encore. Tara fit un geste de la tête à Josiane, qui comprit sa gaffe et disparut en cuisine.

— J'ai réservé un week-end dans une cabane à une heure de Paris pour le mois prochain, fit Judith.

— Ah sympa ! remarqua Tara.

Les deux collègues s'efforçaient de trouver des sujets de discussion pour remonter le moral de leur amie. Gloria restait silencieuse et ne toucha pas non plus à son dessert. À la fin du repas, elle s'excusa :

— Désolée les filles… Je ne suis pas de très bonne compagnie.

— Mais non, fit Tara. On est contente de t'avoir retrouvée. Si on peut faire quoi que ce soit pour toi, même en dehors des heures de bureau, n'hésite pas.

— Merci ! Effectivement, j'ai une petite requête : j'ai bien vu que vous évitiez de parler de vos enfants pendant le déjeuner. Ce n'est pas parce que je ne peux pas être maman que je vais arrêter de fréquenter des mères de famille.

Tara et Judith affichèrent une mine embarrassée.

— D'accord, tu veux donc tout savoir de mes nuits trouées par les réveils de mon fils qui a peur du bruit de son doudou quand il tombe par terre et de sa sœur à qui je vais finir par scotcher sa tétine sur la bouche ?

— Et moi, tu veux connaître le bilan de santé de ma nounou qui m'a posé un nouvel arrêt car elle a un ongle incarné ?

— Oui, répondit Gloria en s'efforçant de sourire, je veux tout savoir.

Chapitre 27

HARRY

Chère Marguerite,

Je constate que malgré vos promesses vous ne nous avez pas encore envoyé votre manuscrit finalisé. Je ne vous cache pas que ce décalage est très problématique pour notre plan de lancement. Nous comptons mettre de gros moyens pour soutenir ce nouveau roman et cela met en péril notre année. Comment pouvons-nous vous aider à avancer plus vite ? Les premières ébauches que vous m'aviez envoyées étaient pourtant très stimulantes : j'ai senti à la lecture combien le personnage de Prisca Krik sortait de sa coquille et évoluait vers plus d'humanité, vers une femme moderne, en prise avec son temps ! Avec la mort de Ben, elle était en effet devenue très renfermée et sombre. J'ai encore vu passer la chronique peu élogieuse d'une instagrammeuse très influente qui reproche à Prisca Krik d'être « trop froide ». Je cite : « J'ai eu l'impression de suivre l'enquête d'un morceau de glace ». Je comprends que cela vous demande beaucoup de temps mais je suis sûre que vous allez y parvenir. Vous maîtrisez l'art de construire des personnages abîmés, il faut maintenant réussir le pari de rendre votre détective plus attachante sans trahir l'âme de ce personnage. Si cette tâche devenait trop ardue, sachez que nous pouvons mettre à votre disposition un de nos co-auteurs talentueux avec qui vous pourriez échanger et même pourquoi pas co-écrire. Qu'en pensez-vous ?

« Il n'en est pas question ! » hurla Harry en finissant la lecture de l'e-mail de Florence Lachaise. Il ne voulait l'aide d'aucun auteur. D'une part, son ego ne l'accepterait jamais. Il avait toujours écrit seul, il en retirait une grande fierté et il n'avait pas envie que ça change. D'autre part, il n'écrivait pas pour remplir le plan de lancement de sa maison d'édition, mais parce que ça l'aidait à se sentir vivant. Il aurait pu réussir à créer l'histoire parfaite si Gloria était restée enceinte. Une nouvelle migraine s'empara de sa tête et l'obligea à se coucher tôt. Il resta allongé des heures entières sans dormir. Entre le fait qu'il n'arrivait plus à écrire, ses insomnies et ses migraines, l'état de son cerveau commençait à le préoccuper.

Le lendemain, dès son arrivée au bureau, il prit rendez-vous chez le Dr Malik Benkemoun, un ami de lycée, qui accepta de le recevoir le jour même en urgence. C'était un neurologue très réputé dans le milieu médical, spécialiste de l'AVC. Les deux hommes s'étaient perdus de vue après leurs études, puis Malik l'avait recontacté l'an passé car son neveu cherchait un stage en marketing. Harry avait accepté de lui rendre service et depuis ils avaient dîné deux ou trois fois ensemble. Avoir un neurologue sous la main pourrait avoir une utilité pour l'une de ses histoires.

Dans la salle d'attente du cabinet, il attrapa un magazine au hasard, le feuilleta et tomba sur une double page avec les couvertures de ses trois derniers romans et un grand point d'interrogation :

« Qui se cache derrière la mystérieuse Marguerite Abel ? »

Il parcourut l'article et se crispa.

« Selon des sources secrètes, Marguerite Abel vivrait à Paris. Contrairement à ce que la maison d'édition essaie de nous faire croire, l'écrivain ne serait pas une femme mais un homme. Notre journal a tenté d'établir avec l'aide d'experts le profil psychologique de cet écrivain qui ne veut pas être démasqué. »

« Avec l'aide d'experts en torchons de cuisine ! », s'énerva-t-il.

« Homme célibataire, sans enfants, ayant une autre occupation que l'écriture, exerçant probablement une profession libérale – psychiatre ? – ou un métier de cadre dans une entreprise. »

Ce n'était pas le premier article qui tentait de découvrir son identité, mais peut-être à cause du manque de sommeil qu'il avait accumulé, celui-ci le rendit paranoïaque. Il déchira les deux pages et les glissa dans sa poche.

— Tu peux prendre le magazine si tu le souhaites ! s'exclama le neurologue en entrant dans la salle d'attente.

— Malik ! s'écria Harry.

— Je suis content de te voir ! s'exclama chaleureusement le médecin. Suis-moi !

Il l'invita à entrer dans son cabinet.

— Tu t'intéresses aux ragots maintenant ? Ça m'étonne de toi...

— Non, pas vraiment, cet article, c'est pour une amie qui est fan, inventa-t-il.

— Alors qu'est-ce qui t'amène ?

— Je voudrais que tu vérifies mon cerveau.

— Quels symptômes as-tu ?

— Je n'arrive plus à réfléchir, j'ai des fortes migraines et des insomnies. Ça ne m'était jamais arrivé auparavant.

— As-tu des troubles de la mémoire, un ralentissement de la pensée ?

— Oui, mentit-il, même si sa mémoire ne semblait pas défaillir.

— Des difficultés à résoudre des problèmes ?

— Oui.

— Depuis quand ?

— Sept semaines.

— As-tu subi un traumatisme, reçu un choc à la tête ?

— Non.

— Prends-tu des médicaments en ce moment ? Parfois, il peut y avoir des effets secondaires.

— Rien.

— Et tu dors mal ?

— Très mal. Entre trois et cinq heures par nuit. Parfois moins.

Le médecin tapait les réponses sur son ordinateur portable.

— Les troubles cognitifs peuvent avoir de nombreuses causes, expliqua-t-il. Je ne peux pas me prononcer. Mais je sais que tu ne viendrais pas me voir si tu ne pensais pas que c'était grave. Mon intuition me dit qu'on ne trouvera rien mais je vais te trouver une place en urgence pour un scanner cérébral.

Harry avait atteint l'objectif qu'il s'était fixé en consultant. Le médecin passa un coup de téléphone.

— Si tu peux attendre, il y a eu un désistement au cabinet de radiologie du coin de la rue dans quarante-cinq minutes. C'est un confrère. Tu repasses me voir juste après avec les résultats. Je te prendrai entre deux patients.

Harry prévint Juliette qu'il serait absent tout le reste de l'après-midi, sans donner de raison. Puis, il se rendit à l'adresse indiquée, à la fois anxieux et excité. Anxieux car la radio allait peut-être identifier un problème irréversible ; excité car il était curieux de voir à quoi ressemblait l'organe qu'il préférait le plus chez lui.

Le scanner ne montra aucune anomalie.

— Ton cerveau est en très bon état de marche ! s'exclama Malik après avoir regardé les radios.

— Tu es sûr ? Il n'y a aucun doute possible ? Même pas un tout petit début de quelque chose ?

— Non, rien.

— Et si je souffrais de dégénérescence prématurée, ça se verrait à l'image ?

Son ami éclata de rire.

— Une dégénérescence ? À quarante-quatre ans ? N'aie pas d'inquiétude, ton cerveau fonctionne bien. Tu lui en demandes peut-être un peu trop et il est en surchauffe. Tu devrais prendre quelques jours de repos.

Il vivait déjà mal les week-ends sans écrire alors des vacances dans cette situation n'étaient pas envisageables.

— Tu pourrais me prescrire un traitement pour m'aider à dormir et me redonner de l'énergie ?

Le médecin réfléchit.

— Tu veux le nom d'un guérisseur ? Je connais quelqu'un qui te regarde, qui te passe la main au-dessus de la tête, qui tape un bon coup et paf, c'est comme les vieilles télés, ça se remet à marcher !

Malik rit à sa blague qu'il avait déjà dû adresser à de nombreux patients.

— Je ne veux pas te prescrire de somnifère tant que tu n'auras pas pris quelques jours de vacances.

Seulement à moitié rassuré, Harry rentra chez lui. Il espérait qu'un médicament aiderait à le débloquer. Sa dépendance à Gloria n'était pas visible au scanner. Il n'y avait pas d'autre solution possible : il devait absolument trouver un moyen de renouer avec elle.

Chapitre 28

HARRY

HARRY Boulgourian avait toujours été un homme orienté solution : il avait coutume de dire « S'il n'y a pas de solution, c'est qu'il n'y a pas de problème ». Mais pour la première fois de sa vie, il était désorienté et ne parvenait pas à sortir du dilemme dans lequel il se trouvait. Debout face à Tortue, il essaya avec des mots simples de résumer sa situation : Gloria Comelli a perdu son bébé. Elle a été une grande source d'inspiration pour moi, mais, aujourd'hui, elle est – sans le vouloir – à l'origine de mon dysfonctionnement.

Il repensa à leurs échanges et à l'effet qu'ils produisaient sur lui, la manière dont Prisca, son héroïne, avait évolué grâce à l'élan vital, l'énergie créatrice, que Gloria lui avait insufflés. Il réalisa soudain qu'avant elle il analysait les émotions plutôt qu'il ne les ressentait. Grâce à Gloria, il avait commencé à éprouver des émotions, comme s'il vivait lui aussi une grossesse tant espérée. Mais, aujourd'hui, le vide le guettait à nouveau : il l'empêchait d'écrire et, plus inquiétant encore, de remplir correctement son rôle de PDG. Il fallait à tout prix qu'il se sorte de cette situation. Une idée lui vint en regardant Tortue manger : s'il lui redonnait confiance en elle et en son potentiel créateur, peut-être pourrait-elle le porter à nouveau ? La solution était là, sous ses yeux : Gloria devait aller mieux, qu'elle le veuille ou non. Et tous les moyens seraient bons, à commencer par la réunion « innovation à trois ans ».

Celle-ci était un exercice de créativité pour le marketing qui devait présenter des concepts futuristes pour développer le catalogue des Yaourts Poitier. Étaient habituellement présents à cette réunion Justin Lessieur, le directeur du Marketing, les chefs de produit, le responsable des Études des consommateurs et Harry Boulgourian.

Tous les participants à la réunion étaient déjà installés dans la salle lorsqu'il fit son apparition.

— J'ai demandé à Gloria Comelli d'être présente aujourd'hui car je pense que son expertise et ses connaissances des recettes de la concurrence peuvent nous aider dans la construction du plan de lancements.

— Très bonne idée ! souligna Justin qui était toujours d'accord avec lui, quoi qu'il dise.

Gloria n'eut pas de réaction.

— Pour le panier de concepts que vous découvrirez aujourd'hui, expliqua le directeur du Marketing, nous avons concentré nos efforts sur la cible des 5 – 15 ans : un marché en croissance continue depuis plus de quatre ans et sur lequel nous sous-performons par rapport à nos concurrents. Mon équipe va donc vous proposer des innovations parfois très audacieuses. Mais l'audace et l'avant-garde font partie de l'ADN des Yaourts Poitier !

Un chef de produit s'installa devant l'écran et récita les commentaires de ses slides PowerPoint qu'il avait appris par cœur :

— Que ce soit dans les sucreries ou dans les manèges, les enfants aiment les sensations fortes. Le marché des bonbons acidulés est en pleine expansion. Pour cette cible en attente de surprise et d'inattendu, les Yaourts Poitier ont imaginé le *Yaourt pétillant* ! Le premier yaourt à sensations fortes qui pique un max ! Sensation fraise acidulée, vanille explosive ou abricot effervescent : préparez-vous à une explosion de goût dans la bouche !

Silence. Harry Boulgourian avait déjà son avis sur cette idée et il espérait que Gloria aurait le même. Il se tourna vers elle.

— Je ne connais rien au marketing, commença-t-elle, le produit pourrait peut-être plaire aux enfants mais du point de vue de la recette, des yaourts qui piquent ou qui pétillent, ce sont des yaourts périmés.

Harry Boulgourian percevait pourtant du potentiel à ce concept. Tout était une question de choix de mots. Pourtant, il prit le parti de Gloria :

— Remarque pertinente ! Est-ce que des parents voudront acheter un yaourt périmé à leurs enfants ? Le concept doit être retravaillé.

Justin Lessieur avait probablement des arguments mais il ne chercha pas à défendre le projet. Il savait que Harry Boulgourian avait toujours le dernier mot.

Une autre chef de produit prit la parole avec beaucoup d'assurance pour expliquer le projet suivant. Après une introduction beaucoup trop longue sur le marché des pâtes à tartiner, elle finit par dérouler son concept :

— Voici *Poitiella*, la première recette de pâte à tartiner qui contient autant de Yaourts Poitier que de noisettes et de cacao. Sans huile de palme.

Harry Boulgourian se tourna de nouveau vers la chercheuse, essayant de décrypter ses impressions. Mais elle était impassible.

— Je ne sais pas trop quoi dire…

— C'est bien là le problème ! enchaîna Harry Boulgourian. Si vous ne savez pas trop quoi dire, Gloria, c'est que tout est dit ! Nous ne sommes pas des suiveurs, nous sommes des pionniers ! Qui voudra acheter une mauvaise imitation du Nutella juste parce qu'on y a ajouté du yaourt ? Nous valons bien mieux que ça ! Et nous nous éloignons trop de notre cœur de marché.

Mais la chef de produit ne lâcha pas l'affaire.

— Nutella perd des parts de marché car le produit est perçu comme mauvais pour la santé et pour l'environnement. Avec *Poitiella*, nous réussissons à combiner plaisir, gourmandise, bienfaits pour la santé et l'environnement. C'est exactement ce que recherchent les acheteurs de pâtes à tartiner. Ce marché pourrait être très prometteur pour nous.

Harry Boulgourian s'apprêtait à la remettre à sa place quand Gloria intervint :

— C'est vrai ! Nutella ne se préoccupe pas assez de l'environnement.

Il ravala sa remarque et réfléchit rapidement puis se tourna vers le responsable des Études des consommateurs :

— Bien. Faites-moi une étude du marché des pâtes à tartiner et travaillez le business model de cette idée. Et surtout, changez-moi ce nom !

Il tuerait ce projet lors de la prochaine réunion.

La troisième chef de produit commença à dérouler ses slides.

— Révolution à la récréation ! Les Yaourts Poitier inventent les YONYONS : les premiers bonbons au yaourt fruité sans sucre.

Gloria resta silencieuse, ce qui créa une forme de suspens dans la salle.

— Pourquoi pas ! finit-elle par dire. Il faudrait pouvoir conserver ces *Yonyons* au frais pour que le yaourt garde ses propriétés.

Gloria avait beau être compétente dans son domaine, elle n'y connaissait rien en marketing.

— Ce concept est puissant, s'enthousiasma Harry Boulgourian. Donner bonne conscience aux parents quand ils achètent des bonbons à leurs enfants est une idée intéressante. Limitez la quantité de sucre pour que nous puissions le revendiquer sur les packagings et dans nos publicités.

Il observa discrètement Gloria. Elle qui s'animait pour un rien avant sa fausse couche n'affichait aucune émotion : encéphalogramme plat. Il chercha à la stimuler :

— Cependant, les enfants doivent pouvoir emporter les *Yonyons* dans leur poche à la récréation. Donc ils ne pourront pas se conserver au frais. Je suis certain que votre créativité, Gloria, vous permettra d'élaborer une recette longue conservation n'ayant pas besoin d'être préservée au réfrigérateur.

Elle ne chercha pas à débattre et acquiesça.

La réunion toucha à sa fin. Harry Boulgourian conclut :

— Très bonne réunion ! Merci à tous pour votre travail. Merci à Gloria pour votre contribution : vous nous avez permis de prendre de bonnes décisions aujourd'hui.

Mais la chercheuse semblait imperméable à ces compliments. Habituellement, cela produisait son effet sur les salariés qui avaient alors l'impression d'avoir réussi leur vie ! Mais elle n'avait pas desserré la mâchoire.

Chapitre 29

HARRY

Le lendemain matin, il commença sa journée, dépité, avec Margaux Dilac. Comme l'activité de l'entreprise ne cessait d'augmenter, certaines équipes méritaient d'être étoffées, lui expliqua-t-elle. La DRH lui présenta l'organigramme cible pour validation.

— Un CDD pendant la *Yogurt Week* pour le service de la Communication, un CDI à la formation, et un intérimaire au service de la Recherche et du Développement.

Harry montra un léger signe d'intérêt. Margaux Dilac expliqua :

— Gloria Comelli était absente pendant six semaines comme vous le savez, et l'équipe a accumulé du retard sur les projets.

— Vous avez raison, Margaux. La R&D est un service stratégique pour l'entreprise, Gloria Comelli a subi une épreuve personnelle difficile, nous devons la soutenir.

La DRH se réjouit de ce compliment et sortit du bureau, avec une certaine fierté visible dans sa démarche. Ce nouvel effectif était une bonne raison de parler à Gloria. Depuis son retour, il l'avait vue uniquement dans le cadre de réunions professionnelles avec son équipe. Il la convoqua en début d'après-midi.

La chercheuse se présenta à la porte du bureau de Harry Boulgourian. Elle avait son cahier et son ordinateur portable à la main.

— Bonjour Gloria. Une tisane, un thé, un café ?

— Ça ira, répondit-elle.

— Nous avons fait un point avec Margaux Dilac sur l'activité et nous avons décidé de vous accorder un intérimaire sur juillet et août.

— Merci, dit-elle avec une moitié de sourire.

Cela ne lui procurait visiblement aucune émotion. Il hésita puis osa demander :

— Comment allez-vous ?

— Des hauts et des bas. Je suis déjà passée par là, comme vous le savez.

Elle minimisait sa douleur mais son visage laissait entrevoir un intérieur dévasté. Il chercha un moyen de prolonger ce temps avec elle :

— La première FIV de Bérénice n'a pas marché.

Il essaya de paraître bouleversé dans son intonation, laissa un silence et attendit une réaction solidaire de la part de Gloria qui ne vint pas. Il poursuivit :

— Elle passe quelques jours chez sa mère. On est si déçus…

Gloria ne prononça pas un mot. Cette nouvelle semblait glisser sur elle.

— Je ne sais plus comment m'y prendre pour la soutenir.

Elle finit par lui répondre :

— Désolée pour vous deux. Mais je ne peux pas vous consoler… J'ai déjà du mal à gérer ma propre situation.

— Ce n'est pas ce que j'attends de vous.

— Qu'attendez-vous de moi justement ?

— Seulement parler. Nous traversons tous un mauvais moment.

— C'est au-dessus de mes forces. Bérénice et moi, nous ne sommes pas capables d'être mères…

Ces mots étaient douloureux pour elle. Il cherchait un argument pour l'apaiser mais il n'en trouva pas.

— Ne dites pas ça !

— Alors, expliquez-moi pourquoi le cœur de mon bébé s'est arrêté ?

Il eut à nouveau la vision du ventre vide.

— Ce n'est pas votre faute, s'écria-t-il.

— C'est la faute de qui alors ? Ce matin-là dans le métro, j'étais particulièrement essoufflée, et aucun des voyageurs ne s'est levé de sa place. Si on m'avait laissée m'asseoir, est-ce que ça aurait changé quelque chose ? Est-ce la faute de mon gynéco ? Quand j'ai essayé de le joindre, il m'a conseillée d'aller aux urgences car il partait en week-end. On a attendu plusieurs heures avant d'être reçus car il y avait beaucoup de monde à la maternité. Je me suis disputée avec une femme qui a convaincu l'hôtesse d'accueil de passer avant moi car elle était à huit mois de grossesse et moi seulement à cinq. Est-ce que mon bébé aurait pu être sauvé si on m'avait auscultée plus tôt ? Vous aviez raison, la nature humaine est mauvaise. Les gens sont égoïstes et ne pensent qu'à eux !

Contre toute attente, à ce moment précis, Harry Boulgourian avait envie de la contredire, mais une fois de plus, il ne trouva pas les mots pour apaiser sa souffrance.

— Je vous souhaite beaucoup de courage à Bérénice et à vous, pour surmonter cette épreuve !

Il aperçut ses yeux secs et abattus.

Une boule se forma dans sa gorge. Cette femme le bouleversait. Ce n'était pas ce dernier échange qui lui permettrait d'écrire à nouveau. Qu'allait-il devenir ?

Chapitre 30

GLORIA

GLORIA avait l'impression de dégringoler les escaliers, sans jamais atteindre le sous-sol. Elle avait beaucoup pleuré au début. La chute des hormones mêlée à l'immense déception de sa fausse couche lui avait fait perdre le sens de sa vie. Le vide intérieur qu'elle ressentait était autant physique que psychologique.

D'un caractère plutôt optimiste et positif avant ce drame, elle ne restait jamais longtemps déprimée. Elle trouvait toujours en elle les ressources pour rebondir. Mais cette fois-ci, à quoi pouvait-elle se raccrocher ? Le découragement avait évolué en désespoir et elle se sentait incapable de remonter la pente. Elle dégringolait.

Au bureau, elle s'efforçait de donner le change mais plus rien ne l'intéressait. Elle attendait que les journées passent. Ils avaient tous de la peine : cela se percevait dans le regard des personnes de son équipe, et de ses autres collègues. Ils avaient tous un mot gentil, mais la gentillesse ne pouvait rien pour elle. Même Harry Boulgourian avait changé de comportement. Elle avait bien vu qu'il essayait de la valoriser pendant la réunion « innovation à trois ans » avec le marketing. Elle faisait pitié et elle détestait ça.

Une fausse couche à cinq mois de grossesse était une épreuve déjà difficile. Une fausse couche à cinq mois de grossesse après six années de tentatives infructueuses était une tragédie. À part Judith et Tara, personne ne savait pour ses problèmes d'infertilité. Ses collègues devaient penser que c'était un coup dur, qu'elle finirait par s'en remettre et qu'il lui suffirait de recommencer.

Pour couronner le tout, Judith et Tara semblaient toujours embarrassées de parler de leurs enfants. Cela créait un malaise dans la conversation. Quand elles racontaient que l'un n'avait pas dormi ou que l'autre avait caché son cahier de devoirs, les deux amies devaient avoir l'impression de se vanter d'une certaine manière. Et Gloria, de son côté, même si elle leur avait dit qu'elle voulait que rien ne change, avait à chaque fois un pincement au cœur. Fallait-il qu'elle se protège en arrêtant de fréquenter toutes les mamans de son entourage ?

Jules était perdu lui aussi. Il devait gérer sa propre déception et ne savait pas comment s'y prendre avec elle. Ses moindres gestes et mots étaient mal interprétés et se retournaient contre lui. Elle l'avait mis à distance. Deux semaines après le drame, il lui avait annoncé qu'il ne voulait pas retenter une nouvelle FIV dans une clinique de fertilité à Barcelone. Il avait essayé de la persuader : si cela n'avait pas marché jusqu'ici, c'est qu'ils n'étaient pas faits pour être parents. Gloria n'était pas d'accord. Ils s'étaient hurlés dessus en argumentant encore et encore. Et le lendemain d'une énième dispute, elle s'était résignée : Jules avait raison. Il valait mieux renoncer.

Depuis qu'elle avait pris sa décision, elle ne pleurait plus. Plus rien n'avait d'importance. C'était peut-être mieux de ne rien ressentir pour ne plus avoir à souffrir.

Jules avait recommencé à sortir et à voir du monde. Gloria, elle, s'était renfermée sur elle-même. Six semaines après sa fausse couche, elle avait repris le travail et était toujours trop fatiguée pour tout. Il rentrait de plus en plus tard de son travail et de ses soirées. Ils ne parlaient presque plus. Ces dernières années, la PMA et la maternité avaient occupé une grande place dans leur discussion. Maintenant que le sujet était devenu tabou entre eux, ils n'avaient plus rien à se dire. Ils ne s'embrassaient plus, même pas pour se dire bonjour ou au revoir. Un soir, elle l'avait entendu éclater de rire au téléphone avec l'un de ses amis. Ce rire lui était insupportable. Il avait recommencé à vivre, alors qu'elle en était incapable.

Jules accumulait les tentatives de rapprochement. Un soir, il avait préparé un bon dîner avec ses plats préférés. Elle avait fait des efforts pour que la soirée se passe bien. Jules meublait la conversation comme il pouvait. Il avait parlé d'un nouveau projet au travail qui s'annonçait très stimulant pour lui, des vacances qu'ils pourraient organiser l'hiver prochain, des travaux qu'ils pourraient entreprendre dans le salon. Elle l'écoutait et n'avait qu'une envie : fuir. Elle était incapable de se projeter dans l'avenir, cet avenir qu'elle avait envisagé avec un enfant.

Deux jours plus tard, un matin au petit déjeuner, elle lui avait annoncé :

— Jules, il vaut peut-être mieux qu'on se sépare.

Cette phrase était sortie de sa bouche sans émotion. Jules avait accusé le coup. Il n'avait pas cherché à la contredire. Les larmes s'étaient mises à couler sur son visage. Il avait dû envisager cette trajectoire lui aussi, et arriver à la même conclusion qu'elle.

Le même soir, en rentrant du bureau, il n'était plus là. Il s'était installé chez l'un de ses amis. Elle était restée seule, assise sur son canapé, à regarder le mur. Elle avait trente-huit ans, bientôt trente-neuf. Elle était célibataire, sans enfants et complètement dévastée. Qu'allait-elle devenir ?

Chapitre 31

HARRY

Harry était allongé dans son lit, les yeux ouverts. Il était censé dormir mais son corps refusait de se reposer. Combien de nuits allait-il encore passer comme ça, sans fermer l'œil ? Ne trouvant pas de réponse, il se leva.

Il se posta devant le nouveau terrarium à tortues qu'il s'était procuré le week-end précédent. Il s'était rendu dans une animalerie pour racheter des graminées mais il en était ressorti avec une autre tortue, femelle cette fois-ci. Il avait eu cette illumination complètement insensée que si elle pondait des œufs, cela aurait peut-être un effet sur lui. C'était ridicule et, en temps normal, il n'aurait jamais eu une idée aussi absurde. Mais il était désormais prêt à essayer n'importe quoi pour aller mieux.

Il n'avait pas trouvé de nom à cette nouvelle colocataire. Il décida de régler rapidement ce problème en la nommant Sans-Nom. Tortue et Sans-Nom ne se calculaient pas mais il espérait qu'elles s'accoupleraient. En attendant, il passait des heures à les observer. Ces animaux si peu expressifs, si calmes et silencieux, semblaient détenir un savoir ancestral. En ces temps agités, les tortues avaient le pouvoir de l'apaiser. Mais ce soir-là, même à deux, elles n'y arrivaient pas.

Il se mit devant son ordinateur. Prisca Krik lui manquait terriblement. Il l'avait abandonnée au beau milieu des deux enquêtes qu'elle menait en parallèle : sur le mystère de sa grossesse et sur l'agression de ces femmes ayant reçu une dose de perturbateurs endocriniens. Elle commençait tout juste à s'ouvrir. Il se força à poursuivre son histoire mais il trouvait toutes ses idées médiocres, peu crédibles, inintéressantes. Il peinait toujours à se concentrer.

Il tapa « Marguerite Abel » sur son moteur de recherche internet. Il espérait tomber sur des avis de lecteurs, de libraires ou d'influenceurs. Avis positifs ou négatifs, peu importait. Il avait besoin de la voir exister. Le premier titre qui apparut lui fit un choc :

« *Le mystère Marguerite Abel bientôt révélé* ».

Il prit peur. Il parcourut le pseudo-reportage qui ne révélait pas grand-chose. L'article enchaînait les suppositions en utilisant le conditionnel, ce qui laissait entendre qu'il n'y avait aucune preuve. Il était mentionné une nouvelle fois la possibilité que l'auteur à succès ne soit pas une femme mais un homme. À sa grande surprise, ce n'était pas un journaliste ou un blogueur qui avait écrit ce torchon, mais un collectif de lecteurs, fans de Marguerite Abel et bien décidés à mener l'enquête pour dévoiler son identité. Créé six mois plus tôt, leur site s'appelait : « Qui_est_Marguerite_Abel.com ». Ce collectif était présent sur tous les réseaux sociaux avec plus de dix-huit mille abonnés sur Facebook, trente-trois mille sur Instagram. Ils terminaient tous leurs articles en demandant à quiconque ayant une information sur l'identité de l'auteure de prendre contact avec eux.

Il s'énerva tout seul. Pourquoi avaient-ils tant besoin de savoir ? En quoi cela changerait-il leur vie ? Ils ne pouvaient donc pas se contenter de lire ses romans ? Il énuméra une série d'insultes contre tous ces fouineurs, sans que cela le soulage vraiment.

Le manque de sommeil amplifia son stress. *Ils finiront par remonter jusqu'à moi, ce n'est qu'une question de temps*, conclut-il. Il visualisa ces parasites le harcelant devant chez lui ou en bas de son bureau. S'il était découvert, il ne réussirait jamais plus à écrire. Pire : les salariés dont il s'était inspiré se reconnaîtraient peut-être dans ses personnages ? Certains rapprochements n'étaient pas évidents, mais d'autres pourraient gêner. Ils auraient même peut-être l'idée de l'attaquer en diffamation pour le faire payer !

Il sortit sur son balcon pour respirer un peu d'air frais. Paris dormait. Tout était calme, mais son cerveau tournait à plein régime. Il prit une grande respiration : pour le moment, la priorité était de pouvoir écrire à nouveau. Il observa les lumières de la ville endormie. Elles lui firent penser à toutes ces idées que Gloria lui avait inspirées sans le savoir, comme des milliers d'illuminations dans son cerveau après leur discussion. Elle avait été, en quelque sorte, une muse pour lui. Une muse qui avait créé et nourri une flamme intérieure, mais qui ne remplissait plus son rôle désormais. Avant elle, il n'avait jamais eu besoin de muse. Il avait des sources d'inspiration, mais celles-ci étaient interchangeables, il ne s'y attachait pas. Il ne lui serait jamais venu à l'idée de dire que Damien Busot était sa muse. Non, avec Gloria, les choses étaient différentes. Ressentait-il de l'amour pour elle, comme certains artistes pour leurs muses ? Non, ce n'était pas de l'amour. Mais elle représentait pour lui une source d'énergie et de vie, qui le stimulait et le transformait à son insu.

Il se fit la remarque qu'elle avait acquis trop de pouvoir sur lui. Sans elle, il n'était plus qu'une coquille vide. Il ne voyait pas bien qui pourrait remplir un tel rôle désormais. La veille,

Juliette Mouchet, son assistante, était entrée dans son bureau pour lui déposer un parafeur. Comme Gloria, il l'avait côtoyée durant des années, sans la remarquer. En la voyant si réservée, il s'était dit qu'il était peut-être passé à côté d'elle aussi. Il avait tenté d'engager la discussion :

— Souhaitez-vous un café, un thé, une tisane au fenouil ?

Ses joues s'étaient teintées de rose. Elle avait choisi un thé, même si ses pieds exprimaient l'envie de fuir le bureau de Harry. Les seuls échanges non professionnels qu'ils avaient eus jusque-là se résumaient au « Joyeux Noël » de décembre et au « Bonnes vacances » précédant les congés. Juliette était peu loquace. C'était déjà un point en commun qu'elle avait avec Prisca Krik. Probablement parce qu'elle ne voulait pas attirer l'attention, elle se déplaçait en silence et semblait toujours cachée derrière son rideau de frange.

Il lui avait tendu la tasse brûlante qu'elle avait attrapée du bout des doigts. Les bras collés à son corps, les jambes croisées, son corps essayait de prendre le moins de place possible. Il n'avait pu s'empêcher de la comparer à Gloria, dont les gestes, avant sa fausse couche, dégageaient une telle vitalité.

Juliette attendait de savoir ce qui allait suivre. Avait-il une requête particulière ? Un commentaire ou une remarque sur son travail ? Harry lui avait demandé :

— Tout va bien en ce moment au niveau de votre charge de travail ?

— Les journées sont remplies… mais j'arrive à anticiper.

Il avait observé son comportement et ses émotions : un mélange discret de surprise, d'inconfort et de joie qu'il s'intéresse enfin à elle. De plus en plus gênée, elle avait fini par demander :

— Vous vouliez me parler d'un sujet particulier ?

— Non. Je voulais juste vous offrir une boisson chaude.

— C'est gentil, avait-elle répondu, en rougissant de plus belle. Merci.

La scène n'avait pas duré plus de quatre minutes. Le silence était toujours très riche. Son regard montrait les interrogations qu'elle avait en tête sans oser les formuler. Elle avait soufflé sur son thé et bu une nouvelle gorgée. Puis son téléphone avait sonné. Elle en avait profité pour s'échapper.

Il avait fermé la porte de son bureau et sorti son petit carnet, espérant que l'inspiration viendrait. Que la fusion entre Prisca Krik et Juliette Mouchet allait opérer. Mais cela ne servait à rien de chercher, Juliette avait échoué au « test de la muse » : elle était trop timide, aucune lumière ne jaillirait jamais d'elle, c'était ce type de personnalité qui resterait dans l'ombre à tout jamais.

Chapitre 32

GLORIA

Anastasia était en train de se prendre en selfie à côté du microscope. La veille, elle s'était photographiée en effectuant une grimace avec, en main, un échantillon de yaourt témoin rempli de moisissure. Ces échantillons permettaient de déterminer la date de péremption qui serait inscrite sur le yaourt. Cette stagiaire insupportait Gloria. Elle lui avait fait une première réflexion, en lui indiquant sèchement qu'elle n'avait pas le droit de poster ce genre de photos ; cela pourrait nuire à l'image des Yaourts Poitier.

— Mes 80 000 followers ont besoin d'en savoir plus sur mon métier ! avait-elle eu le culot de répliquer. Mais bon, si ça pose problème, je ne la posterai pas.

Il n'y avait pas que cette stagiaire qui lui tapait sur les nerfs. Ulysse, un des chercheurs de son équipe, avait pris sa place pendant son absence et avait de toute évidence envie d'y rester. Il lui cachait des informations et elle surprenait régulièrement des messes basses avec les autres membres de son équipe.

Lorsqu'elle les surprit, Anastasia et lui, en train de se photographier avec une bouche en canard, elle explosa :

— Je croyais pourtant avoir été claire ! Si je te vois encore sur Instagram, je demande aux Ressources humaines d'arrêter ton stage !

— Elle ne fait rien de mal ! la défendit Ulysse.

— Maintenant que je suis revenue, c'est moi la responsable de cette équipe !

— Qu'est-ce que tu insinues ? demanda Ulysse.

— J'insinue que je suis encore en poste, donc tu ne pourras pas me remplacer tout de suite si tant est que tu en ais les compétences !

Humilié, le chercheur s'énerva et choisit l'attaque comme technique de défense :

— Justement, on bossait mieux quand tu n'étais pas là ! Tu as peut-être des soucis personnels mais nous, on n'y est pour rien !

Gloria s'enflamma :

— Ta bouche de canard qui te sert à faire des selfies avec la stagiaire, tu vas la fermer et te mettre au travail sinon je te colle un avertissement !

C'était la première fois depuis qu'elle était directrice qu'elle se montrait aussi virulente. Il y avait déjà eu des tensions, des conflits, des divergences de points de vue, mais elle savait maîtriser sa colère. Elle regretta de s'être emportée, mais ne s'excusa pas.

Elle proposa un café à Tara et Judith pour se calmer. Judith n'était pas disponible car elle était sur la dernière ligne droite de la préparation de la *Yogurt Week*.

— Je ne supporte plus mon équipe ! Ma stagiaire passe son temps à se prendre en photo dans les moindres recoins du labo, et Ulysse est en admiration devant elle car elle a je ne sais combien de followers. Je les ai surpris en train de réaliser une story ou un post, ça m'a mise hors de moi ! Le connaissant, il va se plaindre aux RH.

Son gobelet de café lui échappa des mains et se renversa sur le sol.

— Quelle cruche je suis ! s'écria-t-elle.

— Doucement, doucement, Gloria, lui dit posément Tara en mettant la main sur son bras.

— Je foire tout !

Elles attrapèrent des serviettes en papier et épongèrent le liquide qui s'était étalé partout.

— On se sépare avec Jules, annonça-t-elle froidement tout en nettoyant.

— Non ! s'affola Tara.

— C'est mieux ainsi. On n'était pas faits pour être ensemble, ou en tout cas pour faire un bébé ensemble.

— Tu ne peux pas dire ça ! Vous avez vécu tellement d'épreuves tous les deux.

— C'était l'épreuve de trop.

— Tu penses que c'est définitif ?

— Vouloir faire un bébé à tout prix, ça tue l'amour... On ne parlait plus que de ça. Il n'y avait plus de magie, plus de spontanéité... On calculait tout en fonction de mon cycle et de mes injections. Je ne sais plus trop si on s'aime encore.

— Vous êtes en crise, il faut peut-être juste attendre que l'orage passe.

— Je ne sais pas s'il restera quelque chose après l'orage. Ça fait tellement longtemps que notre relation ne repose plus que sur ce projet d'enfants.

Gloria reprit un café à la machine.

— Quand j'ai quitté mon premier mari, expliqua Tara, j'étais sûre de moi. On se disputait pour tout, tout le temps : c'était infernal. Et puis, j'ai emménagé seule avec Clarisse qui avait sept ans à l'époque. Et il a commencé à me manquer. Je n'arrêtais pas de penser à lui et aux bons moments qu'on avait vécus ensemble. Un jour, j'ai craqué, je lui ai proposé un dîner.

Il m'a répondu qu'il venait de rencontrer quelqu'un. Je m'étais réveillée trop tard et ça m'a dévastée.

— Tu penses que je vais regretter ?

— Je ne suis pas toi. Mais d'après ce que tu nous racontais, vous avez été tellement unis dans l'adversité ces dernières années, je n'arrive pas à croire que vous puissiez vous quitter si facilement.

— Pourtant, c'est le cas : je suis célibataire et sans enfants !

— Tu me diras, ça vaut cher sur le marché de la drague, plaisanta la directrice commerciale.

Gloria s'efforça de sourire mais le cœur n'y était pas.

— On va te trouver l'homme parfait, tu vas voir : celui qui lave la vaisselle, qui ne râle jamais et qui est bien coiffé dès le matin au réveil !

— Je n'ai pas envie de me remettre en couple tout de suite.

— Tu veux faire un bébé toute seule ?

— Non ! Ça, je n'en serai pas capable.

— Tu vas abandonner ton projet d'être mère ?

— Je n'ai pas vraiment le choix...

Rien qu'à l'idée de recommencer tous ces examens, ces prises de sang, ces radios, ces injections, sa peau lui faisait mal. Elle ne supportait plus d'être touchée.

Tara se sentait impuissante. Elle avait envie de lui proposer une solution mais elle n'en voyait pas. Il n'y en avait pas. Deux autres collègues s'approchèrent de la machine à café en discutant :

— Et toi, qu'est-ce que tu as reçu pour la fête des Mères ? demanda la première.

Tara eut le réflexe de couvrir leurs voix en changeant de sujet :

— Un de mes commerciaux s'est acheté un chien. Tu sais comment il l'a appelé ?

— Tara, je me fiche du nom du chien de ton commercial. On peut se parler de la fête des Mères sans que je m'effondre. Raconte-moi plutôt ce que tu as reçu cette année !

— J'espérais une grasse matinée, mais Léo était tellement pressé de m'offrir mon cadeau qu'il s'est réveillé à 5 heures du matin ! Et bien sûr, il a réveillé sa sœur...

Elle ouvrit le bouton du chemisier pour montrer un collier avec des perles en papier de toutes les couleurs.

— Je lui ai promis de le porter mais pas de le montrer.

— Tu n'as pas intérêt à transpirer, sinon les morceaux de papier vont tacher ton chemisier !

— Je n'avais pas pensé à ça.

Gloria sourit.

— Et tu veux savoir ce que Judith a reçu ? poursuivit Tara. C'est très drôle !

— Oui, raconte.

— Agathe et Valentin avaient des économies et plutôt que de fabriquer leur cadeau, ils voulaient l'acheter cette année. Ils ont tapé sur Internet : « Cadeau pour adulte ». Et ils sont tombés sur un site de sex toys sans savoir ce que c'était. À sept et cinq ans, ils n'ont pas encore été briefés sur la question ! Ils ont trouvé un mini-masseur rose à seize euros, exactement leur budget. Ils ont cherché le même produit sur Amazon car le mot de passe est enregistré sur l'iPad de la maison. Comme ils voulaient que ce soit une surprise, ils ont donné les sous à leur père sans lui dire ce qu'ils avaient commandé. Ils ont réceptionné le paquet, ils l'ont emballé avec du papier cadeau et ils l'ont offert fièrement à Judith le dimanche matin au réveil avec un petit déjeuner au lit.

— Qu'est-ce que j'aurais aimé voir sa tête ! s'exclama Gloria.

— Elle te racontera elle-même. Au début, elle n'a pas compris tout de suite de quoi il s'agissait. Puis elle a lu sur la notice : « vibromasseur de voyage », elle a paniqué ! Une fois qu'elle a eu confirmation que ses enfants n'étaient pas sous l'emprise d'un détraqué sexuel, elle a dû leur expliquer la réelle utilité de ces objets. Bref, c'était sa fête !

— La pauvre ! Et elle s'en sort avec la *Yogurt Week* ?

— Elle est très stressée mais on sait très bien toi et moi que cet événement sera un succès. J'ai hâte d'y être !

Gloria, elle, se demandait si elle aurait le courage d'y assister. Elle retourna dans son laboratoire et aperçut sur le bureau de la coordinatrice de son équipe une sorte de bougeoir réalisé avec un pot de yaourt peint sur lequel était inscrit *« j'aime les yaourts que fait ma maman »*.

Elle avait mis Tara à l'aise pour qu'elle lui parle de sa vie de famille, mais au fond d'elle-même, elle savait que la fête des Mères serait désormais une nouvelle épreuve qui lui rappellerait chaque année qu'elle n'en était pas une.

Chapitre 33

GLORIA

La troisième édition de la *Yogurt Week* se déroulait dans un hôtel particulier à Saint-Germain-des-Prés. Comme l'avait mentionné Judith lors de sa présentation au comité de direction : « Nous avons sélectionné un lieu qui mélange tradition et modernité : des moulures au plafond, un parquet d'origine et une cuisine dernier cri spacieuse, entièrement équipée avec un matériel professionnel à la pointe de la technologie : un cadre idéal et inspirant pour créer des recettes et mettre en valeur nos yaourts. »

Tous les soirs de la semaine, une figure montante de la gastronomie française allait prendre les commandes de la cuisine et imaginer, pour agrémenter les entrées, plats et desserts, des sauces, des coulis, des crèmes et des mousses concoctés à partir d'une référence de Yaourts Poitier. Des célébrités et des journalistes étaient conviés à la table des dégustations et fortement encouragés à partager leur avis positif de la soirée en mentionnant #yaourtspoitierstar. Quelques clients inscrits sur le site internet et tirés au sort pourraient également faire partie de la liste exclusive des participants. Un pot de Yaourt Poitier géant et doré comme un oscar avait été disposé à l'entrée du lieu pour que chacun puisse se prendre en photo devant et se poster sur les réseaux sociaux.

Avec son équipe, Judith travaillait sur l'événement depuis plus de dix mois. La soirée numéro UN commençait ce soir. Elle avait couru toute la journée pour les derniers préparatifs, mais aucun cheveu ne dépassait de sa queue de cheval. Elle souriait à tout le monde, mais ceux qui la connaissaient savaient que c'était une cocotte-minute prête à exploser.

En tant que membre du comité de direction, Tara et Gloria devaient être présentes aux cinq soirs de la semaine pour pouvoir répondre aux questions des invités sur l'entreprise ou les produits. La dernière soirée de la semaine était une grande fête ouverte au public : la *Saturday Night Yogurt*.

— C'est remarquable ! s'extasia Tara. Tu t'es encore surpassée cette année, Judith. Bravo !

— C'est très beau, ajouta Gloria sans plus d'entrain.

— Je suis contente que vous soyez venues, les filles ! J'ai l'impression que je peux craquer d'une minute à l'autre ! Le chef prévu mercredi soir vient de nous prévenir qu'il ne pourrait pas être présent car il s'est coupé en émincant un radis ou une carotte, je ne sais plus.

— Mince ! Tu as pu trouver un autre chef disponible ? s'enquit Gloria.

— Impossible ! J'ai demandé à ma belle-mère d'enfiler une toque et de le remplacer. Elle cuisine super bien, et en ce moment même, elle s'entraîne chez elle avec mon beau-père comme assistant à créer des recettes à base de yaourts. Il a juste fallu que je lui invente une vie pour les journalistes car c'est la seule de la semaine à ne pas avoir de restaurant !

— Qu'est-ce que tu vas leur raconter ?

— Une professeure de sciences physiques, retraitée, qui cuisinait depuis l'âge de neuf ans pour sa famille, passionnée par la gastronomie depuis toujours, qui a préféré dédier son temps aux élèves du collège Pierre-Mendes-France, réalise un grand rêve : révéler au monde ses créations culinaires lors de la *Yogurt Week* ! Il n'y a que la partie professeure de sciences physiques qui soit vraie. Elle ne pouvait pas saquer ses élèves et elle s'est découvert sa passion pour la cuisine l'année dernière.

— Tu es trop forte ! la félicita Tara.

Harry Boulgourian vint les saluer, un verre à la main.

— J'aimerais trinquer avec vous !

Un garçon leur tendit un plateau avec des coupes. Tara en attrapa une, Judith refusa poliment :

— Je dois garder le contrôle de la situation !

Gloria eut le réflexe de refuser, puis une décharge de douleur la traversa lui remémorant qu'elle n'était ni enceinte ni sous traitement hormonal. Elle attrapa un verre.

— Trinquons ! proposa Tara. Puissent les Yaourts Poitier nous apporter joie et prospérité !

Gloria but cul sec. Cela faisait une éternité que ses lèvres n'avaient pas été en contact avec de l'alcool car ce n'était pas recommandé dans un parcours de PMA. Elle espérait que cela lui donnerait un peu de joie et de légèreté mais ce fut tout le contraire. Ses pensées s'obscurcirent un peu plus.

— Je vous laisse visiter les lieux ! proposa Judith. Il y a trois salles : la première présente l'entreprise : son histoire, les secrets de fabrication et les équipes ; dans la deuxième, le chef du jour prépare ses plats avec ses commis, et la troisième pièce sert à la dégustation pour les journalistes, les blogueurs et les célébrités.

Alors que Tara discutait avec le directeur marketing, Gloria entra dans la première salle. Un film était projeté sur un grand écran. Le titre apparut : « *Tournée autour du pot, découvrez les hommes et les femmes qui créent les Yaourts Poitier* ».

Son cœur se serra avant même que son image apparaisse. Elle se découvrit souriante, joyeuse, et enceinte : tout ce qu'elle n'était plus. Elle regretta d'être venue à cette soirée. Elle n'aurait jamais le courage de répondre aux questions de la presse et des influenceurs sur la fabrication des Yaourts Poitier. Elle décida de s'éclipser discrètement, mais alors qu'elle se dirigeait vers les vestiaires, Harry Boulgourian l'interpella :

— Comment allez-vous Gloria ? Ce n'est pas le directeur général qui vous pose la question, mais Harry, la personne à qui vous avez prodigué de précieux conseils.

— Je ne peux pas oublier que vous êtes mon supérieur hiérarchique, Harry.

— Je vous promets que la réponse n'aura aucune influence sur votre augmentation de fin d'année ! Je veux juste savoir comment ça va.

— Je me remets, mentit-elle.

Accompagnée du chef étoilé sélectionné pour la soirée, Judith les interrompit :

— Je vous présente notre directeur général et Gloria Comelli, la directrice de la Recherche et du Développement. Voici Josselain Clos : il devrait décrocher sa première étoile cette année !

— Enchanté ! lâcha le grand cuisinier.

Puis s'adressant à Gloria :

— J'espère que nous aurons l'occasion de discuter tout à l'heure, j'aurais quelques conseils à vous donner pour améliorer la recette de vos yaourts.

Gloria prit cette remarque de travers et s'apprêtait à répondre quand Judith annonça :

— La dégustation devrait commencer d'ici quarante minutes. Il est temps de retourner à vos créations, cher Josselain !

Puis elle se tourna vers Gloria et lui demanda :

— Pourrais-tu accompagner notre grand chef dans la salle numéro deux ? Un journaliste aimerait poser des questions à Harry.

Elle ajouta en chuchotant pour que personne n'entende :

— Ce chef a un de ces melons ! Il m'a crié au scandale tout à l'heure car le diamètre des grains de poivre noir était trop grand ! J'espère qu'ils ne seront pas tous comme ça, sinon la semaine va être longue. Tu restes avec lui, le temps que j'arrive ?

Gloria accepta à contrecœur. Elle escorta le cuisinier, puis elle se mit de côté pour l'observer. Mince et sec, cet homme ne ressemblait pas à un maître de la gastronomie mais plutôt à un professeur de solfège obsédé par le rythme. Accompagné de trois assistants, il donnait des ordres en tapant dans ses mains à intervalles réguliers à la façon d'un métronome géant.

Elle observa la chorégraphie hypnotique des commis en plein travail. Le chef ouvrit un yaourt nature et scruta l'intérieur. Une grimace de dégoût se forma sur son visage puis il ordonna :

— Transforme-moi ce truc. Je veux du cumin, du citron et du piment d'Espelette !

Puis il goûta la préparation et réafficha une mine de dégoût.

— C'est immangeable ! Poubelle !

Gloria s'assura qu'il n'y avait pas de journalistes dans les alentours. Le cuisinier recommença sa sauce en goûtant régulièrement. Elle l'entendit dire à l'un de ses assistants que ces yaourts étaient tout juste bons pour faire du compost ! Cette remarque appuya sur un détonateur intérieur. Elle s'approcha du chef :

— Il y a un problème avec les yaourts ?

Le cuisinier la regarda avec mépris :

— On me demande de réaliser des miracles ce soir avec ces yaourts ! Il m'est très difficile de travailler avec cette matière première ! Mais rassurez-vous, avec quelques épices bien dosées, les journalistes n'y verront que du feu !

— Vous vous y connaissez en yaourt ? demanda-t-elle.

— Je m'y connais en goût, répondit-il. Ces yaourts sont beaucoup trop épais, lourds, ils manquent de saveur et de raffinement.

Sans réfléchir, Gloria attrapa un pot de yaourt ouvert et le lui balança à la figure. Puis elle se dirigea à la hâte vers la sortie.

Chapitre 34

JUDITH et TARA

— La *Yogurt Week* est un cauchemar cette année ! se lamenta Judith à Tara. Je suis au bout du rouleau !

Les deux femmes se maquillaient dans les toilettes de l'hôtel particulier.

— J'espère que ça a fait du bien à Gloria de balancer ce yaourt à la figure de Josselain Clos, parce que pour moi, c'était l'enfer ! Elle a failli ruiner dix mois de travail.

— Gloria traverse une période horrible, je te rappelle, tempéra Tara. De toutes les manières, il avait une tête à claques, ce cuisinier.

— Je suis d'accord : une vraie diva ! Il a quitté l'évènement, fou de rage. Ses assistants ont finalisé le repas heureusement et aucun influenceur n'a assisté à la scène mais ils n'ont pas cru qu'il avait dû partir à cause d'une urgence personnelle. Tous les posts sur les réseaux sociaux parlaient des raisons de cette absence plutôt que de nos yaourts. Le chef du mardi voulait annuler car il ne se sentait pas très en forme soi-disant ! Je sais qu'ils se connaissent bien avec Josselain Clos. Je n'en ai pas dormi… J'ai passé des heures au téléphone avec les juristes pour trouver une solution : ils l'ont forcé à venir en lui rappelant certaines clauses du contrat qu'il a signé. Sur les photos, il tire une de ces tronches… On dirait qu'il a préparé le buffet de la veillée funèbre de sa mère.

Tara rit.

— Au final, Harry Boulgourian a réussi à calmer Josselain Clos ?

— Oui, il lui a proposé d'avoir sa tête sur les lots de deux packs de yaourt à la rentrée, donc il ne nous attaque pas en justice.

— Et ça s'est plutôt bien passé avec ta belle-mère mercredi ?

— Oui, ses plats ont été très appréciés. Mais elle n'a rien retenu des détails de la vie que je lui avais inventée. Elle a raconté un parcours différent à chaque fois qu'on lui posait une question. Ça sentait l'imposture à plein nez ! Et on en parle de la chef du jeudi ?

Elles éclatèrent de rire.

— C'était immangeable ! s'écria Judith. J'aurais dû me douter de quelque chose quand elle a indiqué qu'elle avait besoin de quatre bouteilles d'alcool sur la liste des ingrédients qu'on devait lui fournir. Naïvement, je pensais qu'elle s'en servirait pour flamber ses plats, et non pas qu'elle noierait nos yaourts dans du whisky, du Pastis et du gin !

— C'est vrai que le yaourt alcoolisé, ce n'est pas terrible… Mais elle était très sympathique, cette chef, on a beaucoup ri !

— Elle était complètement bourrée. Heureusement qu'elle avait l'alcool joyeux d'ailleurs.

— Reconnais que le chef du vendredi a réalisé un sans-faute. Ses créations étaient des œuvres d'art et tout était délicieux.

— Oui ! Hier, tout s'est déroulé comme prévu. Heureusement, car sinon, j'allais craquer. Un jour réussi sur cinq, ce n'est pas ce qu'on peut appeler un succès.

— Tu dramatises toujours tout… Je suis certaine que les retombées seront à la hauteur de l'événement au final.

— J'espère ! Je suis épuisée…

— Bon allez, c'est samedi : pas de chef ce soir, seulement du disco ! C'est la *Saturday Night Yogurt*, tu peux enfin décompresser.

Tara se vaporisa du déodorant sous les bras et dit avec un ton plus sérieux :

— J'espère que Gloria va bien. Sa rupture avec Jules est un nouveau coup à encaisser. Elle n'a pas répondu à mes appels cette semaine et elle n'est pas venue travailler. Elle m'inquiète beaucoup. Il paraît qu'elle envoie balader tout le monde au bureau. J'espère qu'ils ne vont pas la virer.

Judith prit son téléphone dans son sac :

— J'essaie de l'appeler… J'aurais dû le faire avant, mais comme tu t'en doutes, je n'ai pas eu une seconde. Elle doit penser que je lui en veux. Messagerie ! Je lui envoie un texto.

Elle rangea ses affaires dans son sac puis s'écria :

— Je ne rêve que d'une chose, c'est dormir mais je dois m'occuper du DJ qui a un problème de branchement. Tu t'y connais en prise, toi ?

— Bon courage !

Tara tenta une nouvelle fois d'appeler Gloria mais elle tomba également sur sa messagerie.

Chapitre 35

HARRY

Il était presque 22 heures. La *Saturday Night Yogurt* affichait complet. La file d'attente à l'extérieur remontait jusqu'au coin de la rue. Une grande piste de danse avait été installée à la place des salles un et deux. Elle ne désemplissait pas. Des mini-yaourts à boire étaient distribués gratuitement. Tout le monde semblait bien s'amuser. Harry Boulgourian avait exigé que tous les membres du comité de direction soient présents. Il espérait que cela pousserait Gloria à venir. Mais depuis son altercation avec le chef du lundi, elle s'était de nouveau mise en arrêt maladie.

Harry n'avait pas assisté à la scène, mais il avait aperçu Josselain Clos sortir en furie de l'hôtel particulier. Judith Garcin était dans tous ses états, mais en grande professionnelle, elle avait invité tous les influenceurs et autres journalistes à passer à table pour commencer la dégustation. Elle avait pris un air désolé pour expliquer que le chef s'excusait de son départ impromptu mais que son premier commis pourrait répondre à toutes les questions.

Il aperçut Tara qui discutait avec trois commerciaux.

— Harry ! Venez trinquer avec nous ! Nous avons une nouvelle fois dépassé nos objectifs sur le premier semestre !

La directrice commerciale but un mini-yaourt cul sec. Il l'imita. Ils avaient, tous les deux, deux moustaches blanches, ce qui provoqua le rire du petit groupe. Elle se rapprocha de lui pour ne pas que les autres entendent.

— Harry, il faut excuser Gloria. Je ne dis pas que le chef méritait qu'elle l'attaque au yaourt mais il l'a peut-être un peu cherché.

— Je sais bien.

Il avait envie de lui demander comment l'entreprise pourrait l'aider, mais il se ravisa. Elle aurait pu se méprendre sur ses intentions.

— J'adore cette chanson, s'exclama la directrice commerciale. Venez danser ! *You can ring my bell, bell, bell! Ring My bell!*

Il s'adossa contre un mur et observa les gens danser. Les salariés mélangés à de parfaits inconnus se déchaînaient sur la piste. Margaux Dilac, si coincée habituellement dans son tailleur-pantalon, sautait comme une puce au rythme de la musique, Tara Berthier avait retiré ses talons, Justin Lessieur, le directeur marketing, avait sa chemise mouillée de sueur et se déhanchait façon Elvis Presley. Le lâcher-prise de leur danse détonait avec leur attitude maîtrisée au bureau. Il se fit la même réflexion qu'au *goûter des familles* : sur leur lieu professionnel, chaque salarié contrôlait son apparence en essayant de se montrer sous son meilleur angle. Il valait mieux être dans la norme ou alors meilleur que la norme, sans défaut. Pourtant, il était évident qu'ils avaient tous des faiblesses : des problèmes familiaux, un handicap ou un souci de santé, un traumatisme, une addiction, une orientation sexuelle cachée, un problème d'infertilité… autant de préoccupations bien dissimulées derrière une façade de performance, qui constituaient de la matière de choix pour ses romans. Il savait repérer les détails révélateurs et s'en était beaucoup servi au cours de ces dernières années lors de ses petites expériences. Mais, finalement, lui aussi avait une grande préoccupation qu'il cachait au monde : une dépendance à l'écriture. Cette dépendance l'avait amené à mentir et à manipuler car il n'était pas capable de ressentir des émotions vraies par lui-même. Il s'était toujours servi des émotions des autres pour réussir à avoir une vie sociale et pour écrire. C'est lui qui n'était pas dans la norme.

Il repensa aux mots qu'avait utilisé son éditrice : « infertilité littéraire ». Il devait reconnaître qu'il n'arrivait plus à donner vie à une histoire, et que ce constat serait peut-être définitif. Les émotions de Gloria enceinte lui avaient permis de redonner un semblant de vie à Prisca, mais ce qu'il avait cru être un coup de génie de sa part l'avait mené droit dans le gouffre. Il s'était juste servi d'elle, comme tous les autres. Il l'avait manipulée, et maintenant son stratagème se retournait contre lui. Pour qu'il écrive à nouveau, allait-il devoir obliger Gloria Comelli à retomber enceinte ? L'idée était absurde. Comment un directeur général pouvait-il aider une de ses salariés à tomber enceinte sans déclencher de scandale ? Il n'était pas donneur de sperme et il n'avait pas l'intention d'entamer une relation amoureuse avec elle, même pour un soir. Devait-il lui avouer qu'il était LA Marguerite Abel et qu'elle était devenue sa muse ? Elle réaliserait qu'il s'était servi d'elle et qu'il lui avait menti. Cette vérité n'était pas avouable.

Il était presque minuit. Le disco continuait de déchaîner la foule. Un groupe de trois salariés regardèrent dans sa direction, réalisèrent qu'il était seul et s'approchèrent de lui. Ils avaient probablement envie de faire du zèle mais Harry n'était pas d'humeur. Il les esquiva et rentra chez lui, toujours aussi tourmenté. Il avait au moins appris une chose dans cette histoire :

contrairement à ce qu'il avait toujours pensé, il n'était pas totalement imperméable à ses émotions. Il pouvait lui aussi éprouver de la joie, de la détresse, de l'anxiété, comme les personnages de ses romans, même si cela était loin d'être toujours agréable. Mais serait-il capable un jour d'écrire sans manipuler ? Pour la première fois de sa vie, il regrettait : il s'en voulait de ce qu'il avait fait subir à Gloria pour les besoins de son histoire. Il était peut-être temps qu'il arrête de mentir, même si cela devait affecter l'écriture de ses romans.

Chapitre 36

HARRY

Margaux Dilac débarqua dans son bureau :

— Gloria Comelli pose problème, commença-t-elle. Avant son dérapage lors de la *Yogurt Week*, elle s'est disputée avec l'équipe informatique. Son ordinateur ne s'allumait pas et elle a crié sur le technicien qui lui demandait d'enregistrer sa demande sur l'intranet : impossible à réaliser sans ordinateur, il est vrai. Mais ce n'est pas une raison pour traiter les gens d'abrutis. Elle s'est également montrée agressive avec sa stagiaire et l'un de ses chercheurs. Pour couronner le tout, d'après les équipes développement de l'usine, elle est en retard sur certains projets. Je compte lui envoyer un avertissement de travail.

En temps normal, il aurait signé cet avertissement sans commenter. Mais il décida pour une fois de s'y prendre autrement.

— Vous savez ce que Gloria Comelli a enduré récemment ?

La DRH écarquilla les yeux de surprise et chercha à se justifier.

— Oui, mais cela remonte à deux mois et…

— Comment pouvez-vous savoir le temps qu'il faut à une personne pour se remettre d'une épreuve difficile ?

Margaux Dilac n'osa rien répondre sur le moment. Elle baissa les yeux, comme pour reconnaître son erreur.

— Savez-vous ce qui lui est arrivé ? demanda-t-il calmement.

— Elle a fait une fausse couche, à cinq mois de grossesse, répondit la DRH, à la façon d'un élève qui se fait gronder.

— Cela faisait six ans qu'elle essayait, lâcha-t-il.

— Je ne savais pas…, répliqua-t-elle, apparemment choquée par la nouvelle.

— C'est normal que vous ne soyez pas au courant, personne ne parle de ses problèmes d'infertilité. Gloria Comelli n'a jamais évoqué qu'elle faisait une PMA, de peur d'être mal jugée, surtout au bureau.

En voyant la tête de Margaux Dilac, il se dit que cette tirade en faveur d'une salariée devait être pour elle une grande première, elle n'en revenait pas. Mais comme toujours, elle abonda dans son sens :

— Vous avez raison, c'est un tabou dans le monde du travail.

Elle réfléchit.

— Pourtant, elle a dû avoir de nombreux rendez-vous médicaux. Comment a-t-elle fait pour que personne ne s'en aperçoive ?

La prise de conscience de Margaux semblait sincère. Cherchant à se rapprocher de lui, elle s'aventura à lui demander :

— Ce sujet de l'infertilité vous touche ?

Harry mit quelques secondes à répondre :

— Oui.

Il ne donna pas plus de détail. Il estimait ne pas avoir menti pour une fois, car il était effectivement touché par une forme d'infertilité. Un court silence gêné s'ensuivit. Elle n'osa pas lui poser d'autres questions.

— Je vais parler à Gloria Comelli, annonça-t-elle, pour essayer d'en savoir plus sur sa situation. L'entreprise pourrait peut-être l'aider.

Harry Boulgourian s'en réjouit. Sincèrement pour une fois. Du moins, lui sembla-t-il.

Chapitre 37

GLORIA

Gloria en voulait à la terre entière. Elle en voulait à Jules d'être parti et d'avoir abandonné leur projet de devenir parents, à ce chef d'avoir critiqué les Yaourts Poitier, à son corps de ne pas réussir à enfanter naturellement… Elle en voulait même à sa famille : à son frère et à sa sœur, d'avoir eu si facilement leurs enfants, à ses parents qui enchaînaient les maladresses.

Son père, Massimo, et sa mère, Louisa, étaient originaires de Bologne. Son père adorait Paris mais il trouvait un grand défaut à la capitale : il était impossible d'y manger aussi bien qu'en Italie. Au début des années 1980, il avait quitté son pays pour ouvrir un vrai, un authentique, un indispensable restaurant proposant les meilleures spécialités de sa région. Il n'avait pas eu de mal à convaincre Louisa, sa femme, qui adorait la France. Le restaurant n'avait pas tardé à attirer les foules, ce qui avait poussé Massimo à en ouvrir un autre. Louisa l'aidait mais elle s'occupait surtout de leurs trois enfants : Carolina, Luca et Gloria. Devenus plus grands, les enfants jouaient les serveurs, les cuisiniers ou même les plongeurs en fonction des besoins, ce qui leur permettait de gagner de l'argent de poche et de dépanner leurs parents. Gloria aimait ces deux restaurants.

Il y avait toujours une ambiance chaleureuse, une bonne odeur de basilique et de tomate, et les plats étaient délicieux. Elle en gardait de très bons souvenirs, même si travailler avec son père n'était pas facile tous les jours car c'était un grand perfectionniste. Quand Gloria eut terminé ses études de pharmacie et commencé à travailler, Massimo avait vendu ses deux restaurants. Aucun de ses enfants ne reprendrait ses affaires et il était épuisé par le rythme de la restauration. Il ne pouvait pas attendre que ses petits-enfants grandissent pour reprendre le flambeau. Mais il espérait qu'il y aurait un amoureux de la bonne cuisine dans sa descendance.

Louisa n'avait jamais caché ses intentions de devenir grand-mère à ses enfants. Elle avait mis la pression à ses filles et à son fils : elle voulait qu'on l'appelle mamie avant de radoter et d'avoir trop d'arthrite. Des petits-enfants qui couraient partout dans la maison et qui faisaient beaucoup de bruit : elle en voulait le plus possible. Carolina et Luca avaient fait ce qu'il fallait. Ils s'étaient mariés et avaient eu deux enfants chacun. Gloria, elle, ne suivait pas la norme. Jules et elle n'étaient pas croyants et ne voulaient pas entendre parler de mariage à l'église. Massimo et Louisa avaient fini par accepter cette relation un peu trop moderne à leur goût : bien élevé, Jules ne cessait de gagner des points en s'extasiant sur les plats que préparait Massimo, en offrant des fleurs à Louisa, et surtout en acceptant de venir régulièrement les voir. Il s'occupait bien de leur petite dernière et c'était ce qui comptait.

À peine un mois après qu'ils aient emménagé ensemble, Louisa avait commencé à s'impatienter. Gloria avait trente et un ans, presque trente-deux, il était temps de s'y mettre. Après six mois de vie commune, elle était devenue franchement lourde. Elle se permettait des allusions à chaque dîner.

Un jour, Gloria avait débarqué chez ses parents toute joyeuse. Elle voulait leur annoncer qu'elle avait décroché le poste de chercheuse au sein des Yaourts Poitier, mais avant qu'elle ne puisse prononcer un mot, sa mère s'était emballée en venant lui toucher le ventre, les larmes aux yeux :

— Enfin !

— Enfin quoi, maman ?

— Tu attends un bébé ! J'ai eu un rêve prémonitoire cette nuit et je le vois à ton visage, tu as la beauté de la grossesse !

Avant qu'elle explique le malentendu, son père avait apporté une bouteille de Prosecco. L'annonce de ce changement de poste n'avait pas été accueillie comme une bonne nouvelle. Gloria s'était alors violemment disputée avec sa mère :

— Mais quand alors ? s'était énervée Louisa. Ce n'est pas le moment de changer de travail ! Je vieillis ! Tu vieillis ! Ton père vieillit !

— Maman, ça suffit avec cette histoire de bébé ! Tu es obsédée ! Ce bébé viendra quand il aura décidé de venir !

Elle avait claqué la porte de chez eux comme une adolescente. La dispute n'avait pas duré longtemps. Elles s'étaient excusées et avaient alors promis d'arrêter d'en parler. Mais à chaque fois que Gloria et Jules venaient dîner chez eux, elle observait sa fille : son ventre, ses seins, son teint. Une de ses amies lui avait appris que l'ail stimulait la fertilité. Elle demandait à Massimo d'en mettre partout à très forte dose. Sa mère avait reçu l'éducation que les femmes de sa génération avaient elles-mêmes reçu de leur mère, le conditionnement à un chemin tout tracé, trouver un homme, se marier, tomber enceinte et prendre soin de sa famille jusqu'à son dernier souffle. Le reste était sans importance. Sans enfants, le chemin tracé ressemblait à un gribouillage. Une femme devenait forcément moins utile.

Quand Gloria avait arrêté la pilule, elle avait le désir d'être mère, non pas pour faire plaisir à ses parents mais parce qu'elle en ressentait l'envie au plus profond d'elle-même. Elle se sentait enfin prête. Mais les mois avaient passé et il n'y avait toujours pas de test de grossesse positif, ce qui avait commencé à l'inquiéter. Elle avait consulté et le diagnostic était tombé : elle avait un problème. Avoir un bébé n'était pas impossible mais beaucoup plus difficile que prévu. Elle l'avait annoncé à ses parents, qui s'étaient efforcés de ne pas montrer leur déception et l'angoisse que cette nouvelle leur provoquait.

Louisa était devenue encore plus pratiquante. Elle se rendait à l'église une fois par semaine et suppliait sa fille de venir avec elle. Mais Gloria ne croyait pas en Dieu. Alors sa mère avait commencé à y croire pour deux. Elle récupérait de l'eau bénite et en aspergeait sa fille. Elle allumait une bougie à chaque fois qu'elle et son gendre venaient dîner. Elle mettait des petites images de Jésus ou des chapelets dans les poches de son manteau.

— Maman, tu es insupportable !

La lourdeur de sa mère faisait peser un poids encore plus énorme sur les épaules de Gloria.

Au bout de six ans, Gloria était enfin tombée enceinte. Ses parents avaient pleuré littéralement de joie.

— Je savais qu'on réussirait ! avait déclaré sa mère comme si elle avait contribué à la conception.

Puis Gloria avait perdu le bébé. C'est Jules qui l'avait annoncé à Massimo qui l'avait annoncé à sa femme et à ses deux autres enfants. Entendre ou voir la déception de sa famille en plus de celle de Jules et de la sienne lui était insurmontable.

Louisa était très inquiète pour sa fille. Elle l'appelait plusieurs fois par jour. Même si elle ne décrochait pas, elle écouterait ses messages et saurait que sa mère l'aimait plus que tout.

Quand elle avait accepté de les revoir enfin, son père avait essayé de lui remonter le moral : « Ça arrive à beaucoup de monde ! », ou pire « Un de perdu dix de retrouvés ! ». Il ne cherchait même pas à être drôle, il ne réussissait juste pas à trouver les bons mots pour consoler sa fille. Ni ses parents, ni son frère, ni sa sœur ne comprenaient ce qu'elle vivait. Ils lui apportaient un jour sur deux toutes sortes de plats savoureux comme s'ils voulaient remplir d'une manière ou d'une autre son ventre vide.

Gloria avait le cœur brisé. Jules lui manquait. Elle n'avait pas de nouvelles et ne cherchait pas à en avoir. Depuis qu'il était parti, des images restaient figées dans sa tête : elle s'imaginait, vieille, seule, sans conjoint, sans enfants, sans amour.

Après avoir jeté le yaourt à la figure du chef, elle s'était encore plus renfermée sur elle-même. Elle filtrait les appels. Elle n'avait envie de voir personne. Elle se doutait que sa famille s'inquiéterait, mais elle n'avait pas la force de les rassurer.

*

Cela faisait quatre jours qu'elle n'était pas sortie de chez elle quand son frère et sa sœur sonnèrent à sa porte.

— On sait que tu es là ! cria Luca. Soit tu nous ouvres, soit…

— Soit quoi ?

— Soit, on va faire tellement de bruit que tes voisins vont te détester et tu seras obligée de déménager ! poursuivit Carolina.

Gloria était la plus jeune des trois. Elle s'entendait très bien avec eux, adorait ses neveux et nièces qu'elle prenait beaucoup de plaisir à garder. Elle n'eut pas d'autre choix que d'ouvrir la porte.

— On s'installe chez toi ! déclara Luca en tirant une valise cabine.

— Oui, on va s'organiser une pyjama party entre frère et sœurs ! enchaîna Carolina en déposant un énorme sac à dos.

— Ce sont les parents qui vous envoient ?

— Non ! Ils ne savent rien ! Maman aurait trouvé un moyen de s'incruster !

— Je vais bien, mentit Gloria. Je n'ai pas besoin de vous ! Et contrairement à moi, vous avez une famille qui, elle, a besoin de vous.

— Ils peuvent se passer de nous quelques jours ! répliqua sa sœur.

— Combien de jours ? s'inquiéta Gloria.

— Perso, j'ai pris trois caleçons, mais je peux les laver.

— C'est impossible ! s'insurgea Gloria.

Luca ouvrit un sac Décathlon et en sortit une tente. Il annonça :

— On va camper tous les trois dans ton salon, on va s'éclater !

— On a prévu un programme de fous, enchaîna Carolina en sortant des paquets de fraises Tagada et de Chamallows. Tout ce que tu adorais quand tu étais petite : un Monopoly et on te laissera tricher, une séance d'« *Esprit es-tu là ?* », un « *action ou vérité* », un « *j'imite mal mais je m'en fous* » et juste avant de s'endormir, on se racontera des histoires d'horreur à la lampe torche !

— J'ai trente-huit ans, vous en avez quarante-deux et quarante-cinq, remarqua Gloria.

— Justement, répondit son frère. On ne peut pas attendre d'avoir soixante-dix ans pour dormir dans une tente ! On aura trop mal au dos.

Après avoir installé le matériel qu'ils avaient apporté pour le week-end, Luca et Carolina se postèrent devant leur petite sœur.

— Tu as vu l'heure, Luca ? questionna Carolina.

— Mince, surjoua Luca, on est en retard.

Ils enlacèrent Gloria qui se laissa faire et restèrent un bon moment dans les bras.

— On est collés, plaisanta le grand frère.

— Complètement collés ! ajouta Carolina.

Le visage de Gloria était en sandwich entre ses frère et sœur. Elle adorait ce jeu quand elle était petite. Elle attrapait leur jambe ou leur bras et ne les lâchait plus en expliquant qu'elle avait mis du scotch transparent ultra collant. Elle sourit.

— Attention décollage immédiat ! fit Luca.

Son grand frère se rendit à la cuisine et revint avec un Yaourt Poitier qu'il mangea sans cuillère.

— Qu'est-ce qu'ils sont bons tes yaourts, mes gosses ne mangent que ça !

— Avec les doigts ? demanda Carolina.

— Non, eux, ils n'ont pas le droit, mais ce week-end, tout est permis.

— C'est vrai qu'ils sont délicieux.

— Ce n'est pas l'avis de tout le monde, précisa Gloria.

— C'est ton patron qui t'embête ? lui demanda sa sœur.

Gloria hésita puis elle leur raconta :

— Non… J'ai balancé un yaourt à la figure d'un grand chef cuisinier qui participait à l'un de nos évènements. Il a critiqué nos yaourts et j'ai dérapé.

— Ouille ! s'écria son frère.

— Je ne suis pas retournée travailler… C'est une faute grave. Je pense qu'ils vont me virer à mon retour. C'est peut-être mieux ainsi. Je ne supporte plus personne au bureau.

— Tu adores ton métier ! Et puis tu es très douée, ajouta Luca en ouvrant un nouveau yaourt miel abricot. Il faut reconnaître qu'avec papa et maman, tu as un capital génétique plutôt favorable pour créer des recettes.

— Tu plaides coupable, tu t'excuses : « Je ne sais pas ce qui m'a pris, blablabla… » et on n'en parle plus.

— Je n'en ai pas le courage…, avoua Gloria. Je n'ai même pas assisté aux autres soirées de la *Yogurt Week*, c'est l'événement le plus important de l'année !

— Tu veux que j'imite l'écriture des parents et que je t'écrive un mot d'excuses ?

Gloria sourit.

— Un deuxième point pour moi, déclara fièrement Luca.

— Égalité ! contesta Carolina. Elle a eu un demi-sourire tout à l'heure quand elle a entendu le programme de fous et un autre quand on est restés collés.

— Vous faites un concours ? demanda Gloria.

— Oui, celui qui réussira à décrocher le plus grand nombre de sourires gagne. Tous les coups sont permis !

Gloria sourit de nouveau.

— On ne peut pas t'aider à tomber enceinte mais on peut t'aider à sourire, c'est un bon début !

Chapitre 38

GLORIA

— C'est lassant de gagner au Monopoly, remarqua Gloria. Et je n'en peux plus des histoires d'horreur de Luca qui m'empêchent de dormir, non pas parce qu'elles sont effrayantes mais parce qu'elles ne se terminent jamais.

Son frère attrapa un oreiller et l'attaqua :

— Comme ça, tu n'aimes pas mes histoires ? Viens te battre !

Gloria prit un oreiller et s'apprêtait à le balancer à la figure de son frère.

— Montre-moi ce que tu as dans le ventre ! s'écria-t-il.

Puis réalisant la maladresse de sa phrase :

— Pardon ! Ce n'est pas ce que je voulais dire.

Gloria en profita pour contre-attaquer son frère.

— Tu utilises ma culpabilité, je n'ai pas dit mon dernier mot !

Il bloqua sa sœur contre le sol qui se débattait :

— On fait moins la maligne ! fit-il conquérant. Répète après moi : mon frère n'a pas son pareil pour raconter des histoires.

— Jamais !

— Très bien. Tu l'auras cherché !

Il retira sa chaussette et la porta au nez de sa sœur.

— Tu es meilleur que Stephen King et Agatha Christie réunis !

— Ce n'est pas faux, reconnut-il en la relâchant.

Chouchoutée par son frère et sa sœur depuis vendredi, Gloria avait retrouvé un peu d'énergie. Ils avaient mis leur « programme de fous » à exécution et ils avaient passé de bons moments tous les trois.

Sa sœur attendit que Luca soit dans la douche pour lui dire, la voix teintée d'émotion :

— Je suis désolée ma petite sœur… Tu dois penser que la situation est si injuste : Luca et moi, on est parents et… pardon…

Ses sanglots bloquèrent les mots au fond de sa gorge. Elle se jeta dans les bras de Gloria.

— Pourquoi tu t'excuses ? questionna Gloria. Ce n'est pas ta faute si je ne peux pas avoir d'enfant…

— Je me sens tellement impuissante. Je suis ta grande sœur, je suis censée te protéger et prendre soin de toi.

Gloria attrapa un mouchoir et le tendit à sa sœur.

— Je ne suis plus une enfant, Carolina. Et il faut que vous arrêtiez de vous inquiéter pour moi.

— Ce qui t'arrive à toi, c'est comme si ça nous arrivait à nous !

— Justement, ça me pèse ! C'est trop lourd à porter. Si vous voulez tant m'aider, prenez sur vous !

Sa sœur était bouleversée. Gloria chercha à la consoler :

— Tu me prêtes tes enfants, le week-end prochain ?

Sa sœur sourit.

— D'accord, mais seulement si tu me prêtes ta robe plissée, celle avec les pois.

— Moi aussi, je peux te prêter les miens, intervint Luca qui sortait de la douche. Sans rien en échange !

Le dimanche après-midi, elle les convainquit qu'elle se sentait beaucoup mieux grâce à eux. Ils pouvaient retrouver leur famille, en toute tranquillité. Elle leur promit de retourner au bureau et de les rappeler si elle rechutait. Luca et Carolina remballèrent leurs affaires, et embrassèrent leur petite sœur.

Bien entendu, la blessure de Gloria était trop profonde pour cicatriser si vite. Cependant, elle tint sa promesse et trouva le courage de reprendre le travail le lendemain.

Sitôt arrivée, Margaux Dilac la convoqua. Elle s'attendait au pire : un avertissement de travail ou un licenciement. Elle se projeta au chômage et se dit que c'était peut-être l'occasion d'un nouveau départ dans la vie. Un changement de poste pouvait être bénéfique.

— Bonjour Gloria ! l'accueillit la DRH.

— Bonjour Margaux.

— Je tenais à m'excuser de ne pas vous avoir reçue plus tôt. Je sais que vous avez traversé une période difficile dernièrement, et en tant que DRH, c'est mon rôle de m'assurer que les collaborateurs vont bien.

Surprise par ces excuses inattendues, Gloria répondit :

— Ça va mieux, merci.

Il était impossible qu'elle n'ait pas été tenue informée de l'incident avec le chef du lundi.

— Pour la *Yogurt Week*, je…

— C'est déjà oublié, le problème a été réglé. Le chef aura sa tête sur les lots de deux packs à la rentrée et il est très content. Parlons de vous plutôt !

Gloria avait toujours été agacée par cette femme qui ne jurait que par les Yaourts Poitier et qui jouait les premières de la classe avec Harry Boulgourian. Qu'est-ce qui lui prenait de s'intéresser à elle ?

— Que voulez-vous savoir ? demanda la chercheuse.

— Rien ne vous oblige à me raconter ce que vous avez vécu bien sûr. Mais j'aimerais que vous sachiez que j'ai choisi les ressources humaines avec une grande ambition : celle de faire évoluer le monde du travail. Vous avez certainement dû entendre parler de ces entreprises qui proposent des congés pour les femmes qui ont des règles douloureuses ?

— Oui, répliqua Gloria sans conviction.

— Tout le monde en parle aujourd'hui, et ce genre d'initiative a des répercussions positives sur toute la société.

La DRH hésita quelques secondes, puis poursuivit :

— J'ai besoin de comprendre votre situation. Ensemble, nous pourrions réfléchir à la manière d'aider les femmes qui connaissent les mêmes difficultés que vous.

Elle n'avait pas prononcé les mots mais elle parlait bien d'infertilité et de PMA. Harry Boulgourian avait dû lui en parler. Elle éprouva de la colère. De quel droit se permettait-il de divulguer son secret ?

— Je ne vois pas ce que l'entreprise aurait pu faire pour moi, répondit-elle sur la défensive.

— Au contraire. Il y a beaucoup de choses à mettre en place. Je ne vous demande pas de me répondre maintenant. Réfléchissez-y et on en reparle.

Gloria se leva et sortit, déroutée. Elle avait caché ses difficultés à tomber enceinte à tout le monde et la DRH lui demandait maintenant à demi-mot son aide pour faire évoluer la cause des femmes dans sa situation, en entreprise. Elle n'avait jamais eu l'âme d'une militante. Et en ce moment, elle n'avait pas non plus l'énergie nécessaire.

Chapitre 39

HARRY

Depuis qu'il avait décidé de ne plus dépendre de Gloria pour faire évoluer Prisca Krik, Harry essayait d'écrire seul, en se connectant à ses émotions à lui. La tâche était ardue, le chemin semé d'embûches, mais il ressentait une forme de fierté à l'idée d'essayer de s'en sortir par lui-même, sans dépendre des autres, sans avoir à les manipuler. La Prisca qui prenait vie sous sa plume n'était peut-être pas celle qu'il avait imaginée du temps de Gloria, elle était moins sensorielle, moins survoltée, mais elle lui semblait avoir appris de cette expérience. Il avait même trouvé un regain d'énergie, qui se traduisait par une meilleure humeur au travail.

Ce matin-là, en traversant l'open space, il aperçut son dernier roman sur un bureau. Ce n'était pas la première fois car ses livres étaient des best-sellers et il était normal que certains de ses salariés fassent partie de ses lecteurs. Mais avec ce collectif de lecteurs obsédés par l'identité de Marguerite Abel, il n'était pas tranquille.

La semaine passée, Florence Lachaise lui avait signifié que leur système informatique avait été piraté. Les e-mails n'étaient plus sécurisés et il était préférable d'utiliser la voie postale pour communiquer le temps que le problème soit réglé. Il n'était pas expert en piratage informatique mais il savait que les données personnelles valaient cher, surtout les siennes. Il utilisait une adresse mail au nom de Marguerite Abel mais il craignait que ce pirate la décrypte et trouve un moyen de remonter jusqu'à lui.

Alors qu'il se rendait à sa prochaine réunion, il s'arrêta à la machine à confiserie pour acheter un Mars. Il surprit la discussion d'un petit groupe de quatre salariés qui ne remarquèrent pas sa présence :

— Marguerite Abel travaille chez nous, je te dis !

Son sang se glaça. Il se mit de côté pour pouvoir écouter sans être vu.

— Je n'y crois pas une seconde…

— Jasmine a trouvé un courrier dans le local imprimante du dernier étage. Une lettre où elle explique qu'elle a eu du retard, mais qu'elle ferait tout pour envoyer son prochain manuscrit en septembre, signée Marguerite Abel !

Il se remémora la scène : il avait écrit la lettre sur son ordinateur puis avait lancé l'impression. Il s'était rendu au local imprimante et avait récupéré le document qu'il avait mis dans une enveloppe. Peut-être avait-il lancé deux impressions sans s'en rendre compte ou alors il avait tout simplement oublié de mettre la lettre dans l'enveloppe ! Il était tellement épuisé en ce moment qu'il perdait la tête. Peu importe, le résultat était le même : quelqu'un avait cette lettre entre les mains.

— Incroyable ! s'exclama un des salariés.

— Qui ça peut bien être ?

— C'est une *fake news* ! C'est trop gros pour être vrai : aucun indice sur cette écrivaine depuis qu'elle existe, et comme par hasard, on retrouve une lettre dans le local imprimante.

— C'est peut-être un oubli justement ?

Il paniqua. Comment avait-il pu commettre une telle erreur ? Si le collectif de lecteurs l'apprenait, ils fouineraient partout et ils ne tarderaient pas à le démasquer.

Il retourna à son bureau et demanda à Juliette d'annuler toutes ses réunions du reste de la journée. C'était une catastrophe ! Il ramassa ses affaires à la hâte et rentra chez lui. Il nourrit ses tortues, puis se mit à tourner en rond dans son salon. Il ne parvint pas à se calmer. Il enfila sa tenue de cycliste et sortit son vélo. À peine eut-il pédalé deux cents mètres qu'une de ses roues creva. Il fit demi-tour à pied, encore plus énervé.

Il n'était pas du genre à s'apitoyer sur son sort. D'ailleurs il détestait les gens qui se lamentaient. Mais exceptionnellement, ce soir-là, il se lâcha. Pourquoi lui ? Il reposa la question au couple de tortues. Elles semblaient totalement indifférentes à cette question. Elles étaient chacune à une extrémité de l'aquarium. On aurait pu croire qu'elles se détestaient. Et dire qu'il avait cru que leur accouplement pourrait le débloquer ! Il craquait.

Le lendemain, il se réveilla encore plus contrarié et fatigué.

Arrivé au bureau, il prit l'ascenseur déjà bien rempli. Il tourna la tête et aperçut son dernier roman dans les mains d'un coordinateur logistique, ce qui le crispa encore plus. Il ne salua pas Juliette qui tenta de l'avertir que sa prochaine réunion avait lieu dans quinze minutes dans la salle du premier étage, et s'enferma.

Il devait agir pour trouver une solution et vite. Les experts du commérage allaient passer en revue tous les salariés de la société, constitueraient un Top 5 des potentielles Marguerite Abel et attendraient que ces dernières se trahissent. Son cerveau lui proposa différentes options : 1) Récupérer la lettre et la faire disparaître ? Option rejetée ! Il pourrait y avoir des copies.

2) Expliquer qu'il avait voulu faire une plaisanterie à un ami fan de l'auteure. Rejetée. Qu'est-ce qui était drôle exactement ? 3) Orienter les soupçons vers une salariée capable d'endosser le rôle de l'écrivaine ? Cette idée lui parut la seule viable. Les regards se tourneraient vers cette fausse Marguerite Abel. Puis, très vite, on découvrirait que ce n'était pas l'écrivaine, et cette confusion finirait par donner aux gens le sentiment qu'un salarié se moque d'eux ou essaie de se venger de quelqu'un. Il avait décidé de ne plus mentir et d'arrêter de manipuler les autres, mais la situation ne lui laissait pas d'autre choix s'il voulait sauver sa peau. Il lui fallait maintenant trouver la bonne candidate.

Il sortit de son bureau et rejoignit la réunion qui avait commencé sans lui.

— Nous encourons un risque élevé à utiliser le nom *Yaourtiche* pour ce lancement, expliqua Geoffroy Deltour, le juriste de la société. Il existe des noms similaires qui ont déjà été utilisés par d'autres marques. Que pensez-vous de *Yaourtouche* ?

— On change complètement le sens du concept ! précisa le directeur marketing. Ce nouveau yaourt à boire est censé donner des vitamines essentielles aux enfants pour qu'ils soient « fortiches » !

Harry Boulgourian n'écoutait pas. Les potentielles Marguerite Abel défilaient dans sa tête.

— Nous pourrions rajouter un *o*, *Yaourticho* ? suggéra le juriste.

— Ça sonne comme artichaut, ça ne se vendra pas, argumenta Justin Lessieur. Pourquoi pas *Yaourtissimo* ?

— *Yaourtissimo* fera l'affaire ! trancha Harry Bouglour pour en finir au plus vite avec cette réunion. Lancez les recherches d'antériorité !

En rejoignant son bureau, il se promena dans l'open space et observa les salariés qu'il croisait sur son chemin. Il devait trouver LA bonne personne qui deviendrait temporairement le centre d'attention de toutes les discussions à la cantine et devant la machine à café. Pour ne pas être démontée trop rapidement, cette rumeur devait paraître crédible. Il recherchait une femme, ayant plus de trente ans. Son niveau hiérarchique ou son poste dans la société importait peu. Il avait remarqué que Judith Garcin avait une bonne plume. Les dossiers de presse étaient toujours très bien rédigés. Margaux Dilac pouvait aussi être une bonne candidate. Elle avait à peu près le même âge que lui et elle cernait bien les personnages qu'elle avait en face d'elle.

Une fois dans son bureau, il chercha dans sa boîte mail les organigrammes que les ressources humaines lui avaient envoyés en début d'année.

Juliette, son assistante, entra à pas de loup.

— J'ai décalé le rendez-vous avec Tara Berthier et l'équipe commerciale comme vous me l'avez demandé.

Pourquoi pas Tara Berthier : elle avait un esprit manipulateur qui lui permettait de réussir ses négociations et qui pourrait lui être utile dans l'écriture d'un roman.

— Je vous dépose ces documents à signer, poursuivit Juliette. Régine Dufour en a besoin avant la fin de la journée.

Régine Dufour avait une forte personnalité, elle râlait tout le temps et parlait trop. Il l'élimina de sa liste.

L'assistante colla un post-it « à signer » sur la pochette. Harry Boulgourian releva la tête. Troublée, elle s'attendait à ce qu'il lui demande quelque chose mais il resta silencieux. Elle sortit et referma la porte derrière elle.

Un sourire de satisfaction apparut sur son visage. Il avait trouvé qui jouerait le rôle de Marguerite Abel.

Chapitre 40

TARA et JUDITH

— Judith, je suis désolée pour la *Yogurt Week*, s'excusa Gloria en rejoignant ses amies au café. J'ai dû te mettre dans une situation ingérable et te rajouter du stress. J'ai agi sans réfléchir…

— Sur le moment, j'ai cru que j'allais faire un burn-out, mais j'ai survécu. Entre nous, tu as bien fait : il se prenait pour le Maria Carey de la cuisine ce chef !

Les deux femmes s'enlacèrent.

— Ça t'a soulagée au moins ? lui demanda Tara en retirant son café du distributeur.

— Pas vraiment. J'ai passé la semaine avachie sur mon canapé à regarder des émissions sur le réchauffement climatique. On va tous mourir d'ailleurs ! Et puis mon frère et ma sœur ont sonné à ma porte vendredi et m'ont forcée à camper dans mon salon pour me remonter le moral. Sans eux, je n'aurais pas eu le courage de revenir au bureau tout de suite. J'étais persuadée qu'ils allaient me virer.

— Ils ne peuvent pas te licencier pour ça ! s'écria Tara.

— Margaux Dilac m'a convoquée dans son bureau, elle était toute mielleuse. Harry Boulgourian lui a lâché que j'avais galéré pour tomber enceinte ! Elle aimerait que je lui raconte ce que j'ai vécu car elle est persuadée que l'entreprise pourrait aider les femmes dans ma situation.

Elle s'attendait à ce que ses deux amies trouvent la demande de la DRH ridicule comme elle mais ce fut tout le contraire :

— C'est une bonne idée, remarqua Judith.

— Tu as perdu beaucoup d'énergie à jongler entre le bureau et ta PMA, renchérit Tara. Avec tes absences répétées, tu avais peur, je te cite : « qu'ils finissent par se débarrasser » de toi.

— Tu aurais pu bénéficier d'un aménagement du temps de travail, poursuivit Judith.

— Je te rappelle que ça fait six ans que j'essaie ! s'écria Gloria. Il aurait été long l'aménagement…

— Ça aurait peut-être marché plus vite si tu n'avais pas eu à te préoccuper de ta vie professionnelle en plus de tout le reste, rétorqua Tara.

— Je n'ai pas envie que tout le monde sache que j'ai un problème d'infertilité, s'exclama Gloria.

— Et si tu devais refaire une PMA ?

— C'est du passé pour moi. Je dois me faire une raison, je n'aurai pas d'enfant.

— Et si Jules revient et qu'il a changé d'avis ? questionna Tara.

— Ça n'arrivera pas.

— Alors, tu retomberas amoureuse et tu essaieras avec un autre ! conclut Judith.

— Je ne crois pas… J'ai trente-huit ans. Construire une relation prend du temps, je n'en ai plus.

— Qu'est-ce qui t'empêche de faire un bébé toute seule ? voulut savoir Tara. Avec ou sans mec, tu peux faire une PMA aujourd'hui.

— Je sais que vous essayez de m'aider mais vous ne vous rendez pas compte : je n'ai pas encore fini mon deuil… Et puis, je ne peux plus faire de FIV en France. Cela signifierait aller dans une clinique de fertilité à Barcelone. Je devrais refaire une ponction d'ovocytes, recommencer les examens, les traitements toute seule, sans parler du coût des voyages et de la clinique.

Ses deux amies restèrent silencieuses. Elle ajouta :

— Je n'ai jamais remis en cause mon désir d'enfants. Pour mes parents, c'était une telle évidence qu'une femme ne pouvait pas être heureuse sans enfants. J'ai intégré cette idée au plus profond de moi-même. J'avais cette envie si forte de donner de l'amour inconditionnel et de connaître ce lien indéfectible qui unit des enfants à leurs parents. Mais tout ça, ce ne sont que des projections finalement. Il existe forcément d'autres formes de bonheur.

— C'est évident, répondit Judith. Tu as entendu parler du mouvement des « no kids » ? Des femmes qui disent tout simplement qu'elles n'ont pas envie d'être mères, et qu'elles aiment leur vie comme ça. Elles choisissent de rester libres, indépendantes, en refusant de se plier au formatage de la société, ce qui n'est pas si simple. Pour certaines, il y a aussi un engagement militant : elles ne souhaitent pas contribuer à l'explosion démographique et à l'épuisement des ressources naturelles.

Cela ne ressemblait pas à Gloria. Mais c'était encore trop tôt pour savoir le genre de femmes sans enfants qu'elle avait envie d'être. Elle annonça :

— Ma réunion d'équipe va bientôt commencer, on déjeune ensemble jeudi ?

— Bien entendu !

Une fois leur amie partie, Tara demanda :

— Tu la vois, toi, faire partie du mouvement « no kids » ?

— Pas du tout.

— Moi, je n'aurais pas abandonné et j'aurais fait une PMA toute seule, ajouta Tara.

— Moi aussi, je n'aurai pas attendu de rencontrer un homme pour me lancer, renchérit Judith. Mais, bon, c'est facile pour nous de dire ça… On est mariées et on n'a pas vécu le centième de ce qu'elle a traversé.

— Tu crois qu'elle fait une dépression ?

— Je ne sais pas, répondit Tara avec une pointe d'inquiétude dans la voix, mais elle n'est pas en forme. Elle qui s'émerveillait de tout pendant sa grossesse, c'est comme si plus rien ne la touchait. Elle a l'air anesthésiée.

Chapitre 41

HARRY

La rumeur sur l'identité de Marguerite Abel s'était très vite répandue dans la société. Harry Boulgourian ne savait pas qui avait découvert le faux document qu'il avait laissé dans la photocopieuse, mais cette personne avait joué son rôle à la perfection. À la manière d'un criminel qui veut se blanchir de tout soupçon, il avait fabriqué un faux relevé de ventes de livres sur lequel était inscrit le nom de Marguerite Abel alias Juliette Mouchet.

En effet, son assistante n'avait rien d'une muse mais elle lui était apparue comme la personne idéale pour incarner l'écrivaine. Sa timidité et sa discrétion lui conféraient une part de mystère. Elle n'étalait jamais sa vie privée. Toutes ces hésitations et cette petite voix balbutiante cachaient forcément quelque chose. Les gens pourraient croire que l'écriture était le moyen qu'elle avait trouvé pour s'exprimer sans peur. Un salarié trouverait le papier laissé là par hasard et la rumeur se répandrait comme de la moisissure sur un yaourt périmé. Il n'avait plus qu'à attendre. Il ou elle avait dû s'empresser de partager cette information croustillante avec d'autres collègues.

Au bout d'une semaine, il n'y avait pas une seule personne dans l'entreprise qui n'avait pas été avisée du scoop : Juliette

Mouchet n'était autre que l'écrivaine de best-sellers : Marguerite Abel.

Les salariés trouvaient des prétextes pour venir lui parler, comme si c'était la première fois qu'ils la voyaient. Harry Boulgourian laissait la porte de son bureau ouverte pour observer le comportement de son assistante. Elle ne comprenait pas ce qui lui arrivait. Elle rougissait et gesticulait de nervosité. Les employés défilaient pour lui poser toutes sortes de questions sur ses romans : depuis quand écrivait-elle ? Pourquoi s'était-elle cachée ? Comment trouvait-elle le temps ? Certains avaient un roman à la main et voulaient une dédicace. Son téléphone sonnait sans cesse. Elle avait beau clamer qu'elle n'était pas Marguerite Abel, personne ne la croyait. Harry Boulgourian avait réussi son coup, même s'il n'était pas très fier d'avoir menti une fois de plus, alors qu'il s'était promis de rester intègre à l'avenir.

Alors qu'ils échangeaient sur l'agenda de la semaine, il ne put s'empêcher de la questionner pour observer sa réaction de plus près.

— Alors comme ça, vous êtes écrivaine ?

L'assistante rougit de plus belle. Elle avait une microgoutte de sueur entre sa lèvre supérieure et son nez.

— Non, ce n'est pas moi, dit-elle de sa petite voix légèrement plus animée que d'habitude.

— En tout cas, je dois reconnaître que vous avez du talent !

Tout le corps de sa secrétaire exprimait le malaise : ses cils qui clignotaient trois fois plus vite, ses mouvements de tête de droite à gauche, la tension perceptible de certaines parties de son corps devenues complètement rigides.

— Je ne comprends pas… Je…

— Vous préférez garder l'anonymat : je le respecte. On a tous le droit d'avoir nos petits secrets.

— Non, je vous assure, c'est un malentendu… Je ne suis pas Marguerite Abel ! Personne ne me croit quand j'explique que ce n'est pas moi !

Elle semblait prête à pleurer. Il regretta son petit jeu.

— Allons, Juliette, calmez-vous ! Si ce n'est pas vous, les choses vont très vite rentrer dans l'ordre. La vérité finira par se savoir.

— J'espère que la vraie Marguerite Abel va se manifester.

Il n'y avait aucune chance mais Harry Boulgourian garda son commentaire pour lui. Après avoir noté les différentes réunions qu'elle devait organiser, elle regagna son bureau où un salarié l'attendait avec un roman à la main. Elle refusa de le dédicacer en répétant qu'elle avait du travail.

Pour apaiser sa conscience, Harry se rassura tout seul : Juliette était si discrète et si timide, prendre un peu de lumière lui serait bénéfique. Tel un personnage de roman, une bonne crise lui permettrait de grandir.

La rumeur s'amplifia encore. Les faits et gestes de Juliette étaient analysés, décryptés, commentés. On se battait pour déjeuner ou prendre un café avec elle. À la cantine, devant la machine à café, même parfois en réunion, on ne parlait que d'elle. Il ne s'était pas trompé, elle incarnait parfaitement l'écrivaine : personne ne remettait l'information en doute. Juliette continuait de nier, mais cela n'avait aucun effet.

Et un matin, elle ne vint pas travailler. Margaux Dilac l'informa qu'elle était en arrêt maladie pour quinze jours.

Il eut des remords. La culpabilité s'empara de lui. Il n'avait pas anticipé qu'elle craquerait. Comme il avait son numéro de téléphone personnel, il essaya de l'appeler pour prendre de ses nouvelles. Mais elle ne répondit ni à ses appels ni à ses messages.

Le soir venu, chez lui, il se posta devant ses deux tortues et réfléchit à voix haute :

« Je ne peux pas revenir en arrière et ce n'est pas envisageable de dévoiler mon identité au grand jour. »

Les deux animaux restèrent immobiles, comme s'ils attendaient la suite.

« Je pourrais détourner la rumeur sur quelqu'un d'autre. Mais est-ce que les gens y croiront ? Il n'y aura pas meilleure candidate que Juliette dans l'entreprise. »

Son cerveau cherchait désespérément une autre voie. Il finit par proposer :

« Je n'ai pas d'autre choix : Marguerite Abel doit mourir. »

Il n'avait pas pu sauver Gloria, il n'allait pas recommencer la même erreur avec Juliette.

De toute manière, Marguerite était morte, depuis un moment déjà.

Chapitre 42

MARGAUX

Margaux Dilac aimait son métier de DRH qui lui conférait un certain pouvoir dans la société. Les salariés essayaient de lui plaire car elle parlait à l'oreille de la direction et avait son mot à dire sur les promotions et les augmentations. C'était une travailleuse, qui, comme elle l'avait expliqué à Gloria, avait de grandes ambitions dans la vie. Elle cherchait la lumière et elle rêvait d'être interviewée un jour sur BFM pour une initiative innovante dont toutes les entreprises s'inspireraient.

Elle se démenait pour ne jamais décevoir Harry Boulgourian. Elle ne comprenait pas toujours ses demandes et ses remarques. Il était imprévisible mais cela ne la dérangeait pas. Au contraire, il l'encourageait à se dépasser et à sortir de sa zone de confort. Elle l'admirait. Dans ses trois postes précédents, elle n'avait jamais eu l'occasion de travailler avec une personne aussi intelligente, visionnaire et charismatique, même s'il pouvait être parfois lunatique. Elle apprenait beaucoup à ses côtés et elle était fière de la confiance qu'il lui accordait.

En apprenant qu'il était personnellement touché par un problème d'infertilité, elle s'était découvert un intérêt tout particulier pour le sujet. Non seulement cela lui permettrait d'obtenir la reconnaissance de son directeur général vénéré, mais surtout, elle tenait là une potentielle interview sur une chaîne télévisée si elle réussissait à proposer un programme spécifique pour l'entreprise.

Pour commencer, elle effectua quelques recherches sur Internet et découvrit que l'infertilité concernerait un couple sur quatre dans les dix prochaines années. Son intuition était la bonne. Il y aurait forcément des employés touchés de près ou de loin par ce problème. Ensuite, elle se plongea dans les statistiques de l'entreprise. Il y avait 65 % de femmes et 35 % d'hommes parmi les salariés ; 60 % d'entre eux étaient des parents. Dans les 40 % restants, certains voudraient des enfants et en auraient, mais d'autres ne pourraient pas en avoir ou auraient beaucoup de difficultés pour y parvenir. Elle n'avait pas accès à ces informations qui appartenaient à la sphère privée. Le simple fait de parler du désir d'enfants dans le milieu professionnel était tabou. Que diraient les délégués du personnel ?

Elle était maman d'un petit garçon qu'elle avait eu trois mois après son mariage. Elle n'avait pas eu de problème pour l'avoir. Elle aurait aimé lui offrir un frère ou une sœur mais elle avait divorcé un an après sa naissance et, depuis, ses relations avec les hommes n'avaient pas duré assez longtemps. Elle avait fini par y renoncer, non sans regret. Aujourd'hui, elle avait quarante-trois ans. Elle élevait Louis seule et elle s'en était bien sortie jusqu'ici.

Tout à son affaire, elle se mit à la recherche d'un expert en fertilité qui pourrait proposer une conférence sur le sujet dans l'entreprise. Elle trouva LA référence médicale dans le domaine. Cependant, prendre un rendez-vous s'avéra impossible. La gynécologue n'acceptait plus de nouvelle patiente. Elle insista auprès de sa secrétaire, expliqua qu'elle travaillait sur l'infertilité en entreprise, que ce n'était pas pour une consultation. Mais la docteure ne la rappela pas. Elle en contacta cinq autres mais ils étaient tous débordés et ne pouvaient pas lui accorder du temps avant plusieurs mois. « La France manque de gynécologue », lui indiqua une standardiste. Elle ne pouvait même pas faire appel à son gynécologue car il avait pris sa retraite et elle n'avait aucun moyen de le joindre.

En demandant des contacts à son entourage, elle s'aperçut que ses amies connaissaient toutes une personne plus ou moins éloignée, touchée par ce problème. De fil en aiguille, elle finit par obtenir un rendez-vous avec un gynécologue qui accepta de lui parler au téléphone. Il exerçait depuis presque vingt-cinq ans et il lui tint un discours alarmiste :

— Au début de ma carrière, les patientes ayant des difficultés à avoir un enfant étaient beaucoup moins nombreuses. Il y en avait bien sûr et on avait peu de solutions à leur proposer. Aujourd'hui, c'est une patiente sur sept dans mon cabinet : j'en ai une par jour en moyenne ! Il n'y a pas qu'elles, d'ailleurs. Un homme sur dix est stérile. À peu près 35 % de femmes, et 20 % d'hommes et ces chiffres ne cessent de croître !

Le médecin lui expliqua le long parcours de la PMA. Il exprima son impuissance devant certains cas, où cette technique ne fonctionnait pas sans qu'on sache vraiment pourquoi. Elle l'écouta attentivement et écrivit tout ce qu'il disait sur son ordinateur.

— J'ai une dernière question à vous poser. Je suis DRH dans une entreprise. Que puis-je mettre en place pour aider ces femmes et ces hommes ?

— Je peux surtout vous parler des femmes qui sont concernées par ces difficultés : elles ne pensent qu'à ça, nuit et jour. Elles doivent prendre des traitements longs et douloureux.

Certaines se retiennent de m'appeler plusieurs fois par jour pour me poser des questions ou me faire part de leurs doutes. Elles angoissent, elles oscillent entre espoir et désespoir, et tout ce que je leur dis est mémorisé et surinterprété. Je fais très attention à l'intonation de ma voix car elles ont parfois l'impression que je complote avec leur mari et que je leur cache des informations. Travailler ne doit pas être simple pendant cette période. Vous pourriez leur proposer une sorte de congé pré-maternité ? Alléger leur emploi du temps jusqu'à ce qu'elles tombent enceintes ?

— Mais cette période peut durer longtemps ?

— Très longtemps !

Une fois l'appel terminé, elle restructura ses notes. Pour construire son plan d'action, elle avait besoin de l'expérience et des idées d'une salariée pour tomber juste. Gloria ne l'avait toujours pas rappelée. Elle lui envoya un e-mail pour la relancer. Margaux se voyait déjà sur un plateau de télévision.

Chapitre 43

HARRY

HARRY Boulgourian était déterminé à tuer Marguerite Abel. C'était la solution à ses problèmes : il espérait que cette mort sortirait Juliette Mouchet du pétrin dans lequel il l'avait mise et peut-être même cela impulserait-il en lui la renaissance d'un autre écrivain tout neuf, sans panne. Ce serait une sorte de nouveau départ.

Son plan était digne d'un scénario de film. Étape 1 : Trouver une femme qui venait de décéder d'une longue maladie, peu importe laquelle. Pour la trouver, il lui suffisait de lire les rubriques nécrologiques. Étape 2 : Demander à sa maison d'édition de reverser une partie de ses droits d'auteur aux héritiers de la défunte pour rendre l'identité crédible.

Il se servit un verre de vin et commença à éplucher les rubriques nécrologiques sur les sites des principaux journaux parisiens. Une certaine Mireille Boulotier attira son attention. Elle était âgée de quarante-quatre ans comme lui et le faire-part écrit par sa famille indiquait qu'elle s'était battue contre la maladie.

En voulant chercher plus d'informations sur les réseaux sociaux, il tomba sur un post qui le fit sursauter : Juliette Mouchet tenant un roman de Marguerite Abel en main avec la phrase suivante écrite en capitales :

« J'AI DÉCIDÉ DE ME MONTRER AU GRAND JOUR ».

Il tapa le nom de Juliette Mouchet et faillit tomber à la renverse. Son assistante soi-disant en « burn-out » à cause de lui donnait des interviews sur plusieurs sites et magazines. « *Marguerite Abel sort enfin de l'ombre* », « *Le vrai visage de l'écrivaine de best-sellers enfin dévoilé* ». Il n'en croyait pas ses yeux. Il n'aurait jamais pu prévoir qu'elle se prendrait au jeu. Il visionna une vidéo où elle répondait aux questions d'un journaliste. C'était bien elle : timide et mal à l'aise mais cela la rendait encore plus crédible quand elle expliquait :

> « Je suis de nature plutôt réservée et la célébrité me terrifiait jusqu'ici. Mais au bureau, les gens commençaient à se douter de quelque chose. Plutôt que de nier, je me suis dit qu'il était temps que je rencontre mes lecteurs. »

Incroyable ! Avec sa petite voix toute hésitante, tout le monde allait tomber dans le panneau ! Il avait embauché et travaillé avec une professionnelle de l'imposture sans le savoir. Sa maison d'édition le lui avait indiqué à plusieurs reprises : les médias étaient prêts à payer cher pour une interview. Son assistante avait décidé d'en profiter. Et Florence Lachaise laissait faire ? Fou de rage, il lui écrivit un courrier.

Il était minuit passé et il savait qu'il ne trouverait pas le sommeil. Il avait les nerfs à vif. Il attrapa son manteau et sortit prendre l'air. Il se dirigea vers les quais de Seine. Au bout d'une heure de marche, il se calma enfin. Il pleuviotait. Il tendit la main comme pour mieux percevoir la taille des gouttes. Elles étaient infimes et pourtant il pouvait les sentir. Il revisualisa Gloria qui respirait à pleins poumons dans le champ de bufflones. Il s'arrêta devant la Seine et prit une grande inspiration comme elle l'avait fait. L'air humide et frais envahit sa cage thoracique. Il apprécia les sensations. Pourquoi traversait-il cette crise ? Il se mit alors à parler tout seul, comme il le faisait parfois avec ses tortues :

« Pourquoi ce blocage ? Pourquoi cette imposture ? Pourquoi tous ces mensonges ? Pourquoi… »

En quelques secondes, il se retrouva propulsé à terre. Pensant qu'il était sur le point de se suicider, un ivrogne s'était jeté sur lui.

— Il y a toujours une bonne raison de vivre ! hurla l'homme.

Harry se releva, trempé, sale et de nouveau énervé.

— Je n'avais pas l'intention de sauter ! cria-t-il en s'essuyant.

— Ils disent tous ça, répliqua l'homme.

Probablement âgé d'une soixantaine d'années, il avait une barbe poivre et sel et de grands yeux marron clair.

— Je ne suis donc pas le premier que vous sauvez ?

— Si ! répondit-il joyeusement. Et on n'oublie jamais sa première fois !

Le clochard se releva à son tour et récupéra un sac en plastique. Il se dirigea vers le banc juste à côté et proposa à Harry :

— Tu as fait de moi un héros l'inconnu. Je t'offre un coup ?

Harry s'apprêtait à partir sans même prendre la peine de répondre. L'homme sortit deux canettes de bière et lui en tendit une. Il avait une tête sympathique et aurait pu être un bon personnage secondaire dans l'un de ses romans, celui qui aide le héros au moment où il en a le plus besoin. Contre toute attente, il accepta et s'assit.

— Alors ? C'est à cause d'une femme ? demanda le SDF après avoir bu une gorgée.

Il décapsula la canette bon marché et but à son tour. La pluie s'était arrêtée, il n'y avait pas un chat sur les quais à cette heure de la nuit. Il apprécia la bière fraîche.

— Tu peux me raconter tes soucis, mon gars, ajouta-t-il. Attends, si tu veux, je bois un coup pour être sûr d'oublier ce que tu me raconteras !

Il rit à sa propre blague. Effectivement, il ne risquait pas grand-chose à se confier à ce clochard.

— J'avais trouvé une muse : une femme qui m'inspirait.

— Elle était nue ?

— Je ne suis pas peintre ! J'écris des romans. C'était une relation… artistique je dirais.

— Comment elle s'y prenait pour t'inspirer ?

— Je ne sais pas trop. Rien qu'en parlant avec elle, j'avais plein d'idées.

— C'est dingue, remarqua l'homme. Et alors ? Tu l'as écrit ton roman ?

— Je n'arrive pas à le terminer. Ma muse a disparu… et je me suis retrouvé complètement bloqué et insomniaque.

— Oh non !

Harry marqua un temps. Se confier n'était pas dans ses habitudes et parler à un inconnu ayant plusieurs grammes d'alcool dans le sang relevait de l'extraordinaire.

— Moi quand je cherche de l'inspiration, je regarde les couleurs autour de moi : la couleur des feuilles, des nuages, de ma bière, de la Seine, des immeubles, des cailloux…

— J'ai compris, le coupa-t-il. Vous écrivez vous aussi ?

— Non, pourquoi ?

— À quoi vous sert l'inspiration alors ?

— Ben à être inspiré. Je le suis au moins une fois par jour.

Harry ne savait pas s'il était complètement ivre ou un peu philosophe. Être inspiré, juste pour le plaisir d'être inspiré, sans but précis : il n'avait jamais essayé.

— Bon mais ta muse, qu'est-ce qui lui est arrivé, en vrai ?

— Elle a eu beaucoup de mal à tomber enceinte et elle a fait une fausse couche.

L'homme soûl parut bouleversé.

— Elle est triste ?

— Oui.

— C'est normal que tu débloques. Moi aussi j'aurais débloqué à ta place.

— Je ne débloque pas, je suis bloqué !

— Pardon, monsieur l'écrivain !

Il but une grande gorgée et se retint de roter.

— Tu as essayé de la consoler ?

— Je ne peux pas... À cause de ma position.

Il n'avait pas envie de lui donner trop de détail sur sa situation.

— Ben change de position ! Ça permet souvent de mieux voir les choses.

Cette dernière sortie l'interpella. Il était fixé sur Gloria alors que la solution était peut-être ailleurs.

— Tu pourrais l'aider à retomber enceinte ? Tu lui déposes un échantillon de ton sperme devant sa porte sans dire que c'est toi ! Et paf !

Le clochard se mit à rire.

— Il est l'heure de rentrer, annonça Harry qui réalisa que cette discussion n'avait pas de sens.

— Attends ! Attends ! Je sais ! Tu te rappelles ce film avec Demi Moore et Robert Redford... *Proposition indécente ?*

— Oui, et alors ? Je lui propose un million pour passer la nuit avec elle et elle tombe enceinte ?

— Qu'est-ce que ferait Robert Redford à ta place ?

— Alors que ferait-il ? s'impatienta Harry.

— Je n'en sais rien, moi... Mais Robert Redford, lui, il saurait quoi faire !

Le clochard rit à nouveau. Harry se leva. Il perdait son temps.

— Tu n'as même pas payé pour la thérapie ! lui lança le poivrot. On guérit pas si on paie pas… En plus je t'ai sauvé la vie !

Harry fouilla dans sa poche et y trouva un billet de dix euros.

— Dix euros ! se réjouit le SDF qui ne s'attendait pas à recevoir de l'argent, merci l'écrivain !

Harry partit en direction de chez lui. Il entendit l'homme qui continuait de lui parler :

— Tu as un grand cœur, c'est ça ton problème ! Les vraies souffrances, ton cœur il sait pas gérer !

De retour chez lui, Harry prit une douche chaude. Pendant que l'eau coulait sur sa tête, il posa la main sur son cœur. Lui, un grand cœur ? C'était la première fois qu'il entendait ça.

Chapitre 44

HARRY

Harry ouvrit les yeux. Il avait peu mais mieux dormi et il avait les idées plus claires ce matin-là. Il prépara son petit déjeuner. Le soleil emplissait sa cuisine d'une lumière énergisante. Il mit ses tartines sur une assiette et s'installa sur son balcon. La chaleur des rayons venait compenser le fond de l'air frais du matin. Il ferma les yeux et apprécia les sensations.

Puis il se refit un café et se posta devant le terrarium. Soudain, il sursauta. Il s'approcha pour être sûr : il y avait bien trois œufs. Ses tortues étaient fertiles ! Sans qu'il s'y attende, une vague d'émotion le submergea. Il ne pensait même pas être attaché à ces animaux et, pourtant, il était ému aux larmes.

Sa journée de travail fut plus productive que les journées précédentes. Il était moins irritable et plus concentré.

Le soir, il rentra chez lui et salua ses tortues, en souriant.

C'est alors qu'il eut envie de réessayer d'écrire. Tout seul. Sans s'inspirer de Gloria ou de quiconque. Mais décider d'écrire ne veut pas dire écrire. Il resta près d'une heure devant son ordinateur les doigts en l'air. La connexion avec Prisca Krik mit du temps. Quelques mots vinrent enfin à lui, mais ils sonnaient faux. Il effaça et recommença. Prisca était là mais restait dans l'obscurité, il ne la voyait pas assez distinctement. Il se leva, s'étira, marcha, se concentra sur les couleurs et les détails autour de lui, puis il observa à nouveau ses tortues et leurs œufs. Est-ce qu'elles étaient heureuses ? Il avait lu qu'elles ne ressentaient ni joie ni tristesse car la partie du cerveau qui traite ces sensations n'était pas active chez les reptiles marins. Il vit son reflet sur la vitre du terrarium. Son cerveau si rapide pour réfléchir ressemblait-il à celui d'une tortue ? Non, il ressentait des choses. Il se remit devant son clavier. Il écrivit une phrase qu'il reformula trois fois, puis resta de nouveau un long moment le regard dans le vide. Alors qu'il allait déclarer forfait, Prisca Krik se manifesta enfin. Ce n'était pas encore la profusion d'idées, mais c'était un début. Il essayait d'écrire avec son « cœur », juste avec ses émotions. C'était une grande première pour lui.

Depuis qu'elle était enceinte, les sens de Prisca étaient exacerbés. Son enquête l'amenait à interroger des employés de l'usine Racotex. Tout en se présentant, elle leur serrait la main en se rapprochant physiquement d'eux et les invitait à s'installer dans le petit bureau que M. Racotex avait mis à sa disposition. Ce contact lui permettait de mettre les ouvriers à l'aise et lui donnait de précieuses informations : quand elle les touchait, la moiteur ou la sécheresse de leur paume de main l'informait sur leur état émotionnel. Elle était aussi sensible à la pression de la poignée de main. Elle les « humait » sans qu'ils s'en aperçoivent car elle recherchait l'eau de Cologne bon marché qu'elle avait sentie chez elle. Elle repérait des détails presque imperceptibles à l'œil nu : une microgoutte de transpiration sur la tempe ou un battement de cils plus rapide. Elle écoutait attentivement et captait les subtiles variations sonores dans le timbre de voix de son interlocuteur quand elle posait des questions : des accélérations, des ralentissements, des tremblements, des montées dans l'aigu ou des descentes dans les graves. Le toucher, l'odorat, la vue et l'ouïe amplifiaient ses intuitions. Ils étaient devenus des atouts essentiels pour cette détective jusqu'ici habituée à utiliser principalement son cerveau. Il tenait son héroïne moderne.

Chapitre 45

GLORIA

LORSQUE Gloria découvrit les affiches qui avaient été collées sur tous les murs de la société, elle eut un choc :

« COMMENT ON FAIT UN BÉBÉ QUAND ON TRAVAILLE ?
Levons le tabou de l'infertilité au bureau ! »

Et une autre :

« ILS VÉCURENT MALHEUREUX ET EURENT ENCORE PLUS DE DIFFICULTÉS À AVOIR DES ENFANTS CAR ILS TRAVAILLAIENT
Levons le tabou de l'infertilité au bureau ! »

Elle pensa d'abord à une très mauvaise plaisanterie. On se moquait d'elle et de son problème. Puis, en relisant les affiches une seconde fois, sa paranoïa s'estompa. Elle observa les autres salariés. Ils s'arrêtaient devant les affiches, et commentaient :

— Tu l'aurais dit, toi, si tu avais des difficultés à tomber enceinte ?

— Aucune chance !

— Moi je suis d'accord, il y en a marre des tabous !

— Je ne vois pas le rapport entre le bureau et l'infertilité !

Harry Boulgourian était-il à l'origine de cette campagne d'affichage ? Elle n'avait pas apprécié qu'il parle à Margaux Dilac de son problème d'infertilité. Prise d'une envie soudaine de lui demander des explications, elle monta dans l'ascenseur en direction de son bureau. Elle se regarda dans le miroir. Son reflet l'effraya. Elle ferma les yeux et inspira un grand coup pour se redonner de l'énergie.

Les affiches étaient également placardées sur les murs du dernier étage.

Elle tapa à sa porte.

— Entrez ! lança-t-il.

En l'apercevant, il termina son appel.

— Gloria ! s'écria-t-il.

— Je ne vous dérange pas ?

— Pas du tout ! Je vous offre à boire ?

— Non, ça ira.

Elle s'installa et se rappela les nombreuses conversations qu'ils avaient eues ensemble à l'époque où elle était encore enceinte.

— Je suppose que vous êtes venue me parler des affiches collées sur les murs de la société ?

— Entre autres… C'est donc vous qui en êtes à l'origine ?

— Absolument pas ! Je les ai découvertes ce matin en arrivant. Vous avez l'air d'être contre ?

— Les gens ne vont pas comprendre… Ils ne s'intéresseront pas à ce problème s'ils ne sont pas directement touchés.

— Je pense que si. Moi, ces affiches m'ont fait réfléchir.

— C'est normal : vous êtes touché par un problème d'infertilité.

Il parut affecté.

— Je suis aussi le directeur général de cette entreprise. L'infertilité est une souffrance et il est important qu'elle soit reconnue.

— Je ne sais pas…

Elle avait toujours cherché à cacher son problème parce qu'elle en avait honte.

— Ça ne m'a pas plu que vous parliez de mon cas à Margaux Dilac.

Elle imaginait qu'il allait se justifier mais il se contenta de s'excuser :

— Je vous demande pardon.

— Comment va Bérénice ? s'enquit-elle.

Il sembla soudainement mal à l'aise. Il lui tourna le dos pour se préparer un café.

— Après l'échec de la FIV, elle a voulu prendre ses distances.

— J'ai eu la même réaction avec Jules. Il avait recommencé à vivre alors que j'en étais incapable. Et en même temps, je ne pouvais pas lui demander d'être malheureux juste pour me soutenir.

Il but une gorgée de son café et lui demanda :

— Qu'allez-vous faire maintenant ?

— Je ne sais pas encore. Parfois, j'aurais envie qu'on me mente, qu'on me fasse croire que je suis enceinte pendant une semaine ou un mois, juste pour ressentir cette joie de devenir mère encore une fois.

Il déglutit, comme si ce qu'elle venait de dire lui avait fait de la peine. Elle n'en était pas sûre mais il semblait être à fleur de peau aujourd'hui. Il ne lui posait plus de question, comme il en avait l'habitude.

— Bon, je vais retourner travailler, déclara-t-elle. J'avais des doutes, mais je pense que vous avez raison pour cette campagne d'affichage. Ça ne peut pas faire de mal.

Chapitre 46

HARRY

Une fois par mois, Harry organisait un comité de direction avec ses neuf directeurs. La réunion durait habituellement une heure trente avec un ordre du jour minuté. L'objectif était de faire circuler l'information entre les différentes équipes et de prendre certaines décisions collectives (ou d'en donner l'illusion). C'était aussi l'occasion pour chacun de se mettre en avant, de montrer à ses pairs et à Harry Boulgourian qu'il était le meilleur.

La directrice financière, Carla Rodriguez, commença par un point sur les résultats de l'entreprise qui étaient une nouvelle fois exceptionnels avec une croissance à deux chiffres sur les six premiers mois de l'année. C'était une réussite collective, mais chacun pensait être un contributeur essentiel à ce succès. C'est ce que le rapide tour de table révéla. Pour Tara Berthier, la stratégie commerciale gagnante était à l'origine de l'augmentation des volumes de ventes ; pour Judith Garcin, l'excellente image de marque dont bénéficiait les Yaourts Poitier avait permis de recruter de nouveaux consommateurs, les nombreuses retombées de la *Yogurt Week* étaient une grande fierté. Pour Justin Lessieur, le directeur du Marketing, les concepts disruptifs imaginés par son équipe avaient permis de conquérir de nouveaux segments de marché et dynamisaient le secteur tout entier ; pour le directeur de l'E-commerce et de l'Export, les ventes dans le reste des pays d'Europe étaient du pur additionnel et laissaient entrevoir un futur prometteur. Il en fut ainsi pour tous les directeurs à l'exception du directeur administratif qui devait s'exprimer juste après Gloria. Quand ce fut au tour de la chercheuse de prendre la parole, tous les yeux se tournèrent vers elle. Elle aussi aurait pu s'attribuer une part de cette réussite : après tout, elle et son équipe étaient à l'origine des innovations de textures et de saveurs des Yaourts Poitier. Mais elle était ailleurs. Elle se figea quand elle réalisa qu'ils attendaient tous qu'elle parle. Harry croisa son regard et y vit à nouveau cette profonde détresse. Elle devait être en train de penser à cet enfant qu'elle aurait tant aimé porter. Elle était incapable de prononcer un mot, ce qui créa un malaise dans la salle. Harry Boulgourian eut un pincement au cœur et ressentit l'urgence de mettre fin à ce désarroi. Il déclara :

— Nous sommes en retard sur l'ordre du jour. Nous allons passer au sujet suivant. Margaux, c'est à vous !

— L'infertilité, c'est l'affaire des Yaourts Poitier ! Nous avons décidé de lever le tabou de ce sujet sensible qui touchera un couple sur quatre d'ici dix ans. J'ai eu l'idée d'éveiller les consciences de nos salariés avec cette campagne d'affichage.

Tara Berthier toussa bruyamment.

— Concrètement, à quoi servent ces affiches ? demanda Carla Rodriguez, la directrice financière. Moi, je n'ai pas trop compris le rapport entre la difficulté à tomber enceinte et le monde du travail.

— Si vous posez cette question, répondit la DRH, c'est justement parce que vous ne connaissez rien au sujet.

Margaux Dilac projeta une courte présentation avec une série de statistiques pour montrer l'ampleur du problème.

— Si on veut éveiller les consciences et libérer la parole, il va falloir bien plus que des chiffres ! attaqua Tara qui n'avait jamais beaucoup apprécié la DRH.

— Je travaille justement sur une formation pour sensibiliser tous les salariés.

— On devrait plutôt organiser une journée événement dans l'entreprise ! proposa Judith. Ce serait l'occasion de découvrir toutes les manières qui existent aujourd'hui de faire un bébé, et les conséquences que cela peut avoir sur la vie professionnelle.

— En ce qui me concerne, je sais comment on fait les bébés ! lâcha Patrick Aclachi, le directeur de l'Export, ce qui entraîna quelques ricanements.

— Je suis certaine que tu peux encore t'améliorer ! répliqua Tara du tac au tac, provoquant des sifflements.

— C'est vrai que personne n'y connaît rien à la PMA, remarqua Justin Lessieur.

Harry observait Gloria du coin de l'œil. Son corps était immobile, mou, abattu. La veille, il la croyait en train de remonter la pente mais il lui sembla qu'elle avait rechuté. Bien que directement concernée, elle était indifférente aux discussions.

— OK, on en saura plus sur l'infertilité, mais en quoi cette journée peut-elle impacter le problème ? questionna Carla Rodriguez.

— C'est vrai ça, renchérit Patrick Aclachi. On ne va pas proposer des collectes de sperme au bureau tout de même !

Une autre vague de petits ricanements se fit entendre. Ces moqueries déplurent à Harry Boulgourian. De son autorité naturelle, il annonça froidement :

— Le prochain que j'entends plaisanter sur ce sujet quitte la salle.

Plus personne n'osa émettre un son. Margaux Dilac poursuivit :

— Nous serons tous confrontés à un cas d'infertilité de près ou de loin dans la sphère privée ou professionnelle. Et grâce à cette formation, vous serez le manager qui saura comprendre ce que vit la personne touchée par ce problème. Vous serez le manager qui marque une carrière dans le bon sens !

Il fallait toujours qu'elle en fasse trop.

— Mon équipe et moi-même allons organiser cette journée événement avant les grandes vacances. Judith, pourriez-vous nous aider à l'élaborer, comme vous savez si bien le faire ?

Judith jeta un rapide coup d'œil vers Gloria.

— Oui, bien sûr. Je vais me libérer du temps.

— Nous pourrions aussi demander à des salariés de témoigner ? suggéra Margaux. Libérer la parole sur l'infertilité commence par des gens qui racontent leur histoire.

Harry, Judith et Tara attendaient une réaction de Gloria mais elle resta silencieuse.

— Sujet suivant ! s'écria Harry.

Le soir venu, il réchauffa son repas et dîna sans grand appétit. Afin de trouver un peu de réconfort, il observa ses tortues. Même si elles avaient la même expression et qu'elles ne ressentaient rien, il imaginait que les naissances à venir avaient un effet positif sur elles. Il repensa au regard désespéré de Gloria pendant le comité de direction et il eut mal au cœur.

Il ouvrit son ordinateur portable, mais il eut beaucoup de difficultés à se remettre dans son histoire. Il devait lutter contre lui-même pour que Prisca ne reprenne pas son aspect sombre et abîmé. Il essaya de se servir de cette tristesse qu'il ressentait et de la transformer en émotion plus positive.

Chapitre 47

GLORIA

ALORS que Gloria commençait doucement à se remettre de sa fausse couche, un simple appel téléphonique avait suffi pour qu'elle s'effondre à nouveau. Une de ses amies d'enfance l'avait appelée pour lui annoncer sa grossesse. Elle avait le même âge qu'elle, et n'avait pas eu recours à la PMA. « On a essayé et ça a marché tout de suite », lui avait-elle expliqué maladroitement, sachant que cela n'avait pas été le cas pour Gloria. Bien sûr, elle avait joué le rôle de la copine « si heureuse pour elle et son mari » et l'avait félicitée. En raccrochant, elle avait eu envie de jeter son portable contre le mur pour ne plus jamais avoir à entendre ce genre de nouvelle. La vie était injuste ! Elle aurait préféré ne pas savoir, ce qui était ridicule puisqu'il y aurait d'autres grossesses. C'était plus fort qu'elle : elle était incapable de se réjouir de ce bonheur auquel elle n'accéderait probablement jamais. Elle réalisa avec effroi que si son amie la rappelait pour lui annoncer une fausse couche, au fond d'elle-même, elle ressentirait une forme de joie. Elle se détestait. Harry Boulgourian avait raison : la nature humaine était mauvaise. Elle en était l'illustration vivante.

Une heure après cet appel, elle était assise sur sa chaise en réunion avec les autres directeurs du comité de direction mais elle n'écoutait rien. Le traditionnel tour de table des performances de chacun n'avait aucun sens pour elle. Les Yaourts Poitier occupaient une place importante dans le caddie des Français, et alors ?

Même quand ils avaient évoqué l'idée d'organiser la journée-événement sur l'infertilité au bureau, elle était restée en dehors de la discussion. Ce n'était plus son problème. On n'avait rien pu faire pour qu'elle tombe enceinte, pourquoi s'impliquerait-elle pour les autres ?

Judith et Tara s'inquiétaient beaucoup pour elle. Ses deux collègues lui envoyaient des messages tous les jours, organisaient des cafés, des déjeuners et des « after works ».

Ce soir-là, en sortant du bureau, elles s'installèrent à une terrasse de café.

— Tu en penses quoi de cette journée sur l'infertilité ? l'interrogea Judith, en mâchouillant la rondelle de citron de son Perrier.

— Pas grand-chose..., répondit Gloria.

— C'était pourtant ta plus grosse préoccupation durant les six dernières années, remarqua Tara.

— Oui, mais c'est du passé pour moi.

— Tu pourrais raconter ton parcours, pour que les gens sachent enfin ce que tu as traversé ? proposa Judith. Et ça pourrait aider d'autres personnes ?

— On ne peut pas vraiment dire qu'il y ait un « happy end » à mon histoire pour qu'elle vaille la peine d'être racontée.

— Elle n'est pas finie, ton histoire ! fit Tara.

— Je vous le redis au cas où vous auriez oublié, je suis célibataire et je ne suis pas prête à faire un bébé toute seule.

— Qu'est-ce qui t'en empêche vraiment ? Avec ou sans mec, tu peux faire une PMA aujourd'hui.

— Vous n'allez pas recommencer ! Une fausse couche à cinq mois, il va me falloir du temps pour faire le deuil. Et je ne peux plus faire de FIV en France. Il faudrait que j'aille à Barcelone maintenant, je n'ai ni le courage ni l'argent !

— Je comprends, Gloria. Sache juste qu'on te soutiendra si tu prends cette décision.

Faire un bébé toute seule… Gloria s'imagina l'espace d'une seconde en mère célibataire. Son cœur se mit à battre. Mais très vite, sa raison reprit le dessus. Elle n'en avait pas les moyens, et puis, était-ce bon pour l'équilibre d'un enfant de n'avoir qu'une mère ? Et que dirait son entourage ? Ses parents ? Ses amis, ses collègues ?

— Tu as l'air absente ! remarqua Judith. Comment tu te sens ?

— Vous faites trop attention à moi, répondit-elle. Judith, tu as déjà assez de boulot sans avoir à te rajouter l'organisation de cette journée-évènement.

— Je ne le fais pas que pour toi, Gloria. C'est peut-être parce que je suis mère que je comprends encore plus la douleur de ne pas réussir à avoir d'enfants.

Les yeux de Gloria s'humidifièrent.

— On a envie de te voir joyeuse, et pleine de vie comme avant, ajouta Tara. On s'inquiète pour toi.

— C'est peut-être ça mon problème, répliqua Gloria, la voix teintée d'émotion, je suis la petite dernière et tout le monde s'est toujours trop inquiété pour moi. Mon corps ne sait pas faire des enfants tout seul, je n'ai jamais réussi à l'accepter, mais il est temps que ça change. J'ai décidé d'aller voir un psy.

— Voilà une bonne chose ! s'écria Tara. J'espère que ça t'aidera à y voir plus clair.

— J'envisage également de prendre des cours de cuisine avec un chef étoilé. J'ai envie de réinventer les petits plats que mon père proposait dans ses restaurants. Et qui sait, peut-être qu'un jour j'ouvrirais « *mio ristorante* » !

— Nous serons tes premières clientes ! s'anima Tara.

Le serveur leur apporta trois bières.

— Tu as des nouvelles de Jules ? demanda Judith.

— Non. Je ne préfère pas.

— Tu devrais le rappeler, conseilla Tara.

— Non, elle devrait plutôt se trouver un autre mec ! répliqua Judith.

— Elle a vécu tellement de choses avec Jules, c'est dur de couper totalement les ponts comme ça, du jour au lendemain, insista Tara. Elle a encore des sentiments pour lui, c'est sûr.

— Elle profite d'abord un peu de sa liberté et après elle verra si elle a envie de le rappeler.

— Votre débat sur ma vie amoureuse me passionne ! Je dois reconnaître que Jules me manque. Je pense souvent à lui. Mais il a dû recommencer sa vie, et moi je n'en suis toujours pas capable.

— Laisse-toi du temps, fit Judith.

— Enfin pas trop quand même, ajouta Tara.

Chapitre 48

GLORIA

Margaux Dilac et Gloria Comelli n'avaient jamais été proches. Elles avaient même eu quelques différends professionnels par le passé. Sans vraiment s'apprécier, elles se respectaient.

La DRH lui proposa un déjeuner à la cantine. Avec ce nouveau projet d'entreprise pour lever le tabou de l'infertilité, elle s'autorisa à entrer directement dans le vif du sujet et cette fois-ci, elle utilisa les bons mots :

— Avez-vous réfléchi à ma proposition ? Je sais que vous avez suivi un parcours de PMA et que cela n'a pas été simple pour vous. J'aurais aimé que vous puissiez m'en parler. Cela vous aurait sans doute facilité cette période, mais je dois reconnaître que je n'étais pas prête. Je n'aurais pas eu la bonne réaction. J'aurais sûrement pensé que vous n'étiez pas capable de faire votre travail correctement, surtout à votre niveau hiérarchique. Je n'aurais pas compris ce que vous traversiez.

Gloria ne commenta pas. Elle non plus n'aurait jamais pensé à venir lui en parler, exactement pour les mêmes raisons.

— C'est justement pour cela qu'il faut agir, ajouta la DRH. Et j'ai besoin de vous. Je vais envoyer l'invitation pour la Journée de l'infertilité qui aura lieu le 9 juillet prochain à tous les collaborateurs cet après-midi. Je travaille sur le programme et j'aimerais votre avis.

Margaux Dilac n'avait pas fait les choses à moitié. Elle s'était beaucoup documentée sur le sujet.

— J'aimerais vous convaincre d'intervenir et de partager votre histoire.

— Je ne suis pas encore totalement remise de ma fausse couche, avoua Gloria.

— Je comprends. Vous êtes encore fragile.

La DRH avait touché un point sensible. Gloria avait toujours détesté qu'on lui dise qu'elle était fragile. Étant petite de taille, elle avait redoublé d'efforts toute sa vie pour se montrer forte aux yeux du monde.

— Je ne suis pas fragile ! Juste temporairement un peu vulnérable.

— Vous n'êtes pas obligée de répondre à la question que je vais vous poser… Comptez-vous refaire une PMA ?

— Je ne pense pas.

— Qu'est-ce qui vous en empêche ?

— Je ne suis plus en couple.

— Quel est le problème ? Je suis divorcée et j'élève seule mon fils car mon mari vit à l'étranger. Je vous rassure, il est très équilibré !

Gloria était mal à l'aise. Cette discussion détonait dans le cadre professionnel.

— Sachez que si vous vouliez retenter, ce serait différent. Vous n'auriez plus à vous soucier de votre vie professionnelle pendant cette période. Vous pourriez être un exemple et montrer qu'on peut faire une PMA sans que cela impacte sa carrière professionnelle.

La chercheuse n'avait pas l'intention de devenir le porte-parole de la PMA en entreprise.

— Pour le moment, je veux seulement vous convaincre de partager votre histoire avec nos salariés.

Ses amies avaient raison : c'était tellement surréaliste que l'entreprise dans laquelle elle travaillait mette au cœur de ses priorités ce qui était sa plus grande préoccupation à elle depuis six ans.

— J'accepte de témoigner, finit-elle par annoncer.

La DRH la remercia chaleureusement.

— Harry Boulgourian pense intervenir lui aussi ? demanda la chercheuse.

— Pas à ma connaissance.

— Vous devriez lui poser la question. Puisqu'il vous a parlé de mon cas, il a dû vous raconter ses problèmes également ?

— Il vous a dit qu'il était touché personnellement par ce problème ?

Gloria acquiesça. Margaux Dilac hésita quelques secondes puis lâcha :

— Effectivement, il m'a laissé entendre la même chose mais j'ai appris récemment que ce n'était pas vrai.

— Quand on est confrontés à un problème d'infertilité, on devient expert dans l'art de la dissimulation, expliqua Gloria.

— Il le cache tellement bien que même sa compagne n'est pas au courant !

La DRH but une gorgée de café. Elle en avait trop dit.

— Merci pour cet échange, Gloria.

La chercheuse n'eut pas la possibilité de lui poser plus de questions. Que sous-entendait-elle exactement ? Harry Boulgourian lui aurait menti sur un sujet aussi grave ?

Chapitre 49

HARRY

Lorsque Bérénice lui téléphona ce jour-là, Harry crut que sa dernière heure avait sonné.

— Elle est très sympa ta DRH ! On s'est retrouvées assises à côté à table pendant l'anniversaire d'un ami commun et on a bien papoté… Elle m'a même proposé de participer à l'évènement que vous organisez bientôt : la Journée de l'infertilité.

Il resta stoïque, malgré un début de panique intérieure.

— C'est uniquement pour les salariés, je ne comprends pas pourquoi elle t'a demandé de venir. Qu'est-ce que tu lui as répondu ?

— Je ne suis pas disponible le 9 juillet. C'est quoi exactement cette journée ?

— Un projet RH, rien de plus !

— Et ça te concerne, toi, l'infertilité ?

Margaux Dilac avait dû laisser échapper que le sujet le touchait personnellement. Bérénice n'était pas dupe, elle devait se douter qu'il cachait quelque chose et elle essayait d'en savoir plus.

— Pourquoi tu me poses cette question ? demanda-t-il.

— Je finis par croire que tu as vraiment envie d'être père.

— Et toi, tu as changé d'avis ?

— On joue au jeu des questions si j'ai bien compris ? ironisa-t-elle. Celui qui répond a perdu ? Je pensais que tu aimais ta vie de célibataire et que tu ne voulais pas d'enfant !

— Je n'ai jamais dit que j'avais changé d'avis ! s'insurgea-t-il. C'est ton cas ?

— Encore une question ! Je n'ai pas envie d'avoir cette discussion au téléphone. Justement, j'aimerais te voir. Ça fait longtemps qu'on n'a pas passé une bonne soirée tous les deux.

— La semaine prochaine ?

— Pourquoi pas cette semaine ? Pourquoi pas ce soir même ?

— Je ne peux pas. Je t'appelle ce week-end et on s'organise.

Il raccrocha avec la désagréable sensation d'avoir été pris en flagrant délit de mensonge. Bérénice savait garder sa langue et n'aurait jamais abordé le sujet de leur relation peu conventionnelle. Pourtant, il n'était pas tranquille. Il glissa une feuille de salade dans le terrarium et eut l'impression que Sans-Nom lui disait : « Tu veux nous faire avaler tes salades à nous aussi ? » Si ses mensonges n'avaient jamais été démasqués jusque-là, Harry n'était désormais plus très à l'aise avec l'idée de mentir. « Tu as un grand cœur », lui avait dit le clochard. Peut-être, mais il ne parvenait tout de même pas à se dépêtrer de la situation dans laquelle la fiction qu'il avait inventée autour de Bérénice l'avait entraîné.

À ceci s'ajoutait un autre mensonge : celui de Juliette Mouchet. Son assistante avait eu le culot d'envoyer sa lettre de démission avec le dernier roman écrit par Harry dédicacé :

Merci pour ces années à vos côtés, il est temps que je me consacre à ma vraie passion !
Juliette alias Marguerite

De quelle passion parlait-elle ? L'escroquerie ? Il pensait que la supercherie ne durerait pas, mais c'était tout le contraire. Son ancienne assistante avait bien compris que la vraie Marguerite Abel avait ses raisons de ne pas se montrer, elle pouvait récolter les fruits de sa notoriété sans crainte. Sa maison d'édition n'était toujours pas intervenue car toutes ces multiples interviews devaient faire exploser les ventes. Cette histoire d'identité révélée après huit ans dans l'ombre passionnait le public. Les gens voulaient tout savoir sur cette femme restée si longtemps mystérieuse.

Son éditrice lui avait écrit pour lui dire qu'elle se chargeait personnellement de cette affaire d'imposture. Ils préparaient un communiqué pour dénoncer l'usurpation d'identité de Juliette Mouchet. Mais d'après sa direction, l'idéal aurait été de démentir et de révéler en même temps qui était véritablement Marguerite Abel : cet énorme coup de communication marquerait les esprits pendant de longues années. Elle lui demandait d'y réfléchir sérieusement. Il s'était énervé de plus belle : ce n'était pas une option pour lui.

Pendant ce temps, Juliette Mouchet ramassait ce qui ne lui appartenait pas et elle en profitait allègrement. Elle proposait pour les vacances d'été une master class d'écriture en ligne ! Et le comble c'était qu'un journaliste l'avait contacté car il avait le projet d'écrire un livre sur la vie de son ancienne assistante. Il avait besoin de poser quelques questions à son ex-responsable hiérarchique. Fou de rage, il avait hésité à lui balancer toute la vérité, mais il s'était ravisé. Il avait trop à perdre. Il avait prétendu ne pas avoir le temps et s'était débarrassé de ce parasite.

Contrarié et à bout de nerfs, il rangea ses affaires pour rentrer chez lui. Il appela nerveusement l'ascenseur qui finit par arriver. Les portes s'ouvrirent sur Gloria, comme une apparition divine venue à son secours.

— Bonjour ! s'écria-t-il avec une pointe de joie dans la voix.

— Bonjour, répondit-elle.

Ils étaient seuls.

— Margaux m'a appris que vous aviez accepté d'intervenir pendant la Journée de l'infertilité ?

— Oui. Comment va Bérénice ?

Il perçut tout de suite un sous-entendu dans l'intonation de sa voix. Même s'il ne voulait plus lui mentir, il ne pouvait pas lui avouer la vérité. Alors il continua d'enrichir son mensonge :

— Elle a appris, je ne sais comment, que j'avais parlé au bureau de nos problèmes à avoir un enfant et ça l'a beaucoup contrariée. Elle n'assume pas et elle m'en veut beaucoup.

Il espérait que cela ferait taire ses doutes. Il crut un instant qu'elle le croyait mais alors que l'ascenseur arrivait au rez-de-chaussée, elle déclara :

— J'ai beaucoup réfléchi à l'une des discussions que nous avions eues ensemble et vous aviez raison : la nature humaine est mauvaise. Bonne soirée, Harry.

Chapitre 50

HARRY

La nature humaine est mauvaise. Pourquoi lui avait-elle jeté cette phrase à la figure ? Sur le chemin du retour, il se passait cette dernière réplique en boucle.

Il se gara et alors qu'il s'apprêtait à rentrer chez lui il aperçut Juliette Mouchet qui l'attendait devant la porte d'entrée de son immeuble. L'assistante connaissait son adresse personnelle car elle avait eu à lui envoyer des plis par coursier, par le passé.

— Marguerite Abel ! s'exclama-t-il avec une pointe imperceptible de reproche dans la voix.

— Bonjour Harry ! répondit-elle en rougissant.

Il l'observa un instant. La célébrité l'avait transformée. Sa frange ne lui tombait plus sur les yeux mais sur le côté, ce qui mettait en valeur ses grands yeux noisette. Même sa posture avait changé. Elle paraissait plus sûre d'elle, même s'il semblait encore l'intimider.

— Est-ce que je peux vous offrir un café ? demanda-t-elle avec sa petite voix.

Harry était curieux de savoir ce que cette menteuse professionnelle voulait lui raconter. Il accepta et ils se dirigèrent vers la brasserie du coin de la rue. Elle commença par meubler la conversation :

— Tout se passe bien au bureau ?

— Ça peut aller, répondit-il.

— J'ai gardé le contact avec Régine Dufour, qui m'a dit que vous alliez organiser une grande journée pour sensibiliser les salariés au problème de fertilité.

— Vous êtes bien renseignée. Ça vous intéresse ?

Elle était nerveuse. Et il ne comptait pas la mettre à l'aise. Le serveur prit leur commande. Il la fixa, ce qui la troubla encore plus. Une femme d'une cinquantaine d'années s'approcha de leur table :

— Vous êtes bien Marguerite Abel ? J'ai lu tous vos romans, je suis une grande fan de Prisca Krik ! Je n'ai pas de livre sur moi, mais puis-je avoir un autographe ?

Elle tendit une serviette en papier et un stylo à Juliette Mouchet qui s'exécuta en souriant. La scène était surréaliste !

— La grande question que je me pose, lâcha-t-il sèchement, est la suivante : comment avez-vous réussi à cacher la vérité pendant tout ce temps ?

Elle devint encore plus rouge. Il n'avait pas l'intention de l'épargner.

— C'est plutôt à vous que je devrais poser cette question !

Harry redoubla d'efforts pour masquer sa surprise. Elle savait !

— Vous êtes Marguerite Abel, dit-elle avec la même petite voix mais qui avait soudain gagné en fermeté. Vous avez fait croire à tout le monde que c'était moi.

Devait-il nier ? Avait-elle des preuves ou était-ce juste une intuition ? Sa maison d'édition avait-elle gaffé ? Il choisit de rester silencieux. Elle poursuivit :

— Quand la rumeur s'est répandue, j'étais paniquée, complètement submergée. J'étais devenue l'attraction vivante de la société. Un après-midi, j'en avais tellement marre qu'on vienne me voir pour me parler de Marguerite Abel que je me suis enfermée dans votre bureau. Vous étiez en réunion et j'avais juste besoin de quelques minutes pour me recentrer. En fermant la porte un peu brusquement, votre veste a failli tomber. Je l'ai remise à sa place et là, j'ai aperçu un petit carnet dans votre poche. C'était plus fort que moi…

Harry se crispa.

— J'ai découvert les notes que vous aviez prises. Et j'ai compris.

— Qu'est-ce que vous avez compris ? lâcha-t-il froidement.

— J'ai compris votre intérêt soudain pour Gloria Comelli : j'ai compris que vous vous serviez d'elle pour écrire un roman. J'ai aussi vu les notes que vous preniez sur les autres salariés. Tout était si clair ! Vous êtes Marguerite Abel et vous vous êtes arrangé pour qu'on pense que c'était moi. J'ai pris en photo toutes les pages de votre carnet et je l'ai remis à sa place. Dès le lendemain, je suis allée voir mon médecin pour qu'il m'arrête. Je ne pouvais plus travailler pour vous : j'avais l'intention de vous dénoncer aux médias !

— Mais vous ne l'avez pas fait, car vous avez réalisé que vous pouviez tirer profit de la situation.

— Effectivement. C'était évident que vous étiez prêt à tout pour garder l'anonymat. Alors j'en ai profité et j'en profite encore. Grâce à vous, j'ai gagné pas mal d'argent.

Elle baissa les yeux, comme une marque de culpabilité.

— Je suis ravie de voir que vous n'essayez même pas de nier ! ajouta-t-elle.

Harry but son café cul sec et déclara :

— Conclusion : nous sommes tous les deux des menteurs !

Elle le regarda en souriant pour lui montrer que désormais le rapport de force s'était inversé :

— Cette journée sur l'infertilité, c'est encore pour votre roman ?

— C'est plutôt une noble cause pour l'entreprise et les salariés, non ?

— Vous êtes un manipulateur ! s'énerva-t-elle.

— Que va-t-il se passer maintenant ?

— Il n'y a que vous qui allez agir pour le moment, déclara-t-elle. Vous allez démissionner de votre poste de directeur général. Vous avez assez perturbé ces salariés ! Avec vos droits d'auteur, vous ne devez pas manquer d'argent et, au pire, je ne suis pas inquiète pour vous, vous retrouverez facilement du travail.

Il essaya de contenir sa rage. Lui expliquer qu'il était en train de changer ne servirait à rien.

— Sinon quoi ? lâcha-t-il.

— Sinon je dévoile toute cette histoire sur les réseaux sociaux : Marguerite Abel n'est autre que Harry Boulgourian, un chef d'entreprise brillant qui maltraite ses salariés dans le but de trouver de l'inspiration pour ses romans. Pour continuer ses agissements en toute impunité, il a créé une rumeur laissant croire que j'étais Marguerite Abel.

— Personne ne vous prendra pour une victime : vous avez menti face caméra !

— Les gens aiment les histoires. Je ne suis pas aussi douée que vous, mais j'ai trouvé un angle intéressant pour justifier mon comportement. Cela devrait leur plaire !

— Les lecteurs vont attendre un prochain roman. Vous pensez vous y mettre quand ? Sans compter que ma maison d'édition est sur le point de vous poursuivre en justice. Comment allez-vous gérer la situation ?

— Ne vous préoccupez pas de moi. J'ai pris le temps de penser à tout. Rappelez-vous quand j'étais votre assistante, c'était l'une de mes plus grandes qualités : l'anticipation. Et je dois dire qu'avec vous ce n'était pas simple de prévoir ce que vous alliez me demander.

— Quelle histoire allez-vous raconter pour vous blanchir ?

— Ce n'est pas à vous que je vais apprendre qu'il est préférable de garder une part de mystère.

Elle se leva et lui tendit un petit bout de papier avec son numéro de téléphone.

— Prévenez-moi quand vous aurez annoncé votre départ des Yaourts Poitier.

Elle lui adressa un dernier sourire conquérant, laissa la juste somme pour son café et partit.

Chapitre 51

GLORIA

La totalité des salariés des Yaourts Poitier était présente à la Journée de l'infertilité : les femmes comme les hommes, les jeunes chefs de produit, les stagiaires comme les moins jeunes approchant l'âge de la retraite, les gens concernés de près ou de loin par un problème d'infertilité, comme ceux qui n'en avaient rien à faire.

La DRH n'avait pas fait les choses à moitié et Harry Boulgourian avait validé le budget.

Ce jour-là, Gloria était arrivée au bureau avec le cœur serré. Entendre parler du drame de sa vie pendant toute une journée, devoir affronter les regards de pitié de ses collègues et prendre la parole en public sur ce sujet lui donnait envie de fuir loin, très loin. Et puis savoir que Harry Boulgourian lui avait peut-être menti n'arrangeait pas les choses. Elle n'était sûre de rien. Mentir sur une PMA n'avait pas de sens : pourquoi aurait-il fait une chose pareille ?

Elle s'installa à côté de Judith et Tara dans le réfectoire qui avait été transformé en salle de conférence pour l'occasion.

Margaux Dilac introduisit la journée avec un quiz sur les statistiques de la fertilité dans le monde. Gloria les connaissait mais elle les redécouvrit. Et étrangement, faire partie d'un pourcentage la réconforta. Elle n'était pas seule. Puis le gynécologue conférencier prit la parole :

> « Le 24 février 1982, à 1 h 20, à Clamart, naissait Amandine, une petite fille de 3,420 kilos et 51 centimètres. C'était le premier bébé français conçu grâce à une fécondation *in vitro* (FIV).
>
> En 1982, la FIV était une transgression. Sur le plan éthique, cela posait un certain nombre de questions. Aujourd'hui c'est devenu commun et surtout un espoir, une chance pour tous ces couples qui n'arrivent pas à avoir d'enfants.
>
> Il y a aujourd'hui 50 millions de couples infertiles dans le monde : la moitié présente une infertilité dite génétique sans que l'on soit précisément capable de savoir quel gène est touché, comment y remédier et encore moins, comment éviter de transmettre cette infertilité génétique. Et ce chiffre ne cesse de croître.
>
> En plus des problèmes que certaines personnes rencontrent, aujourd'hui, les couples veulent des enfants plus tard. L'âge des premières naissances dans les grandes villes avoisine 30-31 ans, ce qui signifie que l'on n'a plus énormément de temps pour avoir une famille car, avec l'âge, la fertilité diminue, pour les femmes surtout. À 30 ans, une femme a en moyenne 75 % de chances de tomber enceinte après un an de rapports sexuels réguliers, à 35 ans, ce taux passe à 66 %, à 40 ans 44 %. Ce n'est pas le cas de l'homme qui peut produire des spermatozoïdes, quel que soit son âge. Selon moi, les femmes devraient recevoir vers 33 ans un courrier de l'Assurance maladie évoquant cette baisse de fertilité, à l'instar de l'information sur la prévention du cancer du sein. À cette date, il n'existe aucun moyen de stopper cette fameuse horloge biologique féminine. Les femmes peuvent avoir recours à la vitrification d'ovocytes qui permet de figer dans le temps des ovocytes qui seront congelés puis décongelés dans le cas d'une FIV.

Les recherches en matière de fertilité sont nombreuses. Les techniques s'améliorent, les connaissances s'enrichissent. Elles nous permettront bientôt de comprendre pourquoi l'ovaire s'arrête de fonctionner à 45 ans. Elles expliqueront enfin pourquoi certains ovocytes et embryons ont la capacité de se développer et d'autres non. Identifier ces ovocytes avant de procéder à la FIV nous permettra d'éviter de douloureuses déceptions. »

Comprendre pourquoi ça ne fonctionnait pas pour elle… Elle mit instinctivement la main sur son ventre vide.

La conférence se termina par une session de questions-réponses. Le conférencier rassura les moins de trente ans, notamment les femmes, qui n'avaient pas toutes conscience qu'après trente-cinq ans, même avec une hygiène de vie irréprochable, elles voyaient leur taux de fertilité chuter de moitié.

À la pause, les trois amies sortirent prendre l'air avec leur café.

— Tu as entendu le gynécologue ? Ils trouveront des solutions ! dit Tara, qui se voulait rassurante.

— Oui mais quand ? répliqua Gloria. La recherche prend du temps, et je n'en ai pas…

— Les Yaourts Poitier devraient soutenir la recherche, lança Judith, la situation aura encore empiré quand nos enfants seront en âge de procréer. Je vais le proposer à Margaux Dilac et à Harry Boulgourian. D'ailleurs, je ne l'ai pas vu ce matin. Il était là ?

— Oui, il était assis au fond de la salle, répondit Tara. Ça doit le chambouler lui aussi.

— Je ne suis pas sûre, répondit la chercheuse.

Elle raconta la discussion qu'elle avait eue avec Margaux Dilac et le sous-entendu.

— Pourquoi Harry Boulgourian t'aurait-il menti ? interrogea Tara. Si c'est une tactique de séduction, c'est complètement pervers.

— Je sais que vous avez du mal à y croire, mais il n'a jamais cherché à me draguer.

— Mais alors pourquoi il te posait toutes ces questions sur ta PMA ? demanda Judith. Je vous l'avais dit qu'il y avait un truc louche.

— Peut-être que Margaux a mal compris et qu'elle se trompe, ajouta Gloria. C'est tellement énorme de mentir sur un sujet aussi important.

— Il est si insaisissable ! conclut Tara.

— On y retourne ? proposa Judith.

Le sujet était sérieux, mais pour que les gens s'y intéressent, il fallait pouvoir l'aborder avec un peu de fantaisie. En plus des conférences d'experts, et des films trouvés sur YouTube, Judith avait eu l'idée de créer une sorte de parcours ludique, grandeur nature. Le jeu se jouait à deux. Les joueurs hommes ou femmes lançaient le dé du destin : sur chaque face, différents points de départ correspondant au taux de fertilité : 100 % – 75 % – 50 % – 25 % – 15 % – 0 %. En fonction de ce point de départ, les joueurs devaient commencer leur parcours avec comme objectif : arriver à la case *Naissance*. Le jeu remporta un vif succès. Les gens découvraient le chemin semé d'embûches pour devenir père ou mère.

La journée se termina avec l'intervention de Gloria. Elle avait passé des heures à réfléchir à ce qu'elle allait raconter. Et une idée avait surgi comme une évidence. Elle respira un grand coup, et monta sur la petite scène aménagée pour la journée. Elle déplia un morceau de papier qu'elle commença à lire.

On ne se connaît pas encore. Je t'attends depuis presque six ans. Tu n'es pas encore né. Tu as pris la route pour venir me voir à plusieurs reprises mais, à chaque fois, tu as fait demi-tour. Avec les médecins, les acuponcteurs, les ostéos, les nutritionnistes, les herboristes et beaucoup d'autres, on a pourtant tout fait pour te préparer le terrain. Peut-être que tu as peur. J'aimerais trouver un moyen de te rassurer, de te dire que la vie est belle, que les gens sont sympas et les yaourts savoureux !

La salle eut un petit rire.

Mais en ce qui me concerne, la vie sans toi n'a pas de goût. Quand j'étais petite, j'adorais jouer au papa et à la maman. Je n'avais pas qu'une poupée, j'en avais quatre ! Rose, Violette, Blanche et Prune. Pour les reconnaître, je leur avais colorié les cheveux dans la couleur de leur prénom. J'avais toujours peur que mes « petits choux », comme je les appelais, attrapent froid. Alors je passais mon temps à les habiller chaudement, même en été ! Pour moi, avoir des enfants, c'était automatique. Je disais à tout le monde que plus tard, j'en aurais quatre, un caniche brun et une maison avec un toit bleu pour qu'on puisse la voir de loin et que mes enfants ne se perdent jamais quand ils rentrent de l'école. Je n'ai rien de tout ça. Je n'imaginais pas une seconde qu'il était possible de ne pas avoir d'enfant. Car c'est bien là le problème, personne ne parle jamais du problème d'infertilité ni aux enfants ni à personne. On le cache, car on a honte, comme si on avait commis une faute. Et d'ailleurs, c'est mon cas. Quand j'ai su que j'avais un problème aux ovaires, je n'en ai pas parlé. Si tu savais le nombre de mensonges que j'ai dû inventer auprès de mes collègues : annuler des réunions à la dernière minute à cause d'un rendez-vous médical en urgence ou d'un examen, me piquer au bureau sans être vue, dissimuler des seringues dans un Tupperware rempli de salade verte dans le réfrigérateur de la salle de pause, justifier un ventre gonflé par ses ovules multipliés en attendant la ponction, maquiller mes yeux gonflés par des larmes de déception. Oui, j'ai beaucoup pleuré pour toi.

Sa voix teintée d'émotion se mit à trembler. Les larmes étaient sur le point de sortir, elle dut faire une pause.

Car l'idée de ne pas pouvoir te tenir dans mes bras, te sentir, te voir, t'entendre me rend désespérément triste. Je crains de passer à côté du rôle de ma vie, celui d'être ta mère. Tu n'existes pas encore et pourtant, c'est dur à croire, je t'aime inconditionnellement. On ne se verra peut-être jamais, mais au fond de moi, même si j'ai chaque jour un peu moins d'espoir, je t'attends encore.

Elle replia son papier et releva la tête. Judith et Tara au premier rang avaient les yeux humides. Les salariés étaient émus, elle le voyait à leur visage. La lecture de cette lettre l'avait soulagée. Harry Boulgourian était resté debout au fond de la salle. Il était trop loin pour qu'elle puisse voir sa réaction.

Chapitre 52

HARRY

Harry assista à toutes les interventions, écouta les questions, regarda les courts films documentaires, et participa au parcours ludique. Il lança les dés du destin avec Margaux Dilac et eut, comme point de départ, un taux de fertilité à 50 %. Il s'était pris au jeu et s'était même demandé si cela pouvait être le cas. Comme il n'avait jamais essayé, il ne savait pas s'il avait les capacités biologiques d'être père.

Pour l'intervention de Gloria, il avait préféré rester debout et s'était adossé à un mur de côté dans le fond de la salle, ce qui lui permettait d'avoir une vue sur l'ensemble des salariés de profil. C'était encore un de ses vieux réflexes : observer les réactions et s'en inspirer pour ses romans.

Cette lettre provoqua en lui un véritable cataclysme. Dès les premiers mots, sa gorge se noua, puis tout en lui se contracta. Et juste avant qu'elle ne replie le papier, sans qu'il puisse les retenir, des larmes remplirent ses yeux. S'il avait été seul, il aurait pu éclater en sanglots. C'était comme si toutes les émotions qu'il n'avait jamais ressenties avaient décidé de sortir à cet instant. Il ne voulait pas qu'on le voie dans cet état, alors il sortit de la salle et se dirigea vers les toilettes. Il se regarda dans le miroir.

Ce qui lui arrivait était incompréhensible. Il ne pleurait jamais autant, même pas aux enterrements. Il prit une grande inspiration et retourna dans la salle.

Il félicita Margaux Dilac pour l'organisation très réussie de cette journée. Gloria était entourée de Tara, de Judith et de plusieurs collègues. Il mima un signe d'applaudissement au loin. Elle répondit par un demi-sourire. Margaux lui avait sûrement fait part de ses doutes après sa rencontre avec Bérénice, conclut-il. Cette fois-ci, c'était la bonne, il ne mentirait plus. Il rentra chez lui. Ce trop-plein d'émotion l'avait épuisé.

Chapitre 53

TARA et JUDITH

— Tu es folle ? C'est une décision personnelle ! Cela ne nous regarde pas ! s'inquiéta Judith.

Les deux collègues s'étaient retrouvées le lendemain dans le bureau de la directrice commerciale.

— J'étais d'accord pour l'affichage sauvage dans la société, mais là, j'ai des doutes ! poursuivit la directrice de la Communication.

— Tu avais aussi des doutes pour l'affichage sauvage, je te rappelle. Tu étais persuadée qu'on allait se faire virer !

— Oui, c'est vrai que je n'étais pas tranquille. Quand je pense que Margaux Dilac s'est approprié notre idée… Quelle ambitieuse celle-ci !

— C'est parce qu'elle était bonne ! Cette fois-ci, on ne risque pas notre place.

— Non, on ne risque pas notre place mais Gloria pourrait mal le prendre. On se mêle de sa vie ! Et puis qui voudra participer ?

— Si on n'essaie pas, on ne le saura jamais. Il y aura déjà toi et moi, Margaux Dilac dira oui et je suis certaine que Harry Boulgourian aussi.

— Tu as entendu ce qu'a dit Gloria ? Harry Boulgourian a menti. Bérénice n'a jamais eu le projet de tomber enceinte.

— Avec ou sans toi, je vais le faire. Si je n'avais pas pu avoir d'enfants, j'aurais aimé avoir une amie comme moi !

Judith sourit.

— Moi aussi, j'aurais aimé avoir une amie comme toi ! C'est d'accord, céda-t-elle. Au pire, Gloria nous fera la tête et on se réconciliera en l'invitant à déjeuner chez Josiane.

Chapitre 54

GLORIA

ÉCRIRE à cet enfant qui n'existait pas encore et lire publiquement cette lettre avait eu un effet libérateur sur Gloria. Elle n'était pas encore remise de sa fausse couche et elle ne le serait probablement jamais. Mais au fond d'elle-même, la chercheuse n'était pas prête à abandonner son projet de devenir mère. Elle ne connaissait pas encore le parcours de PMA en Espagne mais elle était tombée sur un nouveau site, Umaya, qui facilitait les démarches. Et avec ses six ans d'expérience, elle n'était pas non plus novice dans le domaine. Il suffisait de trouver la bonne clinique. Attendre d'être en couple pour revivre cet enfer à deux n'avait pas de sens. Le problème venait d'elle, c'était une épreuve qu'elle préférait désormais surmonter seule. Cette évidence lui avait redonné de l'énergie. Elle avait besoin de se relever, et vite si elle ne voulait pas laisser passer sa chance.

Elle avait organisé un déjeuner avec son équipe à la cantine. Depuis sa fausse couche, l'ambiance était tendue au laboratoire, et elle en était en partie responsable.

La cantine était pleine à craquer. Alors qu'elle traversait le réfectoire avec son plateau en main, les gens lui souriaient. Son intervention n'avait laissé personne indifférent. À une autre époque, cela lui aurait déplu d'être le centre d'attention à cause de son problème d'infertilité. Mais aujourd'hui, elle ne se sentait pas jugée.

Une fois l'équipe installée à table, les discussions tournèrent autour de l'évènement :

— Quand j'ai raconté la journée à ma femme, expliqua Joël, un chercheur d'une quarantaine d'années, elle ne m'a pas cru. Et puis elle m'a demandé si on embauchait !

— Moi, j'ai posté plein de stories sur Instagram ! lança fièrement Anastasia, la stagiaire.

— Moi aussi, ça m'a beaucoup intéressé, fit Ulysse. Et toi Gloria, comment as-tu vécu cette journée ?

— J'ai appris des choses et pourtant je suis plutôt calée sur le sujet.

— C'est fou ce que les progrès de la médecine permettent de réaliser aujourd'hui ! s'exclama Joël.

— Oui, moi ça m'effraie un peu, ajouta Annie, une chercheuse de cinquante-huit ans qui venait d'être grand-mère. Au risque de paraître vieux jeu, il faut quand même bien cadrer la science pour éviter les débordements. Tout le monde ne devrait pas avoir accès à ces techniques de PMA.

— Comment ça ? demanda Gloria.

— Je ne sais pas s'il faut laisser des mères célibataires, ou des couples homosexuels faire une PMA. Un bébé a besoin d'un papa et d'une maman.

La remarque agaça Gloria mais elle répondit calmement :

— Les couples homosexuels sont parfois plus équilibrés que certains couples hétérosexuels. Quant aux mères célibataires, est-ce que les enfants de femmes divorcées qui grandissent sans père deviennent des psychopathes ou des dépressifs ?

— Ce n'est pas un schéma familial normal selon moi. Mais, bon, chacun son opinion sur la question.

— Choisir d'être mère, même pour celles qui ne le peuvent pas, doit rester un droit, fit Joël.

Gloria sourit. C'était exactement ce qu'elle pensait.

— Ton témoignage était très touchant, poursuivit Ulysse.

— Merci !

— Tu n'as jamais pensé à adopter ? demanda Anastasia.

— Adopter en France est loin d'être simple, encore moins pour une femme célibataire. Et j'aimerais tellement porter un enfant, connaître la magie de donner la vie, allaiter…

— Même pour un homme, c'est magique, expliqua Joël. Pendant toute la grossesse de ma femme, être père était encore abstrait, même si j'en avais très envie. Et quand notre fils est né, et que j'ai réalisé que, moi, j'avais contribué à créer ce petit être, ça a généré une joie viscérale. Gloria, tu ne devrais pas abandonner !

Elle quitta son équipe à la fin du repas car elle devait retrouver Judith et Tara pour le café.

— Ton intervention a marqué les esprits, s'écria Tara. Bravo !

— Merci, les filles. Pour moi, cette prise de parole en public, c'était comme une thérapie. Écrire et lire cette lettre, ça m'a fait beaucoup de bien.

Les deux collègues échangèrent un regard complice puis Tara annonça :

— On a quelque chose pour toi.

Elle tendit une grande enveloppe à Gloria.

— C'est de la part de tous les employés des Yaourts Poitier, en réponse à la lettre que tu nous as lue.

La chercheuse écarquilla les yeux de surprise. Elle ne comprit pas tout de suite ce qu'elle contenait.

— Rien n'est facile quand on veut faire un bébé et qu'on a un problème de fertilité, expliqua Judith. T'aider, ce n'est pas facile non plus…

— Rien n'est facile…, répéta Tara. Alors, nous avons voulu t'offrir un peu de facilité.

Gloria sortit une quinzaine de feuilles blanches imprimées.

— Hier matin, expliqua Judith, on a envoyé un e-mail à toute la société.

— Au début, on voulait juste faire une cagnotte ; on pensait que tu aurais besoin d'une aide financière si tu décidais de faire une PMA à Barcelone. Seule ou en couple, on n'a pas précisé pour ne pas soulever de polémique.

— Mais il s'est produit un truc de dingue… Sur la première feuille que tu as entre les mains sont répertoriés tous les dons des salariés : la somme d'argent collectée, le nombre de jours de congés que les gens sont prêts à te céder, des rendez-vous prioritaires chez des spécialistes en tout genre qui sont des proches de certains collègues : médecin, ostéo, masseur…, le prêt d'un appartement à Barcelone, le don de miles pour obtenir des billets d'avion gratuits, et des centaines de mots de soutien qui vont certainement te faire pleurer !

Gloria était immobile, abasourdie. Elle se demandait si ce qu'elle entendait était réel.

— Nous sommes trois cent quatre-vingt-douze collaborateurs dans cette société, trois cent huit personnes ont contribué. Toute l'entreprise attend ton bébé !

Les yeux de Gloria se remplirent de larmes. Elle était touchée en plein cœur par ce geste inattendu de solidarité. Elle parcourut les mots des salariés qui lui souhaitaient du courage et qui espéraient de tout cœur qu'elle tomberait vite enceinte. Elle s'arrêta sur le mot de Harry Boulgourian :

La loi de la jungle n'est pas ce qu'on pense qu'elle est... La jungle est un milieu hostile mais une récente étude a montré que c'est aussi un lieu d'entraide et d'interaction pour toutes les espèces végétales et animales qui y vivent. Sinon, la survie serait impossible. La nature humaine est aussi capable du meilleur. Bon courage !
Harry.

Elle sourit, tout en essuyant ses yeux.

— Merci, réussit-elle à articuler. C'est le plus beau cadeau du monde ! Mais si je décide de me lancer dans une nouvelle PMA et que ça ne marche pas ?

— Je ne pense pas que les gens attendront que tu les rembourses ! plaisanta Tara.

Chapitre 55

GLORIA
12 MOIS PLUS TARD

— Bonjour Josiane ! s'exclama Gloria en entrant dans la petite brasserie, accompagnée de ses deux amies.

— Je vous ai réservé une table pour quatre, pour que vous soyez plus à l'aise.

— Je suis si grosse que ça ? s'amusa Gloria qui entamait son sixième mois de grossesse.

— Tu es magnifique ! D'ailleurs, si tu accouches dans mon restaurant, ton bébé aura son dessert gratuit à vie dans cette brasserie !

— Je passerai déjeuner ici le jour du terme.

— Je vous mets trois menus ?

— Oui ! répondirent les trois collègues en chœur.

— Alors, comment c'était le spectacle de danse classique de ta fille le week-end dernier, Judith ?

— L'enfer ! Toutes les petites filles étaient de la même taille, habillées exactement avec le même tutu, coiffées avec le même chignon, effectuant les mêmes gestes. Impossible de savoir où était Agathe. Avec mon mari, on a joué à « Où est Charlie » pendant les deux minutes trente-sept de son ballet. On n'est même pas certains d'avoir filmé la bonne petite fille. Mais bon, même elle, elle ne verra pas la différence. Et après, on a dû se taper une heure dix-neuf de spectacle de danse classique amateur, c'était très long ! Une prise d'otages… Mon mari s'est endormi profondément.

— Ta fille était contente ?

— Elle était folle de joie ! Elle veut devenir danseuse étoile à l'Opéra de Paris.

— Quand j'ai demandé à Léo ce qu'il voulait faire quand il sera grand, il m'a répondu : un gâteau au chocolat !

Gloria se mit à rire.

— C'est très bon pour le bébé de rigoler, remarqua Judith.

La chercheuse toucha son ventre, et imagina les effets de son rire sur son bébé, comme des secousses de bonheur qui renforçaient son organisme.

En octobre dernier, elle avait commencé un nouveau parcours à Barcelone, seule. Elle s'était décidée à faire appel à un donneur anonyme. Cette fois-ci, elle avait eu le courage d'en parler à ses collègues. Même si cette nouvelle PMA ne marchait pas, il valait mieux qu'ils sachent. Ne pas devoir mentir lui enlevait un poids et un stress.

La ponction d'ovocytes n'avait pas été très fructueuse mais suffisante pour retenter une FIV. Et cela avait été la bonne : elle était tombée enceinte. Elle restait prudente toutefois, mais elle sentait au fond d'elle-même que le fœtus se développait comme il fallait.

Quand elle avait annoncé, après la première échographie, qu'elle attendait un bébé, elle avait reçu des centaines de messages de félicitations de la part de ses collègues. C'était la grossesse dont tout le monde parlait, que ce soit à la cantine ou devant la machine à café, avec un sentiment de fierté.

— Au fait, j'adore ton nouveau style, plaisanta Tara.

Gloria avait les pieds tellement gonflés avec la chaleur de ce mois de juillet qu'elle ne portait que des tongs.

— J'ai des problèmes de circulation et mes pieds ne rentrent plus dans mes baskets, se justifia-t-elle. Jules m'a offert cette nouvelle paire.

— Il a bien fait de revenir ! s'exclama Judith.

Quand il avait appris qu'elle était enceinte par des amis en commun, Jules avait débarqué dans leur ancien appartement pour la féliciter en personne. Elle lui avait raconté le soutien de ses collègues, son aventure dans une clinique de fertilité à Barcelone accompagnée de sa sœur et le moment inoubliable où elle avait découvert le petit trait sur le test de grossesse. Il lui avait posé plein de questions et lui avait répété trois fois qu'il était content pour elle. Puis, juste avant de partir, il s'était effondré. Il lui demandait pardon d'avoir abandonné. Elle lui manquait, il n'avait jamais cessé de l'aimer. Même si cet enfant n'était biologiquement pas de lui, il voulait en être le père. Elle avait hésité. Est-ce que leur histoire pouvait encore repartir ? Elle lui avait demandé un peu de temps mais elle avait encore des sentiments pour cet homme avec qui elle avait tant partagé. Elle n'imaginait personne d'autre que lui pour fonder une famille. Leur histoire était pour le moins originale : ils étaient de nouveau en couple.

— Je suis tellement contente que vous vous soyez remis ensemble ! remarqua Tara.

— On s'était perdus, expliqua Gloria, je le voyais comme un géniteur. Faire l'amour dans l'urgence au bon moment du cycle, ça tue le couple. Et aujourd'hui, on s'est retrouvés. J'ai encore du mal à y croire !

— Moralité : les « happy end » existent aussi dans la vraie vie !

Elles mangèrent leur entrée, tout en se racontant leurs dernières aventures au bureau.

— Ça va vous paraître étrange mais Harry Boulgourian me manque, avoua Judith. Il était tordu, mais il était tellement visionnaire.

— Je trouve que Margaux Dilac s'en sort bien, constata Gloria.

— Je suis d'accord, ajouta Tara. Elle donne un cadre et en même temps, elle encourage la collaboration. Et puis, elle fait confiance à son comité de direction.

— Et vous oubliez qu'elle a rendu les Yaourts Poitier célèbres : on a été les premiers à adresser le sujet de la PMA pour les femmes qui travaillent !

À la surprise générale, Harry Boulgourian avait revendu ses parts de la société sans donner d'explication et avait proposé Margaux Dilac pour le remplacer.

— Je me demande dans quelle boîte il travaille maintenant. Il n'a jamais repris contact avec toi, Gloria ?

— Non, je ne sais même pas s'il sait que je suis enceinte.

— On ne saura jamais pourquoi il est parti, dit Judith. Ce type restera un mystère à tout jamais…

Chapitre 56

HARRY

Harry parcourait les sites de librairies en ligne pour relever les réactions de ses premiers lecteurs. Les cinq étoiles étaient au rendez-vous. Son huitième roman était sorti en librairie le mois dernier, mais c'était un peu comme si c'était le premier. Il avait réussi un exploit impensable jusqu'ici pour lui : il ne s'était servi de personne pour terminer son histoire.

Après la Journée de l'infertilité, il avait pris la décision de démissionner des Yaourts Poitier, non pour céder au chantage de Juliette Mouchet, mais parce qu'il avait besoin d'une rupture avec sa vie passée.

Il avait rappelé son ancienne assistante et lui avait fait une proposition surprenante : elle pouvait garder l'identité de Marguerite Abel, sa maison d'édition ne l'attaquerait pas. Il continuerait à écrire dans l'ombre. Elle n'aurait aucun droit de regard sur ses romans avant publication et ne devrait jamais révéler la machinerie au grand public. Elle n'avait pas répondu tout de suite, pensant qu'il s'agissait d'un piège : c'était trop beau pour être vrai. Mais elle avait très vite rangé ses doutes et accepté. Elle s'était habituée à la lumière. Elle fascinait les médias car elle incarnait à elle seule une belle histoire de réussite qui faisait rêver les gens : *Une assistante de direction timide, que personne ne remarquait, écrit en cachette. Elle devient une auteure à succès et après huit ans dans l'anonymat finit par révéler son identité.* C'était dur de tirer un trait sur cette gloire même si elle n'était pas méritée.

Harry Boulgourian y voyait aussi un grand intérêt : il n'aurait plus à craindre d'être découvert quand il recommencerait à écrire. Le collectif de lecteurs Qui_est_Marguerite_Abel.com n'aurait plus de raison d'être et le laisserait tranquille.

Il avait donc quitté les Yaourts Poitier après dix ans de service. Les fondateurs et actionnaires n'avaient pas compris les motifs de son départ et avaient tenté de le retenir par tous les moyens (surtout financiers). Il avait alors proposé Margaux Dilac pour le remplacer. La DRH l'avait remercié et lui avait déclaré, la voix tremblante d'émotion, qu'il était le manager qui avait marqué sa carrière à tout jamais.

Il avait apprécié le subtil équilibre entre travailler dans le monde des affaires et écrire ses romans. Il y reviendrait peut-être un jour. Mais, pour le moment, il voulait se dédier exclusivement à l'écriture. Et, pour y arriver, il devait se retrouver seul, essayer de créer, de raconter des histoires sans avoir recours à l'univers de manipulation qu'il avait mis en place depuis tant d'années, sans tous les mensonges qui avaient pourtant fait la saveur de ses romans.

L'été qui avait suivi, il avait loué une maison en Champagne. Au début, il procrastinait. Puis il s'était enfin remis devant son ordinateur. Cela avait pris du temps mais petit à petit, les mots étaient revenus. Prisca Krik prenait une nouvelle trajectoire. Ce n'était pas simple pour lui de la maintenir optimiste et pleine d'énergie sans trahir l'essence du personnage qu'il avait construit au cours des sept derniers romans. Il poursuivit ce qu'il avait commencé : Prisca est hypermnésique et cérébrale comme elle l'a toujours été mais désormais elle perçoit le monde et les autres avec tous ses sens. Plus la vie se développe en elle, plus elle s'ouvre au monde et son intuition s'amplifie.

Le nouveau personnage de Prisca se fie à son intuition et décèle les travers et les vices de chacun mais il est plus apaisé, ne ressent plus ce besoin de vengeance justicière parfois très violent, sans émotion. Prisca fait preuve d'empathie pour la victime mais aussi pour l'agresseur, espérant lui faire prendre conscience de son erreur, tout en finesse, sans tomber dans les trop bons sentiments. Les émotions négatives ou positives qu'elle ressent tout au long de l'enquête sont également ressenties par le bébé qu'elle porte et elle a envie que ce soit surtout de la joie, alors elle cherche également des petits plaisirs dans son quotidien.

Dans cette nouvelle enquête, elle finit par démasquer l'agresseur de Jeanne Racotex, grâce au témoignage d'une des ouvrières de l'usine. Le coupable est un homme dont la femme travaille dans l'usine Racotex. Pendant cinq ans, celle-ci a été au contact des produits chimiques et est persuadée qu'ils sont la cause de son infertilité. Elle tombe dans une grave dépression et doit être internée dans un hôpital psychiatrique. Son mari, fou d'amour pour son épouse, et anéanti de ne pas pouvoir fonder une famille, décide alors de se venger en s'en prenant à l'ancien patron de sa femme. Il l'accuse d'être responsable de l'infertilité de sa femme et se venge sur sa fille. M. Racotex ne veut pas céder au chantage. Prisca le convainc de lancer des tests cliniques afin de prouver l'innocuité des composants chimiques sur la santé de ses employés et des clients.

Pour résoudre le mystère de la grossesse de Prisca, Harry avait failli retomber dans ses travers et inventer un dénouement inattendu et glauque. Mais il ne voulait plus faire souffrir son héroïne qui avait déjà perdu l'homme qu'elle aimait. C'est en voulant réécouter l'interrogatoire d'un employé de l'usine que Prisca retombe sur un ancien enregistrement, réalisé dans son précédent roman. Quand elle enquête sur le Dr Michowsky, elle essaie une séance d'hypnose sans préciser qu'elle est détective car elle soupçonne le médecin et veut se rapprocher de lui. Elle prend rendez-vous dans son cabinet, prétextant un blocage avec les hommes qui l'empêche de trouver l'âme sœur. Elle enregistre la séance avec son téléphone. Le médecin la plonge dans un sommeil profond et lui suggère l'idée suivante : le 4 octobre prochain, elle rencontrera un homme qui lui plaît et elle fera l'amour avec lui sans se poser de questions, sans se sentir coupable. Elle ne se souviendra de rien : ni de cette séance ni de cette soirée. Pendant toute la session, elle croit qu'elle n'est pas réceptive et être restée consciente de ce qui s'est dit. Si le 4 octobre, elle a fait l'amour avec un homme, sa mémoire n'en a gardé aucun souvenir. Le père de son enfant est un inconnu mais elle sait que c'est un homme que son inconscient a choisi. En écoutant l'enregistrement, elle comprend l'origine de sa grossesse et se sent soulagée. Elle décide de partir à sa recherche après la naissance de son enfant.

Son éditrice lui avait fait un retour très enthousiaste deux jours plus tard : « Je savais que vous réussiriez. » Il lui avait proposé de déjeuner ensemble. Pour la première fois depuis qu'ils se connaissaient, il avait envie de parler de son roman avec elle, en tête à tête.

Chapitre 57

HARRY

DANS les romans, les gens se croisent rarement par hasard. Il y a toujours une raison imaginée par l'auteur pour faire avancer l'histoire. Quand Harry se retrouva en plein milieu de la rue devant Gloria, enceinte, il ressentit un mélange de surprise, de joie mais aussi d'appréhension. Il ne l'avait pas revue depuis qu'il avait quitté les Yaourts Poitier.

— Harry ! s'écria-t-elle aussi étonnée que lui.

Elle était enceinte, à nouveau. Il prit le temps de savourer l'émotion qu'il ressentit en la voyant : de la joie, se dit-il.

— Gloria ! Félicitations ! C'est pour quand ?

— Octobre prochain.

Elle caressa son ventre, comme elle l'avait souvent fait à l'époque dans son bureau.

— Et vous, s'enquit-elle, comment allez-vous ? Comment va Bérénice ?

Elle le scruta. Il marqua un temps, mal à l'aise, puis lui proposa :

— Je vous invite à prendre un café ?

Elle regarda sa montre, puis elle accepta. Ils s'installèrent à la terrasse d'une brasserie. Elle était rayonnante. Comparé à la dernière fois qu'il l'avait vue, ses traits étaient apaisés, ses yeux pétillants, son ventre bien arrondi. La grossesse lui allait toujours aussi bien.

— Un chocolat chaud avec beaucoup de chantilly, s'il vous plaît, commanda-t-elle au serveur.

— La même chose, ajouta Harry.

— Vous m'avez menti pour Bérénice, n'est-ce pas ? lança-t-elle. Je l'ai vu dans votre regard quand je vous ai posé la question. Il n'a jamais été question de PMA.

Harry se crispa. Il n'avait pas l'intention de nier.

— C'est exact, reconnut-il.

— Vous m'avez menti sur un sujet aussi grave ! s'indigna-t-elle. Pourquoi ?

Il était embarrassé et un peu nerveux. Pouvait-il tout lui avouer ?

— Vous m'inspirez..., lâcha-t-il.

— Je vous inspire ?

— Rassurez-vous, il ne s'agit pas d'attirance physique mais d'émotions. Avant de vous connaître, je comprenais les émotions, j'étais capable de les expliquer, de les analyser, mais je ne les éprouvais pas. Vous êtes l'opposé de moi ! Enceinte, vous ressentiez pleinement chaque seconde qui passe : le délicat croquant des biscuits, le moelleux de la moquette de mon bureau, la vapeur chaleureuse d'une tisane au fenouil, le bruit apaisant d'une feuille déchirée, l'air revigorant d'un champ... C'était comme une sorte d'effet miroir : en vous observant, j'apprenais à ressentir par moi-même.

— Je vous inspirais des émotions, répéta-t-elle. Mais pourquoi moi ?

Il ne pouvait pas lui révéler qu'il était Marguerite Abel.

— Encore aujourd'hui, je me pose la question. Il faut croire qu'on ne choisit pas sa muse ! Mais quand vous avez perdu votre bébé, j'ai vécu votre détresse et j'ai sombré moi aussi. C'était insupportable… J'étais très perturbé par la violence du drame que vous viviez.

— Vous m'avez manipulée ! lui reprocha-t-elle.

— Je vous présente mes excuses.

Le corps de Gloria illustrait la confusion qu'elle éprouvait : l'effet de la colère mais aussi de l'étonnement.

Le serveur apporta les deux chocolats chauds.

— Et maintenant, questionna-t-elle, vous vous débrouillez tout seul ?

— Oui. Je suis autonome ! répliqua-t-il, avec un soupçon d'ironie.

— Et vous avez retrouvé un poste quelque part ?

— Non, pour le moment, je voyage. Je reviens tout juste d'Arménie. Je n'y étais jamais allé. Je vous le conseille, c'est magnifique.

Elle prit sa cuillère, la remplit de lait chocolaté et s'assura qu'elle soit recouverte de chantilly avant de la porter à sa bouche. Il l'observait du coin de l'œil. Elle était solaire, vibrante, énergisante – encore plus que dans ses souvenirs.

— Et là, je vous inspire ? questionna-t-elle.

Il sourit.

— Oui, admit-il.

— Si on m'avait dit qu'un jour je serais un modèle inspirant pour mon patron, enfin mon ancien patron, j'aurais probablement éclaté de rire.

— Je vous remercie, Gloria. Grâce à vous, j'ai trouvé ma manière à moi de connecter mon cœur et mon cerveau et ça a changé ma perception de la vie.

Elle but son chocolat, ne sachant quoi répondre à ces remerciements. Elle était toujours surprise mais il décela une certaine fierté.

— Maintenant que vous avez découvert comment vous servir de votre cœur, vous pensez toujours que la nature humaine est mauvaise ?

— Je serai plus nuancé… Nous sommes mauvais mais il y a beaucoup d'exceptions qui confirment la règle : nous sommes aussi capables du meilleur.

Le sourire de Gloria illumina son visage.

Ils discutèrent un long moment. Elle lui parla du bureau, du programme que Margaux Dilac avait mis en place et de sa grossesse. Il lui raconta son voyage sur les traces de ses ancêtres en Arménie. Avant de se quitter, ils échangèrent leurs numéros de téléphone.

— Saluez Tara et Judith de ma part !

— Je n'y manquerai pas.

Il la regarda longuement descendre les escaliers du métro.

Dès qu'elle ne fut plus dans son champ de vision, il se rassit à la terrasse du café et fouilla dans ses poches. C'était plus fort que lui, quelque chose l'y poussait : il saisit son stylo, attrapa une serviette en papier et commença à écrire. Les idées frétillaient en lui comme des étincelles. Il sentait les battements de son cœur s'accélérer.

Il n'en était pas encore sûr, mais une nouvelle histoire était déjà en train de naître en lui.

Remerciements

JE n'ai pas eu de problème pour avoir mes enfants. Pourtant, c'est un sujet qui me bouleverse. Le personnage de Gloria incarne toutes ces amies et collègues qui ont été confrontées à un problème de fertilité. Certaines se sont fait une raison, d'autres ont connu d'heureux dénouements, grâce à la PMA. En écoutant leurs histoires, je me suis souvent sentie impuissante. Je n'ai pas le pouvoir de les aider à être mères, mais avec ce roman, j'ai voulu mettre un peu de lumière sur ce qu'elles vivaient.

Merci à Audrey Page, une femme admirable qui a cofondé Umaya, la plateforme de fertilité qui accompagne les femmes dans leur projet de PMA. Nous nous connaissons depuis longtemps avec Audrey et nous avons repris contact au moment où elle lançait son roman *Aller-retour pour un bébé*. Son livre m'avait profondément touchée. Nos échanges et toutes les informations qu'elle a pu me donner ont beaucoup nourri cette histoire.

Merci à Nolwenn Tréhondart, l'éditrice externe avec qui je travaille mes romans. Comme pour les deux livres précédents que nous avons revus ensemble, Nolwenn est un peu ma sage-femme : accouchement de mon histoire sans douleur dans la joie et la bonne humeur !

Merci à Stéphanie Ricordel, mon éditrice, pour sa confiance renouvelée, et pour notre si belle collaboration.

Merci à Charlotte Debroise et aux équipes des Éditions Eyrolles de prendre soin de mon roman et de lui offrir une place en librairie.

Merci à mes tout premiers lecteurs : Cécile, Yann, Kelly, Séverine, Audrey C., Audrey S., Pamela, Christiane, Julie et Marie. Ils utilisent leur cerveau et leur cœur pour me donner leurs impressions avec beaucoup de bienveillance.

Merci à ma mère pour son soutien inconditionnel : je suis toujours très fière quand cette grande dévoreuse de livres lit un de mes romans.

Merci à mon père de si bien vendre mes livres : si vous le croisez un jour, il vous convaincra certainement avec des arguments (pas toujours très littéraires) d'acheter un roman de Karen Merran !

Merci à mon frère qui ne lit que mes romans !

Merci à Maï et Olivier de m'offrir chaque été ce cadre incroyable pour écrire.

Merci à mon mari pour son très grand cœur. Je n'écris pas de roman sur lui, mais à côté de lui et ça me donne toute l'énergie dont j'ai besoin.

Écrivez-moi pour me donner vos impressions sur ce roman !
Par e-mail : kmerran@hotmail.com
Sur Instagram : Karen Merran
Sur Facebook : Karen Merran auteur

Également dans la collection « Pop'Littérature »

***L'aventure bénie du sac toxique*, David Zaoui**

Une extraordinaire aventure humaniste !

Richard, trentenaire sans histoires, enchaîne les petits boulots. Dans le quartier de banlieue défavorisée où il a toujours vécu, le trafic de stupéfiants fait des ravages et la solidarité entre voisins ne fonctionne plus vraiment. Par un curieux hasard, Richou se retrouve en possession d'un sac de sport rempli de billets : l'argent de la drogue ! Sur les conseils avisés de son voisin, le rabbin Meyer, lui-même épaulé par l'imam et le curé de la ville, il décide de redistribuer le pactole pour rénover le quartier. Dans le même temps, le gang des trafiquants lance ses troupes, à la recherche du sac perdu…

Mon monde en équilibre, Cécile Briomet

Un roman d'apprentissage poignant, porté par des personnages légèrement chauvins

---

Antoine a 32 ans, quelques amis fidèles et un bar dans le centre de Bayonne. Il entretient un quotidien sans risque, rythmé par les matchs de rugby et les festivités basques. Il faut dire qu'Antoine ne s'est jamais remis du bouleversement originel, l'accident de voiture fatal de ses parents. Depuis, il vit en pointillé, pour ses grands-parents aimants, pour sa ville adorée et pour son meilleur ami, Unai. Pourtant, quand une mystérieuse inconnue fait irruption dans sa vie, le bayonnais se fige. Quoi de plus effrayant que la perspective de l'amour, quand on s'applique à ne rien ressentir ?

***L'espoir est cette chose à plumes*, Nina Berkhout**

Et si les imprévus devenaient nos plus belles opportunités ?

Dawn Woodward, jeune prodige du chant lyrique, a perdu sa voix. En attendant de pouvoir chanter à nouveau, elle donne des cours d'arias à un groupe de siffleurs amateurs, plus porté sur la pop britannique que sur les classiques de l'opéra. Pour ne rien arranger, Dawn est contrainte d'héberger ce beau-frère taiseux qu'elle connaît à peine.

Alors que l'espoir de retrouver sa vie d'avant s'amenuise, Dawn doit composer avec une équipe de bras cassés, un malade à domicile et son perroquet caractériel. Pourtant, pour la première fois, elle s'autorise à lâcher prise. Quel meilleur moyen pour s'envoler ?

***Principes physiques du cœur humain*, Josée Bournival**

Des êtres humains faillibles et courageux, mus par des lois universelles

---

Et si les lois physiques universelles s'appliquaient aussi aux relations humaines ?

Pierre, enseignant introverti et rongé par le chagrin, sort de sa zone de confort quand sa fille devient candidate de *The Voice*. La force de l'amour paternel infléchit son quotidien monotone, selon le principe d'inertie. Kathleen est une incorrigible romantique. Lorsque Johnny revient dans sa vie, la loi de la gravitation prend le dessus. Lou a neuf ans, l'intelligence vive et l'oreille musicale. Il se dit que rien ne se perd, rien ne se crée, tout se transforme. Alors à défaut d'un piano, il fera ses gammes sur une boîte à chaussures.

Pour résister à la grande solitude qui les guette, Pierre, Kathleen et Lou sont armés de bienveillance. Une force discrète, mais imbattable.

***Dans ma tête cognent dix milliards d'étoiles*, Jean-Michel Audoual**

Les pérégrinations d'un enfant atypique,
à la recherche de son étoile Polaire

Théo Wikowsky est un enfant précoce. Pour étancher sa soif de connaissances, il lit, résout des équations, adopte un phasme et anticipe les mouvements du monde. Mais son hypersensibilité n'est pas toujours comprise par son entourage : il est trop différent.

Alors, Théo apprend à se faire discret, et peu à peu sa curiosité s'étiole. Jusqu'au jour où un incident bouleverse le clan des Wikowsky. Pour se relever, Théo a besoin d'un objectif, d'un rêve à sa mesure : plus tard, il explorera l'espace.

Merci d'avoir choisi ce livre Eyrolles.
Nous espérons que sa lecture vous a intéressé(e) et inspiré(e).

Nous serions ravis de rester en contact avec vous et de pouvoir vous proposer d'autres idées de livres à découvrir, des nouveautés, des conseils, des événements avec nos auteurs ou des jeux-concours.

Intéressé(e) ? Inscrivez-vous à notre lettre d'information.

Pour cela, rendez-vous à l'adresse go.eyrolles.com/newsletter ou flashez ce QR code (votre adresse électronique sera à l'usage unique des Éditions Eyrolles pour vous envoyer les informations demandées) :

Vous êtes présent(e) sur les réseaux sociaux ?
Rejoignez-nous pour suivre d'encore plus près nos actualités :

Eyrolles Bien-être

Eyrolles_romans

Merci pour votre confiance.
L'équipe Eyrolles

IMPRIM'VERT®

PEFC™
10-31-2541
Certifié PEFC
Ce produit est issu de forêts gérées durablement et de sources contrôlées
www.pefc-france.org

Dépôt légal : juin 2023

Achevé d'imprimer en mai 2023
en France par Normandie Roto Impression s.a.s.
N° d'impression : 2301885

Cet ouvrage a été imprimé sur du papier Munken Print Cream 80 g, main de 1.5.